KB212886

폭염의 용제

Dragon order
of FRAME

FANTASY FRONTIER SPIRIT
김재한 판타지 장편 소설

폭염의 용제 2

김재한 판타지 장편소설

초판 1쇄 찍은 날 § 2011년 1월 24일
초판 1쇄 펴낸 날 § 2011년 1월 31일

지은이 § 김재한
펴낸이 § 서경석

편집책임 § 박우진
편집 § 주소영 · 어정원

펴낸곳 § 도서출판 청어람
등록번호 § 제1081-1-89호
등록일자 § 1999. 5. 31
어람번호 § 제1-1220호

주소 § 경기도 부천시 원미구 심곡2동 163-2 서경B/D 3F (우) 420-822
전화 § 032-656-4452 팩스 § 032-656-4453
http://www.chungeoram.com
E-mail § chungeoram@chungeoram.com

ⓒ 김재한, 2011

ISBN 978-89-251-2421-6 04810
ISBN 978-89-251-2419-3 (세트)

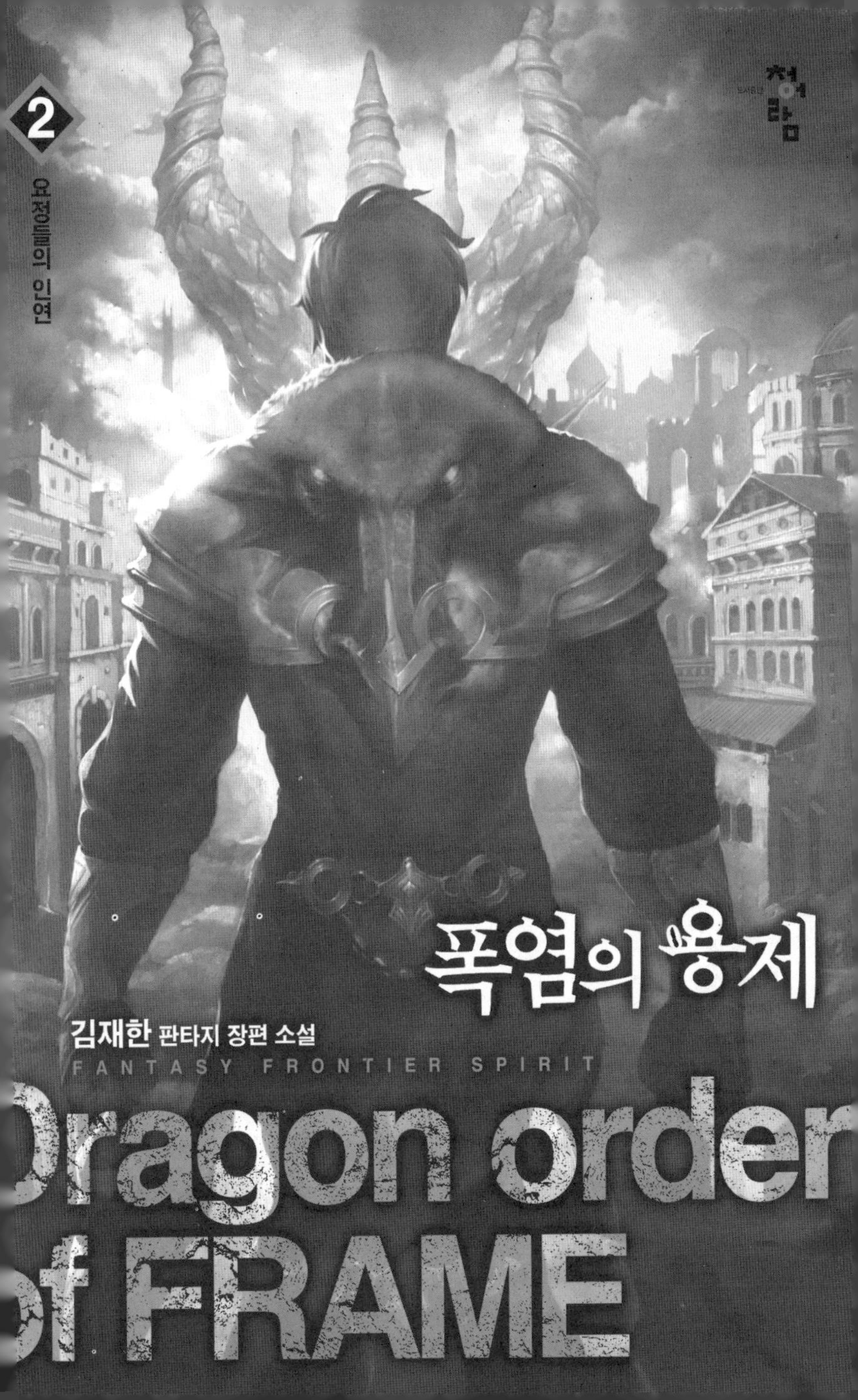
2
요정들의 인연
도서출판 청어람
폭염의 용제
김재한 판타지 장편 소설
FANTASY FRONTIER SPIRIT
Dragon order of FRAME

Dragon order of FRAME

CHAPTER 06
엘프의 올바른 사용법

폭염의 용제

1

　루그가 맨손으로 처음 전장에 나선 것은 29세 때의 일이었다.

　9년에 걸친 집안싸움 끝에 몰락해 버린 아스탈 백작가에서 나온 것이 24세 때의 일이고, 그 후로 3년이 지나서야 스승 그레이슨과 만났다. 그 얼마 전부터 볼카르가 거느린 비밀조직 '블레이즈 원'의 말단과 싸우고 있던 루그는 그들의 자취를 추적해 가다가 그레이슨과 그가 친손녀처럼 애지중지하는 라나 아룬데와 만나게 되었다.

　블레이즈 원의 목적을 분쇄하기 위해 싸우는 과정에서 라나를 구해준 것이 인연이 되어서 루그는 그레이슨의 제자가 되었다. 그리고 2년간 지옥 같은 훈련을 받고 그 성과를 시험하기 위해 전장에 섰다.

"떨리느냐?"

그레이슨이 물었다.

루그는 섣불리 대답하지 못했다. 그의 질문을 듣는 순간 오기가 치솟아서 그럴 리가 있냐고 받아치고 싶었지만, 냉정하게 생각해 볼 때 자신이 불안해하고 있는 것은 사실이었기 때문이다.

이때 루그는 수많은 실전을 겪었고, 이미 수백 명 이상의 피를 보았다. 그러나 그 모든 것은 검을 들고 한 일이었다.

오더 시그마는 무기에 의존하지 않고 맨손으로 극의에 도달하고자 하는 유파. 그렇기에 루그는 십수 년간 함께했던 검을 버리고 두 주먹을 강철같이 단련시켰다. 강체술의 기초가 탄탄하게 쌓여 있었기에 2년간의 훈련만으로도 그의 주먹은 바위를 부술 수 있게 되었고, 양팔은 쉽사리 검을 튕겨낼 수 있게 되었다.

스스로가 강하다는 것을 알고 있었지만 그래도 오더 시그마의 기술로 실전에 임하는 것은 처음이기에 불안할 수밖에 없었다. 그레이슨은 그런 루그의 심리를 파악하고 물은 것이다.

루그가 대답을 하지 못하자 그레이슨이 말했다.

"나도 처음 전장에 나설 때는 불안했지. 정말로 두 주먹으로 검을 이길 수 있을까. 이 전투가 끝나고도 살아 있을 수 있을까. 지금의 너보다 훨씬 나이 어린 애송이에 불과했지만, 어쨌든 그때 내가 느꼈던 불안과 네가 지금 느끼는 불안은 닮은 것 같구나."

"…문제없습니다."

루그는 그렇게 대답하며 주먹을 꽉 쥐었다. 2년간의 훈련은 정말로 지독했다. 이 지옥을 벗어날 수 있다면 무엇이든 하겠다는 생각이 들었을 정도로. 실제로 몇 번이나 탈출하려고 했다가 그레이슨에게 붙잡혀서 두 번 다시 되새기기 싫은 악몽 같은 벌을 받기도 했다. 그런 시간을 견뎌낸 자신이 이런 시시한 전투에서 쓰러질 리가 없다.

그레이슨이 말했다.

"그래야지. 너한테 문제가 있다면 나까지 죽게 될 테니 힘 좀 써보거라, 제자야."

"그 말씀을 들으니 그냥 확 문제를 일으켜 버릴까 하는 생각이 드는데요?"

"네가 아직 덜 맞았구나. 돌아가면 아주 신나게… 쿨럭!"

흥, 하고 코웃음을 치며 받아치려던 그레이슨이 기침을 했다. 루그가 놀라서 그를 돌아보았다. 입을 가린 그레이슨의 손 틈으로 피가 흘러나오고 있었다.

"아, 그러게 그냥 집에 처박혀 계시라니까 왜 부득불 따라 나오셔서 이래요. 찬바람만 쐐도 힘들어하시는 주제에."

"후후, 네놈이 믿음직스럽지 못해서 그냥 놔둘 수가 있어야지. 그리고 제자의 첫 실전에 나와 보는 것은 오더 시그마의 전통이니라. 네놈도 제자를 받으면 잊지 말아라."

"우리 유파가 그렇게 과보호 성향이 강한 줄은 몰랐는데요."

루그는 투덜거리면서 그레이슨의 등에 손을 대고 강체력을 밀어 넣었다. 지난 2년간의 훈련으로 기격을 터득했기에 그레이슨의 상처를 안정시키는 것 정도는 할 수 있었다.

그레이슨의 상태는 최악이었다. 2년 전, 루그를 제자로 맞이할 당시에 그는 키만 해도 2미터에 가까운 산 같은 근육질의 거한이었고, 도저히 범접할 수 없는 위압감의 소유자였다. 하지만 블레이즈 원의 간악한 계략에 당해 치유할 수 없는 독에 중독된 그의 몸 상태는 하루가 다르게 나빠지고 있었다. 남은 생명을 쥐어짜 내어가면서 루그를 단련시킨 그의 상태는 죽어가는 것이 확연해 보일 정도였다.

'스승님.'

루그는 분노와 슬픔으로 입술을 깨물었다.

그레이슨이 다 죽어가는 몸을 이끌고 루그를 따라나선 이유는 잘 알고 있었다. 오더 시그마의 권사(拳士)로서 처음 실전에 나서는 루그의 불안을 달래주기 위해서, 그리고 자신이 마지막으로 세상에 남기는 작품의 완성도를 두 눈으로 확인하기 위해서.

"골골대는 노인네는 편안히 쉬고 계시죠. 꾸벅꾸벅 졸면서 구경하시다 보면 끝나 있을 겁니다."

"건방진 녀석. 어디 한번 큰소리 떵떵 칠 자격이 있는지 증명해 보이거라."

"그럴 참입니다."

사제가 대화를 나누고 있는 곳은 이미 전장의 한가운데였다. 이 지방의 영주는 흉포한 오우거와 함께하는 오크 부족을 토벌하고자 용병을 모았고, 그레이슨은 루그의 힘을 시험해 볼 장소로 이곳을 골랐다.

토벌군은 처음에는 기세 좋게 쳐들어가서 적들을 베어 넘기기 시작했지만, 오우거가 나타나자 금세 전열이 붕괴되었다. 키가 4미터에 이르고 칼도 잘 안 들어가는 피부를 가졌으며, 손으로 잡은 인간을 찢어발길 수 있는 괴력을 가진 오우거는 홀로 수십 명을 학살할 수 있는 괴물이었다.

날뛰는 오우거를 보며 그레이슨이 말했다.

"현명하게 싸우고자 하면 놈이 다른 데 정신이 팔렸을 때 창이라도 던져서 중상을 입혀놓고 다가가서 끝장을 내면 되겠지. 하지만 오늘 너는 어리석은 자의 싸움을 하거라. 네가 쌓아올린 힘이 얼마나 큰 것인지 증명해 보이거라."

"잔소리하지 않으셔도 잘 알고 있습니다."

루그는 투덜거리면서 앞으로 걸어나갔다. 그가 나서기 시작하자 우왕좌왕하는 토벌군들을 쓰러뜨리던 오크들 중 하나가 괴성을 지르며 달려왔다.

"크워어어어!"

피를 본 오크는 흥분해 있었다. 오우거 때문에 혼란에 빠진 다른 인간들처럼 루그도 손쉬운 상대라고 생각했다. 어설프게 만든 창으로 루그의 몸통을 노리고 찔러온다.

평소에 훈련받은 대로 대응하자면 스치듯이 피하면서 적의 간격 안으로 파고들어서 주먹으로 머리통을 날려 버렸을 것이다. 그러나 오늘 루그는 자신의 힘을 증명하고, 그리고 스스로에게 확신을 갖기 위해 이곳에 왔다. 그렇기에 오크가 전력으로 찌른 창을 그대로 받았다.

투학!

둔탁한 소리와 함께 창대가 부러져 나갔다. 창끝이 루그의 몸통을 찌른다 싶은 순간, 그 주변을 투명한 기운이 휘감았던 것이다. 당황해서 움직임을 멈춘 오크에게 루그가 성큼 다가가며 말했다.

"내 방어력을 확인시켜 줘서 고맙다."

루그는 깊은 감사의 마음을 담아서 주먹을 날렸다. 오크가 루그의 손이 움직인다고 생각한 순간, 강철보다 단단한 주먹이 오크의 머리를 박살 내버렸다.

쉬이이익!

그리고 오더 시그마 특유의 방어술이자 공격술인 스파이럴 스트림이 발동, 투명한 기운이 양팔을 휘감는다. 체내의 강체력이 증폭되는 것을 느끼며 루그가 땅을 박찼다. 그가 밟은 땅이 움푹 파이는가 싶더니 몸이 한순간에 20미터 이상을 이동해서 오크들 사이로 뛰어들었다.

콰콰콰콰콰콰!

굉음이 울려 퍼졌다. 스파이럴 스트림을 휘감은 루그가 질풍처럼 주먹을 내지르니 충격파가 터지면서 광풍이 불어왔기 때문이다. 그리고 그 흐름에 휘말려든 오크들은 예외없이 머리가 박살 나서 쓰러지고 있었다.

"저, 저럴 수가!"

토벌군에 속한 이들이 경악했다. 강체술사가 초인이라는 것은 익히 알고 있었지만 루그의 움직임은 기사들조차 초월한 것이었다.

"크오오오오오!"

기사들을 상대로 날뛰고 있던 오우거가 울부짖었다. 혼백이 얼어붙을 듯한 그 포효에 기사들이 움츠러들면서 물러난다. 그들은 오우거의 공격을 아슬아슬하게 피하면서 공격을 퍼부었지만 피부에 생채기를 냈을 뿐, 제대로 된 상처를 입히지 못하고 있었다.

루그가 외쳤다. 전장을 압도하는 박력이 담긴 외침이었다.

"덤벼! 네 상대는 나다!"

오우거가 루그를 노려보았다. 악귀처럼 일그러진 얼굴을 가진 식인괴물은 루그와 시선을 마주하는 순간, 기사들을 무시하고 달려오기 시작했다.

쿵쿵쿵쿵쿵!

오우거가 가까워지자 문자 그대로 지축이 뒤흔들렸다. 앞을 가로막는 토벌군과 오크들을 길가의 돌멩이처럼 쳐 날린 오우거가 손을 휘둘렀다. 공기를 가르는 소리가 소름 끼치게 울려 퍼지면서 루그를 노렸다.

루그는 피하지 않았다.

꽈아앙!

오우거의 일격을 받은 루그가 뒤로 주르륵 밀려나더니 멈춰 선다. 그리고 손을 들어 입을 슥 닦았다.

"말도 안 돼!"

그 광경을 본 토벌군은 다들 경악했다. 방금 전, 오우거의 공격이 날아드는 순간 루그의 몸 주변을 아지랑이 같은 기운이 회전하며 감싸 안았다. 그리고 그 위에 작렬한 오우거의 손이 튕겨 나가면서 루그의 몸이 뒤로 밀려났던 것이다.

"크으! 위력, 죽여주는데?"

루그는 내장이 진탕하는 것을 느끼며 웃었다. 오우거의 공격에는 인간을 박살 낼 수 있는 위력이 담겨 있었다. 그것을 무식하게 버티고 서서 튕겨냈으니 몸이 멀쩡한 것이 기적이다.

"크으으으?"

오우거도 이해할 수 없다는 듯 눈을 부릅떴다. 좁쌀만 한 인간이 자신의 공격을 막아냈다는 것을 믿을 수가 없었다.

그 앞에서 루그의 머리카락이 격렬하게 휘날렸다. 팔을 휘감은 스파이럴 스트림이 전신으로 퍼져 가면서 광풍이 휘몰아친다.

"오늘의 나는 세상에서 가장 우둔하게 싸워야만 하는 몸."

후우우우우!

바람이 울부짖었다. 루그를 감싸고 회전하는 힘이 점입가경으로 가속하면서 한 점으로 모여들기 시작했다. 그것은 루그의 오른 팔꿈치 뒤쪽이었다.

"이런 무식한 짓거리는 두 번 다시 안 해. 그러니 오늘 이 자리에서 내 힘을 증명할 제물이 되는 것을 영광으로 알아라, 못생긴 녀석아."

"카아아아!"

오우거가 그 말을 알아들을 리가 없었다. 오우거가 반대쪽 손을 휘둘러 루그를 쳤다. 루그는 또다시 투명한 힘의 기류를 일으켜서 그것을 막았다.

꽈아아앙!

해머로 바위를 치는 듯한 소리가 울려 퍼지며 오우거의 손이 튕겨져 나갔다. 루그는 내장이 울리는 충격을 참아 넘기며 앞으로 한 걸음 나섰다. 그리고 산 같은 오우거의 거구를 올려다보며 외쳤다.

"간다! 스톰 브링거!"

극한까지 가속된 힘이 폭발했다. 체내에 모았던 힘을 한순간에 해방시키며 루그가 주먹을 내질렀다. 흡사 몸을 내던지는 듯한 일격이 공간을 관통해서 오우거의 복부에 꽂혔다.

쾅!

폭음과 함께 오우거의 몸이 ㄱ자로 굽혀졌다. 루그의 일격은 오우거의 몸통뼈를 부수고 내장까지 손상시켰다. 같은 오우거가 쳐도 이렇게 될까 싶을 정도의 충격이었다.

"끄, 끄르르륵……."

몸이 굽혀진 오우거가 괴로운 신음을 내뱉으며 피 섞인 침을 뚝뚝 흘렸다. 그 아래쪽에서 루그가 중얼거렸다.

"끝이다."

그리고 오더 시그마의 비기(秘技) 중 하나, 스톰 브링거의 진정한 위력이 발휘되었다. 팔꿈치 뒤에 집중되었던 기운이 폭발, 루그의 팔을 나선형으로 달려서 주먹 끝에 도달했다.

쫘아아아아아앙!

루그의 일격을 받아낸 오우거의 육체도 그 충격은 버텨내지 못했다. 스톰 브링거의 진짜 공격은 주먹 끝에 도달하는 순간에는 음속을 초월하고 있었다. 첫 일격으로 망가진 오우거의 몸을 박살 내면서 관통, 그 너머로 뻗어나가고 그로부터 파생된 에너지가 구멍을 확장시키면서 작렬했다.

후두두두둑…….

루그는 오우거의 피와 살점이 비처럼 쏟아져 내리는 것을 보며 한숨을 쉬었다. 스톰 브링거를 맞고 상반신이 날아가 버린 오우거의 거체가 그대로 무너져 내렸다.

쿠웅!

루그는 적막에 휘감긴 전장 속에서 그레이슨을 돌아보며 물었다.

"이 정도면 됐습니까?"

"그럭저럭 합격점은 받을 수 있겠구나."

그레이슨의 대답은 인색하기 그지없었다. 루그는 피식 웃은 뒤 오크들에게로 시선을 돌렸다.

그날, 루그는 자신의 육체가 갑옷보다 강하고 주먹이 검보다 강하다는 확신을 얻었다. 그것이 진정한 오더 시그마의 권사가 되기 위한 조건이었다.

모든 것을 잃고 마침내 볼카르에게 패하기 8년 전의 일이었다.

2

마물이 인간에게 적대적이라는 것은 상식이지만, 언제나 똑같은 관계만이 존재하는 것은 아니다. 인간들 중에는, 당하는 입장에서는 마물이랑 뭐가 다른지 알 수 없는 인간들도 존재하는 법이었다.

도적떼는 바로 그런 존재였다. 당하는 입장에서야 오크나

고블린 같은 마물들한테 약탈당하나 인간들한테 약탈당하나 똑같은 일 아닌가?

그러다 보니 상당히 악질적인 조직이 탄생하기도 했다. 바로 인간들과 오크들이 손잡고 곳곳을 떠돌면서 약탈과 납치, 인신매매 등을 자행하는 바틀란 도적단 같은 조직 말이다.

볼카르가 물었다.

〈네 몸속에 흐르는 정의의 피가 끓어오르는 건가?〉

"엥? 무슨 소리야?"

용병들과 병사들 사이에 섞여서 무장을 점검해 보고 있는 루그에게 볼카르가 괴상한 질문을 던졌다. 루그가 뭔 해괴망측한 소리를 하냐는 듯 묻자 바로 옆에 있던 병사가 자기한테 묻는 줄 알고 쳐다보았다. 루그는 찔끔해서 시선을 피한 뒤에 자리를 이동했다.

〈왜 이런 일에 끼어드는지 이해할 수 없어서 묻는 거다.〉

"그야 시간을 많이 잡아먹는 일이 아니고, 돈이 꽤 되니까. 강체술사는 우대해 준다고 해서 끼어든 것 아냐."

루그가 무슨 소리를 하냐는 듯 대답했다.

아스탈 백작과 결판을 내고 영지를 떠난 지 보름이 지났다.

그동안 루그는 인근의 신전에서 하룻밤 묵으면서 치료를 받았고, 그다음에는 신체 단련과 강체술 연마를 병행해서 빠른 속도로 아스탈 백작령을 벗어났다.

처음에 루그는 백작 부인에게 받은 돈으로 말을 한 필 사려고 했지만, 곧바로 생각을 바꾸었다. 도보 여행을 하면서 강체술의 응용 기술 중 하나인 '질풍의 걸음'을 사용해서 체력도 단련하고 강체술도 연마하기로 한 것이다. 현재의 루그가 질풍의 걸음을 쓰면 일반인이 전력 질주하는 것보다도 빠른 속도를 30분 가까이 유지할 수 있었고, 그런 식으로 하루에 몇 차례씩 장거리를 이동하니 금세 아스탈 백작령에서 벗어났다.

그리고 아스탈 백작령과 인접해 있는 호그 자작령을 지나친 다음 네이달 자작령에 들어서자 제법 악명이 드높은 바틀란 도적단이 나타났다는 소식을 들을 수 있었다. 이미 두 개의 마을이 약탈당한 상황이라 네이달 자작은 서둘러서 토벌을 준비하는 한편, 부족한 병력을 채우기 위해 용병을 모집했던 것이다. 특히 강체술사와 마법사에게는 상당한 보수를 약속했기에 루그도 용병 모집 막바지에 합류한 상황이었다.

〈굳이 이런 일을 해가면서까지 돈을 벌어야 하나?〉

"네가 마법 익히려면 돈이 필요하다며? 이런 일 안 하면 대체 뭘로 돈을 벌 건데? 내가 어디 정착해서 수십 년 뒤를 내다보고 사업이라도 하랴?"

루그가 짜증을 냈다.

미래에 대한 정보를 알고 있으니 쉽게 큰돈을 벌 수 있을 것 같지만, 실은 그렇지도 않았다. 루그는 세상 돌아가는 일에 관심이 많았던 편이 아니라서 정확히 언제 어디서 가뭄이

들었는지 같은, 사업을 한다면 한바탕 크게 대박을 터뜨릴 수 있을 것 같은 정보는 아는 것이 없다. 그리고 장사라고는 해본 적도 없어서 그걸로 돈을 벌 수 있을 것 같지도 않았다.

그러니 예전에 했던 대로 무력을 바탕으로 돈을 버는 수밖에 없었다. 백작 부인에게서 3만 레브를 뜯어내긴 했지만 그건 그리 큰 금액은 아니다. 물론 일반 평민들 입장에서는 그 돈만 있으면 일가족이 2, 3년은 먹고살 수 있겠지만 루그는 앞으로 비싸디비싼 재료들이 들어간 비약을 먹고 강체력을 늘려야 하고, 또 만만치 않게 비싼 마법 재료들을 사들여서 몸을 마력 체질로 개선하기도 해야 하는 몸인 것이다.

볼카르가 망설이면서 물었다.

〈돈이라는 것은 그렇게 벌기 어려운 건가?〉

"그야 당연히 어렵지. 너, 외유도 좀 해봤고 하니까 그 정도 개념은 있잖아?"

〈외유를 그렇게 길게 해본 적도 없고, 돈 문제로 곤란해 본 경험이 없어서 잘 모르겠다.〉

"어떻게? 네 둥지에 있는 재보라도 갖고 나왔어?"

〈재보? 내 둥지에는 그런 것 없다만.〉

"그럴 리가 있나. 드래곤의 둥지하면 금은보화가 산더미같이 쌓여 있는, 이 세상 모든 보물의 저장고 같은 곳 아냐?"

〈그건 몇몇 드래곤 때문에 잘못된 인식이 전파된 결과다. 내 둥지는 네가 꿈을 통해서 보았듯이 인간의 기준으로 보면

크고 황량하다.〉

"크고 아름답지 않다니 유감인걸. 근데 난 보물 창고 같은 걸 따로 뒀을 줄 알았는데 그것도 아니라고?"

〈아니다. 물론 마법에 필요한 재료들은 항시 비축해 두고 있고, 그중에는 보석도 있긴 하지만 그걸 인간 세상에서 재화로 환산해서 써본 적은 없다.〉

"그런데 어떻게 돈 문제로 곤란해 본 적이 없을 수가 있는 거야? 다른 드래곤이 다 해결해 주기라도 했어?"

〈만들었다.〉

"뭐?"

이해할 수 없는 대답에 루그가 살짝 눈을 치켜떴다. 볼카르가 설명했다.

〈인간세상에서는 금과 보석만 있으면 안 되는 일이 없다고 해서 그 두 가지를 만들었다. 그걸 주니 정말로 안 되는 일이 없더군.〉

"……"

루그는 할 말을 잃었다. 금과 보석을 직접 만들어? 마법사들 중에 연금술사들이 궁구하는 경지가 납을 금으로 바꾸는 것이라고는 하지만 성공했다는 인간은 아무도 본 적이 없다. 그런데 그것이 실제로 일어났다고?

"야, 금이랑 보석을 어떻게 만들어? 대충 겉모양만 꾸며서 사기 친 거 아냐?"

〈별로 어려운 일은 아니다. 금이야 차원 전환을 이용해서 길가에 굴러다니는 돌을 바꾸면 그만이고, 보석은 역시 널려 있는 원소들을 압축, 가공하면 원하는 형태로 찍어낼 수 있으니까. 예전에, 521년 전에 발다인의 여왕에게 큰 다이아몬드를 하나 선물했더니 굉장히 좋아했다. 그 후로는 몇 년간 머무르면서 뭘 하고 싶다고 해도 왕가에서 알아서 다 해줬는데…….〉

"태양의 눈물이 네가 만든 거였어?"

루그가 눈을 휘둥그레 떴다. 발다인 왕가에 전해 내려오는 여왕의 상징 '태양의 눈물'은 대륙에서 가장 큰 다이아몬드였다. 그 크기가 주먹보다도 더 크기 때문에 현자가 태양신이 맡긴 임무를 수행하고 보상으로 얻은 신물이라는 전설을 다들 믿을 정도였다.

볼카르가 의아해하며 물었다.

〈인간 마법사들도 어지간한 수준이면 다이아몬드 정도는 만들 수 있지 않은가? 그래서 그들이 여태까지 만든 적 없을 것 같은 크기의 보석을 만들었을 뿐인데.〉

"…절대 못하거든? 그런 일이 가능한 인간 마법사가 존재할 리가 없잖아!"

루그는 대마법사와도 안면을 트고 지냈지만 그조차도 연금술사들이 말하는 납을 금으로 바꾸는 것은 아직까지는 꿈같은 이야기라고 일축했을 정도다. 그런데 그 일을 실제로 해냈을 뿐만 아니고 순진하게 '참 쉽죠?' 하고 묻고 있다니 이걸 대체 뭐라고 해야 하나?

"상식적으로 생각해 봐. 그러니까… 으음, 이렇게 설명하면 되나? 마법사들이 금하고 보석을 쉽게 찍어낼 수 있었으면 그것들이 가치가 폭락하지 않겠어? 금이든 보석이든 쉽게 구할 수 없어서 비싼 거니까."

〈그런 것인가? 인간 마법사들은 정말로 못한다고?〉

"못해. 금이랑 보석을 찍어내긴커녕 그걸 물 마시듯 소비해 대는 인종들이라고. 내가 알기로 마법이라는 것은 돈 먹는 괴물이야."

〈음…….〉

정신 감응을 통해 볼카르가 난감해하는 감정이 전해져 왔다. 이건 진지하게 '대체 왜 그렇게 쉬운 것을 못하는 걸까?' 하고 의문을 품은 듯하여 루그는 기가 막혔다. 인간 마법사에게 그런 능력이 있다면 아마 한 나라를, 아니, 잘하면 전 대륙을 자기 뜻대로 주무를 수도 있을 것이다.

루그가 은근히 물었다.

"그럼 혹시 너한테 마법을 배우면 나도 금이랑 보석을 찍어낼 수 있게 되나?"

〈물론이다. 하지만 금과 보석 때문에 마법에 흥미를 보인다니, 역시 인간은 속물이로군. 처음부터 이걸로 꾀일 것을 그랬나?〉

"아, 물론 따, 딱히 금과 보석이 탐나서 그러는 것은 아니야. 그냥 앞으로 과거의 너를 상대하려면 돈이 많은 편이 좋으니까 말야. 말하자면 군자금이지. 진짜라구."

〈흐음, 그렇군. 그렇다고 해두지.〉

"그렇다고 해두지, 라니… 야, 진짜라니까! 믿으라고!"

뿌우우우우!

살짝 비웃음 섞인 볼카르의 말에 루그가 발끈하고 있을 때, 뿔나팔 소리가 울려 퍼졌다. 그 자리에 모여 있던 병사들과 용병들이 다들 고개를 들어 한곳으로 시선을 모았다. 다소 살집이 있는 몸매의 네이달 자작이 완전무장한 모습으로 말에 오른 채 그들을 바라보고 있었다.

"준비는 모두 마쳤겠지? 이제 출발한다! 용병들은 라드 경과 미르크 경의 지휘를 따르도록!"

그리고 열두 명의 기사가 160여 명의 병사를 데리고 이동하기 시작했다. 그 뒤를 두 명의 기사와 50여 명의 용병이 따랐다.

3

네이달 자작령의 크기는 쓸데없이 땅만 넓은 아스탈 영지에 비해 3분의 1 정도에 불과했다. 하지만 마물의 위협도 적은 편이었고, 농사짓기에 어울리는 땅도 많았기에 살기 좋은 곳이었다. 그러다 보니 이런 때 동원할 수 있는 병력이 그리 많지 않은 모양이었다.

'아니, 영지 크기를 생각하면 나름 많은 건가? 영지의 모든 병력을 끌고 나온 것도 아닐 테니. 게다가 자금에 여유가 있으니 용병도 모을 수 있고.'

루그는 아스탈 백작령의 사정을 생각하며 한숨을 쉬었다. 아스탈 백작은 철저하게 실적을 보고 평민 병사 중에서도 지속적으로 기사를 서임하기에 휘하에 거느린 기사의 수는 60명이 넘었다.

하지만 그들을 무장시키고 운용하는 데만도 많은 돈이 들어가기 때문에 기사들의 장비가 다소 열악했고, 기사 대비 병사의 숫자가 상당히 적은 어처구니없는 병력 구성을 자랑했다. 아스탈 백작이 휘하의 기사단만을 데리고 기동력을 살려서 빠르게 목적지까지 이동, 마물 토벌에 임하는 것도 다 이유가 있었던 것이다.

그에 비해 네이달 자작이 데리고 나온 병력의 구성은 지극히 상식적이었다. 네이달 자작 옆에는 마법사도 한 명 따르고 있었고, 병사들 중에는 궁병이 열여섯 명이나 섞여 있었다.

참고로 용병들 중에 강체술사는 루그가 유일했다. 루그가 용병들의 기량을 시험하는 기사 앞에서 맨손으로 큰 돌을 부수는 것을 보여주었기 때문에 열다섯 살이라는 어린 나이에도 불구하고 다른 용병들과는 비교도 안 되는 조건으로 계약

할 수 있었던 것이다.

'사실 내 실력을 생각하면 이것도 좀 짜지만 엄청 대단한 규모의 싸움도 아니고 크게 위험한 놈이 있는 것도 아닐 테니 단타 벌이로는 괜찮은 편이지.'

강체술은 원래는 기사들의 비전이었기 때문에 기사가 아닌 강체술사는 보기 힘든 편이었다. 그렇기에 높은 수준의 강체술사는 어딜 가든 높은 대우를 받을 수 있었고, 루그 역시 돈이 아쉬워 본 적은 별로 없었다. 5단계의 경지에 이른 강체술사는 기사들 중에서도 찾아보기 힘들었으니 당연한 일이다.

그렇기에 루그는 자신이 돈을 버는 것이 그리 어렵지 않을 거라고 자신하고 있었다. 사업적 감각이 있는 것은 아니지만 필요한 수준의 돈을 버는 데는 오랜 시간이 걸리지 않을 것이다.

'돈이 좀 있어야 라나를 다시 볼 때도 면목이 설 테니까.'

자고로 남자는 여자 앞에서 돈을 아쉬워하는 모습을 보이면 점수가 깎이는 법이다. 돈과 폭력으로 이루어진 세계에 오랫동안 몸담고 있던 루그는 그런 사고방식을 갖고 있었다.

물론 라나가 돈이 없다고 사람을 구박하는 그런 심성의 소유자는 결코 아니었지만, 어쨌거나 사랑하는 여자 앞에서 돈없는 모습을 보인다니 상상만 해도 비참하지 않은가? 사랑하는 여자 앞에서 자존심 세우고 허세를 부리고 싶어하는 것은 수컷의 영혼에 각인된 본능이라고 할 수 있겠다.

'하지만 좀 이상하군. 고작 도적단 토벌하는 데 이 정도 인원을 동원할 필요가 있나?'

문득 루그는 병력의 규모를 보면서 의아함을 느꼈다.

병사들에게 물어보니 바틀란 도적단의 구성원은 7, 80명 정도라고 한다. 그 정도 규모의 도적단이라면 네이달 자작의 병력만으로도 충분히 해치울 수 있을 텐데 어째서 용병을 50여 명이나 고용했는지 이해할 수가 없었다.

〈만전을 기하기 위해서 아닌가?〉

"그렇게 생각하기에는 용병들한테 지출한 돈이 너무 많아. 여기가 아스탈 영지보단 풍족하겠지만 그래도 쓸데없이 돈을 펑펑 써댈 이유는 없……."

쉬쉬쉬쉿!

루그가 다른 사람과 조금 떨어진 위치에서 볼카르와 대화를 나누고 있을 때, 갑자기 날카로운 소리가 울렸다. 루그는 눈살을 찌푸리며 손을 들었다. 그러자 높은 곳에서 대각선으로 날아든 화살이 그 손에 잡혔다.

팍!

"아아아아악!"

뒤이어 주변에서 화살에 맞은 이들의 비명이 울려 퍼졌다. 루그는 손에 잡힌 화살을 뚜둑 부러뜨리며 이를 갈았다.

"젠장! 이건 뭐야?"

기사들에게 듣기로 여드레 전에 나타난 바틀란 도적단은 산속에 허술한 임시 본거지를 만들어놓고 거기에 틀어박혀 있다고 했다. 인간과 오크가 함께 하는 악명 높은 도적단이라고는 하지만 고작해야 7, 80명 정도라 큰 위험은 없을 줄 알았거늘 이런 식의 전술을 구사하다니?

파밧!

루그는 자신에게 날아드는 화살을 쳐낸 뒤, 아군 사이로 뛰어들어서 그곳으로 떨어지는 화살들까지 막아주었다. 예상치 못한 기습에 공황에 빠져 있던 용병들이 루그를 보며 인사했다.

"고맙다."

"인사는 나중에 받지."

루그는 대충 대답하고는 적의 궁병들을 바라보았다. 정말로 인간과 오크가 뒤섞인 놈들이 길옆의 높은 고지를 점령하고 활을 쏴대고 있었다. 본거지에서 한참 떨어진 산 초입부터 이런 기습을 받다니, 이것은 적들이 이 산의 지형을 철저하게 숙지하고 있다는 것을 증명했다.

"머리가 좀 돌아가는 놈이 섞여 있나 본데, 이거."

적들은 큰 욕심을 부리지 않았다. 유리한 고지를 점하고 신나게 화살을 쏘아대더니, 이쪽에서 좀 정신을 차리는 듯싶자 미련없이 물러나기 시작했다. 물론 그러면서 한두 발씩 계속 화살을 쏴대서 이쪽의 추격을 막는 것도 잊지 않았다.

적의 움직임을 본 루그가 혀를 내둘렀다.

"기가 막히는군. 우두머리가 진짜 머리가 잘 돌아가는걸. 정식으로 군에 몸담은 적이 있는 놈인가? 아니면 용병 출신?"

〈왜 그렇게 생각하지?〉

"그러지 않고서야 이런 수를 쓸 리가 없으니까. 게다가 적들이 물러나기 시작한 타이밍은 기사들이 정신 차리고 방패 뒤에서 나와 화살을 쳐내고, 마법사가 주문에 들어간 것과 거의 일치해. 보통 허를 찔러서 타격을 준 뒤에는 곧바로 근접 병력을 투입해서 끝장을 보려고 하지만, 그래 봤자 승산이 없다는 것을 알고 있었다는 거지."

이쪽에는 다수의 기사들이 있으니 도적단이 정면승부를 벌이는 것은 무모한 일이었다. 강체술을 연마한데다가 칼도 잘 안 들어가는 갑옷으로 무장한 기사들은 말을 타지 않는 산악 지형에서도 최소한 혼자서 열 명을 감당할 수 있는 강자들이었으니까.

"네이달 자작은 사전에 저놈들에 대해서 잘 알고 있었는지도 몰라. 그래서 용병을 50명이나 모으고, 강체술사인 나를 비싼 값에 고용한 거라면 납득이 가지."

루그는 기사들 사이에서 화가 나서 길길이 날뛰고 있는 네이달 자작을 보면서 중얼거렸다.

4

루그의 짐작대로 바틀란 도적단에는 용병 출신이 섞여 있었다. 수령에게 신뢰받는 참모인 자이르 네거슨이 바로 그였다. 용병으로 여러 전장을 떠돌던 그는 4년 전에 바틀란 도적단 토벌전에서 사로잡히게 되었고, 살아남기 위해 혀를 놀려서 도적단의 일원이 되었다.

그가 합류한 후 바틀란 도적단의 벌이는 예전보다 훨씬 좋아졌다. 그는 인간과 오크가 함께하는 바틀란 도적단의 전력을 강화할 구성을 연달아 내놓았고, 정규군이나 사용할 법한 전술을 구사해서 아군의 피해를 최소화했다. 그리고 약탈하는 지역을 옮길 때마다 그 지역의 범죄 조직과 거래를 트고 잡아들인 인간들, 그리고 정규군을 죽이고 얻은 무기를 팔아넘기는 사업을 진행시키는 수완을 발휘했다.

자이르가 합류하기 전과 비교하면 바틀란 도적단은 매우 풍족해진 것은 물론이고 전투 시의 인원 손실도 크게 줄었다. 그렇기에 누구도 자이르가 두목 바틀란의 오른팔로 총애받는 것에 이의를 제기하지 않았다.

수염이 덥수룩하게 나고 터질 듯한 근육질을 자랑하는 두목 바틀란이 중얼거렸다.

"흠. 네이달 자작이 약이 잔뜩 오른 모양이군. 용병을 50명이나 고용하다니."

"그러게 말입니다."

자이르가 고개를 끄덕였다. 20대 후반 정도로 보이는 그는 타는 듯한 붉은 머리칼에 푸른 눈동자를 갖고 있었다. 그러나 눈매가 워낙 가느다란 편이라서 정면에서 보지 않으면 눈동자가 무슨 색인지 알아볼 수 없을 정도였다.

"크로슨이 있었으면 좀 더 피해를 줄 수 있었을 텐데 아쉽군요. 네이달 자작의 마법사를 죽여 버렸으면 좋았을 텐데, 대응하기가 까다롭게 되었습니다."

산 초입에 매복시켜 두었던 선두 타격대의 전과를 들은 자이르가 혀를 차며 투덜거렸다. 크로슨은 2개월 전까지 바틀란 도적단에 몸담고 있던 마법사다. 용병 출신이라 그리 뛰어난 마법을 구사하진 못했지만 그래도 마법사가 있고 없고의 차이는 컸다. 그런데 그가 2개월 전에 전사해 버리는 바람에 현재 바틀란 용병단에는 마법사가 없었던 것이다.

바틀란이 말했다.

"기사들이 잔뜩 둘러싸고 있으니 어쩔 수 없지. 근데 기사들 숫자도 좀 많긴 하군. 너랑 나랑 쿠탄만으론 대적할 수 없겠어."

바틀란 도적단은 고작해야 도적들의 무리인 주제에 강체술사가 세 명이나 있었다. 두목인 바틀란이 몰락한 무가 출신인지라 그가 총애하는 부두목 자이르와 돌격대장을 자처하는 오크 쿠탄에게 강체술을 가르쳤던 것이다.

자이르가 한숨을 쉬었다.

"그러니 여기까지 오는 동안 최대한 진을 빼놔야지요. 이 번에는 지출이 좀 클지도 모르겠습니다."

"어쩔 수 없지. 그만큼 벌이가 좋았으니 돈 아끼다 진짜 손 해를 보는 일은 없도록 해야 한다. 그리고 기사를 죽이면 그 장비만으로도 이윤이 날 게다."

기사들의 갑옷은 중갑을 모두 갖출 경우 3~4만 레브 정도 할 정도로 고가품이었다. 그러니 기사들을 죽이고 그 장비를 노획해서 내다 팔면 그것만으로도 상당한 돈을 벌 수 있었다.

자이르가 씩 웃었다.

"되도록이면 장비에 흠 없이 죽이고 싶지만 그건 쉽지 않 겠지요."

총인원만 해도 자신들보다 많은 토벌대가 오고 있는데도 둘은 전혀 겁먹은 기색이 아니었다. 그동안 지겹도록 자신들 을 토벌하려는 병력과 싸워왔기에 이번에도 이길 자신이 있 었던 것이다.

자이르가 산악 지형을 파악하고 대충 그린 엉성한 지도 한 부분을 짚으며 사악하게 웃었다.

"슬슬 놈들이 제2지점에 도착했을 겁니다. 엉덩이에 불이 붙어서 혼비백산할 놈들의 모습이 기대되는군요."

5

산 초입에서 적들의 화살세례를 받은 토벌대는 잔뜩 약이 올라 있었다. 사망자의 수가 일곱 명, 부상자의 수가 여덟 명으로 전력의 손실도 컸고 도적단에게 뒤통수를 맞았다는 사실이 치욕스럽기도 했던 것이다.

당연히 네이달 자작은 토벌대의 진군 속도를 높였다. 그리고 10분 정도 지났을 때 수십 미터 전방에서 소수의 적이 나타나더니 마구 화살을 쏘아대고는 달아나 버렸다.

이 공격으로 인한 피해는 병사 중에 부상자가 두 명 나온 것뿐이었지만 네이달 자작은 잔뜩 열 받아서 진군 속도를 더욱 높일 것을 지시했다. 선두에서 화살세례를 받아낸 기사들도 열 받은 것은 마찬가지라 아무도 토를 달지 않고 속도를 높였다.

그렇게 서둘러서 산길을 올라가던 그들은 갑자기 움푹 파인 지형에 들어서게 되었다. 한참 이어지던 오르막 사이에 내리막이 있고, 다시 20미터 정도 가면 오르막으로 이어지는 지형이었다.

그곳에 들어서면서도 아무도 이상하다는 생각을 하지 않았다. 어차피 빨리 지나가면 그만이라고 생각한 것이다. 하지만 그것은 치명적인 실수였다.

"크워!"

용병들을 통솔하는 기사 두 명을 제외한 나머지 열두 명의 기사는 네이달 자작과 함께 선두에 배치되어 있었다. 그 기사들이 남김없이 움푹 파인 지형 속으로 들어서는 순간, 숲 속에서 인간과 오크가 뒤섞인 도적들이 모습을 드러내더니 돌멩이 같은 것을 집어 던졌다.

"음? 저건?"

뒤쪽에서 그것을 본 루그의 눈이 휘둥그레졌다. 그 직후 상상도 못한 일이 벌어졌다.

화아아아악!

피부에 닿는 것만으로도 화상을 입을 만한 열기가 사방으로 퍼져 나가면서 불길이 치솟았다. 도적들이 던진 물건에서 한순간에 살을 익혀 버릴 만한 불꽃이 폭발, 서로서로 상승효과를 내면서 움푹 파인 지형을 가득 채웠다. 당연하지만 그곳에 들어섰던 기사들은 남김없이 불에 휩쓸리고 말았다.

한 박자 늦게 도적단이 던진 것의 정체를 알아차린 루그가 경악했다.

"도적단 주제에 화염탄을 써? 말도 안 돼!"

도적단이 사용한 것은 연금술사들이 만들어낸 화염탄이었다. 속에 간단한 화염 마법 술식과 그것을 증폭시키는 비싼 약품들을 넣어둔 무기로, 발동시킨 뒤에 집어 던지면 사방으로 화염을 흩뿌리는 효과를 가졌다.

〈화염탄이 뭔가?〉

"폭염탄보다는 싸지만 그래도 성능 대비 단가가 쓸데없이 비싼 무기! 자세한 것은 나중에 다시 물어봐!"

루그가 볼카르의 말을 끊은 것은 사방에서 화살이 날아들기 때문이다. 화염탄으로 선두의 기사들을 때린 도적단이 앞쪽의 높은 지대를 점하고 닥치는 대로 화살을 쏘아대고 있었다. 나무들이 가리지 않는 길 한가운데인 데다가 높은 곳에서 쏴대다 보니 우왕좌왕하고 있던 토벌대가 우수수 쓰러져 가기 시작했다.

"미치겠군. 다들 나무들 사이로 흩어져!"

용병들에게 경고한 루그는 강체력을 일으켜서 양팔에 스파이럴 스트림을 휘감았다. 그다음 날아드는 화살들을 닥치는 대로 쳐내면서 길을 벗어나서 나무들 사이를 달리기 시작했다.

"젠장! 고작해야 도적단 주제에 뭐 이렇게 강해? 화염탄을 펑펑 써대는 도적들이라니 지네들이 무슨 팔루카 도적단인 줄 아나?"

루그는 나무들 사이를 달리면서 이전 생에서 맞닥뜨렸던 가장 강력한 도적단인 팔루카 도적단을 떠올렸다.

소속된 도적의 숫자만 무려 700명에 달했던 팔루카 도적단은 대륙 중부의 악몽이라 불릴 정도로 강력한 놈들로, 천혜의 요새라 불리는 아라고른 계곡을 점령하고 정규군을 수십 번에 걸쳐 격퇴한 전적을 자랑했다.

그들로 인해 골치를 썩던 발라디안 백작을 한편으로 끌어들이기 위해 루그와 동료들이 그 싸움에 뛰어들었던 적이 있는데, 팔루카 도적단이 위기에 처했을 때 꺼내 든 비장의 카드가 바로 화염탄이었다.

휘익!

길을 벗어난 루그는 그대로 땅을 박차고 도약해서 나뭇가지를 잡았다. 그리고 한두 번 몸을 흔든 후에 원숭이처럼 나무들 사이를 누비며 적들을 향해 접근해 갔다.

"어?"

흩어지는 토벌대를 비웃으며 화살을 쏴대고 있던 도적들 중 하나가 눈을 크게 떴다. 인간을 닮은 형상이 원숭이 같은 움직임으로 나무들 사이를 이동해서 접근해 오니 그럴 수밖에.

그와 시선을 마주하는 순간, 루그가 땅에 내려서면서 발끝으로 돌멩이 하나를 차올렸다. 그리고 그걸 잡자마자 강체력을 실어서 집어 던졌다.

퍽!

도적 궁사는 비명조차 지르지 못했다. 루그와 그 사이의 거리는 고작 20미터 정도였기에 겨냥이 빗나갈 이유가 없었던 것이다. 머리에 돌을 얻어맞은 그는 피를 흩뿌리며 뒤로 넘어갔고, 도적들 사이에 동요가 일어나기 시작했다.

팍! 팍! 팍!

루그는 그 틈을 놓치지 않고 연달아 돌멩이를 집어 던졌다. 하나에 한 놈씩 착실하게 맞춰서 쓰러뜨려 간다.

물론 적들도 계속 당하고만 있지는 않았다. 네 명째 쓰러질 때쯤에는 루그를 향해 활을 돌리고 반격을 가했다. 직사로 쏘아진 수십 대의 화살이 날아들었다.

파바바박!

그러나 루그는 나무 뒤에 숨는 것만으로도 간단히 화살들을 피할 수 있었다. 하지만 일단 적들이 화살을 쏘기 시작하자 나무 뒤에서 나갈 수가 없었다.

"아우, 강체력이 모자라니 별 거지 같은 꼴을 다 당하네."

〈마법을 익혔으면 화살이 날아들든 말든 유유히 다가가서 죽일 수 있었을 텐데 말이지.〉

"그러게. 근데 이놈들 때려잡아서 돈은 좀 벌고 나서 생각하자."

루그는 급박한 상황에 느긋하게 밉살스러운 소리를 늘어놓는 볼카르에게 투덜거리면서 대응책을 생각했다.

적들의 대응은 지극히 상식적이었다. 열 명 정도의 궁사가 교대 사격으로 루그의 움직임을 막고, 그 틈에 다른 병력들이 우회해서 다가오고 있었던 것이다.

"돌아버리겠군. 이놈들, 왜 이렇게 궁사가 많아?"

궁병은 비용이 많이 들기 때문에 양성하기가 까다로운 직종이다. 귀족들이야 궁술을 기본 소양으로 익히지만 일반 병사 중에는 특별히 엄선한 자들만을 궁병으로 키운다. 그런데 도적단 주제에 궁사가 이렇게 많다니 이해할 수가 없었다.

'진짜로 팔루카 도적단의 전신이라도 되는 건가?'

화염탄을 쓰는 것도, 다수의 궁사를 양성해서 보유하고 있던 것도 전생에 싸웠던 팔루카 도적단을 생각나게 만든다. 물론 팔루카 도적단과 비교하면 규모도 작고 병력의 질도 떨어지긴 했지만 말이다.

이전 생에서 이 시기의 루그는 아스탈 백작가에서 마빈과 으르렁거리고 있었기에 세상이 어떻게 돌아갔는지 몰랐다. 그러다 보니 혹시나 하는 마음이 드는 게 사실이었다.

'팔루카 도적단하고 연관이 있으면 골치 아픈데. 네 명의 두령 중 하나라도 섞여 있으면 지금의 내가 상대하긴 벅차다. 아니, 과거니까 그쪽도 그렇게 강하진 않겠지?'

팔루카 도적단에는 강체술을 4단계까지 연마한 막강한 네 명의 두령이 있었다. 정규군의 기사들을 잇달아 쓰러뜨렸던 그들 중 하나가 여기 있기라도 하면 상당히 골치 아파진다.

'팔루카 도적단이 와해된 것은 대륙력 692년, 그렇다는 것은 그놈들이 나타나서 가장 강성해질 때까지는 아직 15년이나 남았다는 이야기.'

그렇다면 별로 걱정할 것은 없을 것 같다. 15년 후에나 4단계에 도달하는 놈들이라면 이 단계에선 별 볼일 없을 터. 루그는 그렇게 판단하며 슬슬 다시 나무 위로 올라가서 빠져나가려고 했다.

"크아아아앗!"

그때 예상 밖의 사태가 벌어졌다. 화염탄의 불길로 쓰러졌던 기사들 중 세 명이 처절한 외침을 내지르며 달려오기 시작했던 것이다.

움푹 파인 지형에서 여러 개의 화염탄이 터지면서 상승효과가 났고, 그로 인해 대다수의 기사들은 심한 화상을 입고 쓰러지거나 아니면 불길을 호흡해 버리는 바람에 기도가 타서 죽고 말았다. 화염탄의 불길은 특수한 약품에 의한 것이었기에 호흡기에 들어가면 아예 그 속에 눌어붙어 버리는 치명적인 살상력을 가졌다. 그렇기에 아무리 강체술을 익힌 기사라고 하더라도 한번 호흡하면 죽음을 피하기 힘들었다.

하지만 모든 기사들이 화염탄에 쓰러진 것은 아니었다. 일부 기사들은 강체술을 이용해서 피해를 최소한으로 줄이는 데 성공했다. 그리고 루그가 적의 궁수들 중 일부를 자신에게로 돌리자 그 틈을 타서 돌격해 온 것이다.

'좋아! 역시 기사답게 그냥 죽지는 않는군!'

루그는 기사들의 용맹을 칭송하며 나무 위로 뛰어올랐다. 그리고 우회해서 자신에게 다가오던 도적들을 향해 원숭이처럼 날아가기 시작했다. 강체력이 일천해서 마구 쏘아대는 화살을 뚫고 가기는 어려웠지만 칼과 창을 든 놈들이라면 충분히 상대할 수 있었다.

"뭐야?"

루그가 나무들 사이로 솟구치자 도적이 눈을 크게 떴다. 그

리고 그들의 머리 위로 떨어져 내린 루그가 발로 그 머리를
강타했다.

퍼억!

한 번에 두개골이 으스러지면서 도적 하나가 절명했다. 루
그는 그 반동으로 몸을 거꾸로 세우면서 스파이럴 스트림을
전개한 양팔을 날카롭게 휘둘렀다.

파아아아아!

날카로운 기류를 휘감은 팔에 강타당한 도적들이 비명을
지르며 쓰러졌다. 그렇게 서로 엉켜서 혼란을 일으키는 도적
들 사이로 내려선 루그는 곧바로 주먹을 내질렀다.

쾅!

폭음이 울려 퍼지며 전방에 있던 오크 도적의 내장이 파열
되어 피를 토하며 쓰러졌다. 루그는 당연한 결과라는 듯 눈썹
하나 까딱하지 않고 시체를 밀어서 적들의 움직임을 막았다.
그리고 뒤에서 찔러오는 창을 손으로 잡은 다음 코웃음을 쳤
다.

"역시 오크답게 움츠러들지 않는군."

창을 찌른 것은 오크 도적이었다. 인간 도적들은 전혀 정신
을 차리지 못하고 혼란스러워했지만 단순무식하고 용맹한 오
크들은 일단 공격을 가하고 본 것이다. 하지만 상대가 루그인
이상 의미없는 일이었다.

뻐억!

뒤차기가 오크의 배를 강타했다. 그 일격으로 몸통 뼈와 내장이 부서진 오크가 울컥 피를 토하며 쓰러진다. 루그가 그에게서 뺏어 든 창으로 앞에서 우왕좌왕하고 있는 놈들을 찔러버리자 옆에 있던 인간 도적이 비명을 질렀다.

"으아아아악!"

공포에 질린 비명과 함께 검이 날아들었다. 하지만 루그는 슬쩍 몸을 틀어 그것을 피하면서 팔꿈치로 그놈의 가슴을 찍어버렸다.

콰직!

가슴뼈가 부서진 놈이 피거품을 문 채 꺽꺽거리면서 쓰러져 간다.

그야말로 학살이었다. 비록 강체력이 부족하다고는 하나 그것을 활용하는 루그의 실력은 적수를 찾아보기 어려운 수준이었다.

강체술을 익히지도 않았고, 제대로 된 방어구를 갖추지도 않은 도적들 따윈 루그의 상대가 될 수 없었다. 비상식적인 움직임으로 초반에 혼란을 일으킨 뒤 전광석화 같은 움직임과 필살의 위력을 자랑하는 일격을 질풍처럼 날려대니 여덟 명의 도적이 쓰러지는 데 3분도 채 걸리지 않았다.

"훈련용 허수아비만도 못한 녀석들."

루그가 쓰러진 도적들을 바라보며 차갑게 중얼거렸다. 오크 용제와 싸울 당시만 해도 이 정도 숫자를 버거워했거늘,

고작 3개월이 지난 지금은 그때와는 비교할 수 없을 만큼 전투 능력이 향상되어 있었다. 강체력도 제법 늘어났고, 강체술이 5단계에 접어든데다가 육체가 더욱 단련된 덕분이었다.

그렇게 일군의 도적들을 쓰러뜨린 루그는 나무 위에 올라서 상황을 살폈다. 역시 그리 좋지는 않았다. 살아남은 기사들이 돌격해 오자 도적들은 재빨리 도망쳐 버렸다. 화살을 맞아가며 그들을 쫓은 기사들이 베어 넘긴 것은 고작 두 명뿐이었다.

"흠. 다행히 자작이 살아 있으니 도망칠 필요는 없겠군."

루그는 아군들 사이에서 네이달 자작의 모습을 발견하고 중얼거렸다. 네이달 자작은 여기저기 화상을 입긴 했지만 비교적 멀쩡한 모습이었다.

그것은 그의 능력이 탁월해서가 아니라, 영주인 그의 갑옷에는 불꽃에 대한 내성을 갖는 마법 주문이 각인되어 있기 때문이리라. 전장에서 화공이 쓰이는 경우는 드물지 않고, 마법사들도 불꽃을 즐겨 쓰기 때문에 영주 정도 되는 인물이 입는 비싼 갑옷이라면 거기에 대한 대책이 설치되어 있게 마련이다.

볼카르가 물었다.

〈자작이 죽었으면 도망칠 생각이었나?〉

"당연하지."

〈어째서지?〉

"이유는 두 가지. 가뜩이나 형세가 불리한데 지휘관마저 죽어버리면 그다음에 기다리는 것은 학살뿐이니까. 나는 아직 도적단을 혼자 상대할 정도로 강하지 않아."

루그는 손가락 두 개를 펼쳤다 접으며 말했다.

"그리고 돈을 줄 사람이 죽었는데 내가 목숨 걸고 싸울 이유가 없어. 영주가 죽으면 보통은 토벌대를 물릴 것이고, 그렇게 되면 한 푼의 보수도 못 받을 가능성이 커. 하지만 다행히 살아 있으니 다시 가서 교섭해 봐야겠군. 상황이 이러니 보수를 더 올려 받아야겠어."

루그는 죽은 오크 도적의 창을 집어 들고는 자작이 있는 곳으로 향했다.

6

리루 나칼라즈티는 자신이 처한 상황이 몸서리쳐지도록 싫었다. 그것은 너저분한 옷을 입은 채 며칠 동안 잘 씻지도 못했기 때문만도 아니고, 팔다리가 구속당해서 하염없이 천장만 쳐다보고 있어야 하기 때문만도 아니다.

가장 큰 이유는 자신이 자유를 빼앗긴 채 구속당해 있다는 사실 자체였다. 아직 어린 엘프인 그녀는 막연히 인간들이 무섭다고 배워왔을 뿐, 불과 한 달 전까지는 그들을 실제로 본 적도 없었다. 하지만 이제 그녀는 인간의 무서움을 알고 그들을 세상에서 가장 싫어하게 되었다.

'바람의 소리가 들리지 않아…….'

그녀는 태어나면서부터 바람의 정령과 교감할 수 있었고, 나무의 의지를 알 수 있었다. 그러나 지금은 주변을 맴도는 바람의 정령들이 무슨 말을 하는지 알 수가 없었다. 그녀를 구속한 마법의 힘 때문에 희미하게 그 속에 섞인 감정을 읽어내는 게 고작이었다.

그리고 그 감정은 대부분 추악하기 짝이 없었다. 이를테면, 지금 바깥에서 리루와 알라냐를 음흉한 눈으로 보고 있는 도적들이 발하는 감정은 한 번도 느껴보지 못한 것이었다. 하지만 그것이 몸서리쳐지도록 혐오스럽다는 사실만은 의심의 여지가 없었다.

"울지 마, 디나 리루."

그녀가 훌쩍이자 알라냐가 말했다.

둘은 나이 차가 많이 나는 자매처럼 닮았다. 둘 다 긴 흑단 같은 머리칼과 노을빛 눈동자, 그리고 백옥처럼 흰 피부를 가졌고, 누구나 시선을 줄 수밖에 없을 정도로 아름다웠으며, 엘프의 상징처럼 여겨지는 뾰족하게 솟은 귀를 가졌다.

하지만 리루는 아직 젖살도 덜 빠진 열서너 살 정도의 소녀였고 알라냐는 그녀보다 일고여덟 살은 많아 보이는, 남자라면 보는 순간 숨을 삼킬 수밖에 없는 완성된 아름다움을 가진 미녀였다.

알라냐가 말을 이었다.

"여기에는 눈물을 닦아줄 이도 없어."

심지어 두 엘프는 스스로 눈물을 닦을 수도 없었다. 팔다리에 채워진 금속 고리가 너무 무거워서 옴짝달싹 못하는 처지였기 때문이다. 둘이 허공만 쳐다보고 있는 것도 다 이유가 있었다.

바틀란 도적단의 임시 아지트에는 나무를 얽어서 만든 감옥 두 개가 있었다. 그중 하나에는 리루와 알라냐가 갇혀 있었고 또 하나는 스무 명 정도의 인간이 갇혀 있었는데, 모두가 젊은 여자와 아이들이었다. 바틀란 도적단은 인신매매로도 꽤 쏠쏠한 수입을 벌어들이고 있었기에 마을을 약탈할 때면 비싸게 팔 수 있는 인적자원(?)을 결코 그냥 지나치지 않던 것이다.

문득 알라냐가 말했다.

"인간들의 움직임이 부산해. 혹시 싸우고 있는 건가? 디나 리루, 혹시 먼 곳의 소리가 들리니?"

"미마 알라냐, 이것 때문에 바람의 소리가 거의 안 들려."

리루라고 불린 소녀가 팔다리에 채워진 금속 고리를 바라보며 대답했다. 둘의 움직임을 구속하는 금속 고리에는 표면에 새겨진 마법의 문자가 은은한 빛을 발하고 있었다. 무게로 움직임을 봉하고, 마법으로 엘프 특유의 속성력을 행사하기 위한 마력을 봉하는 구속 장치였다.

알라냐라고 불린 여자가 한숨을 쉬었다. 그녀가 짜증이 묻어나는 표정으로 투덜거렸다.

"이것만 아니었어도 저런 인간들 따위는⋯⋯."

둘의 목소리는 마치 바람이 속삭이는 것 같은 독특한 울림을 담고 있었다. 가만히 귀 기울이고 있노라면 새가 지저귀는 듯한 그들의 노래를 듣고 싶다는 충동이 절로 일어나는 그런 목소리다.

리루가 풀 죽은 목소리로 말했다.

"미마 알라냐, 미안."

"자책하지 마, 디나 리루. 너에게 경계심을 제대로 가르치지 못한 내 잘못이야."

알라냐가 고개를 저었다.

불과 한 달 전까지만 해도 둘은 자유로웠다. 아름다운 숲속을 거닐며 정령들이 속삭이는 소리를 들었고, 달이 밝은 밤에는 나무들을 위해 춤을 추고 노래하며 숲의 정기를 호흡했다.

그러나 숲 밖의 세계에 호기심을 가진 리루는 경솔하게 수호의 결계 밖으로 나섰다가 인간들에게 사로잡히고 말았다. 리루를 걱정하여 따라나섰던 알라냐 역시 사이좋게 잡혀서 인간의 영주에게 팔려가는 몸이 되었다.

문득 리루가 말했다.

"미마 알라냐, 싸움 소리가 들려. 점점 가까워지고 있어."

"역시."

"상대는 누굴까?"

"아마 우리를 인계받는다고 했던 영주겠지. 그쪽이 이겨야 할 텐데."

"어째서?"

"그쪽이 우리를 데려가면 지금보다는 대접이 낫겠지. 최소한 여기 오기 전만큼은 편할 테니까. 어느 놈한테 잡혀 있으나 똑같다면 몸이라도 편한 게 나아. 그리고 그 과정에서 탈출할 기회를 잡을 수 있을지도 모르고."

"이걸 다 벗을 수 있는 순간이 올까? 인간들도 바보가 아닌데."

"올 거야."

알라냐가 확신을 담아 말했다.

눈에 띄는 아름다움을 가진 둘은 지금까지 몇 번이나 인간 남자들의 욕망 어린 시선을 받아왔다. 하지만 그때마다 엘프의 몸이 얼마나 약한지 알고 부하들을 통제하는 인간들이 있었기에 지금까지 무사할 수 있었다. 하지만 그런 행운이 언제까지 이어질지는 알 수 없는 일이다.

알라냐가 말했다.

"디나 리루, 쉽게 포기해서는 안 돼. 설령 어떤 일을 당하더라도 결국은 돌아갈 수 있을 거라고 믿으렴."

"으응."

리루는 별로 믿음이 담기지 않은 목소리로 대답하며 눈을 감았다. 먼 곳에서 피비린내가 섞인 싸움 소리가 들려오고 있었다.

7

토벌대의 상황은 그야말로 엉망진창이었다. 전력의 핵심이라고 할 수 있는 기사들이 반쯤 궤멸된 상황이었으니 그럴 수밖에.

기사들 중 여섯 명은 죽었고, 나머지도 심한 화상을 입어서 사경을 헤매고 있었다. 불굴의 투지를 발휘하여 뛰어나갔던 세 명도 사실 몸 여기저기 화상을 입어서 전투를 수행하기는 힘든 상황이었다.

그래서 현재 기사들 중 전투가 가능한 인원은 두 명이었고, 영주인 네이달 자작을 포함해도 세 명이었다.

"이들은 사제님의 치료를 받지 못하면 위험합니다."

마법사가 말했다. 영주를 섬기는 마법사인 그는 왕실 마법사 협회에 정식으로 소속된 실력자다. 물론 이런 시골 영지에 와 있는 만큼 고위 마법사는 아니었지만, 불시에 화염탄에 기습당해도 화상 하나 입지 않을 정도의 방비는 갖춰두고 있다.

〈화상이 심하군. 재생력이 약한 인간의 신체 구조상 저대

로 놔두면 잡균에 감염되어서 쉽게 죽음에 이르게 되겠지.〉

"잡균에 감염? 그게 무슨 소리야?"

〈음? 이 말을 이해할 만한 지식적 기반이 없는 건가?〉

마법에 대해서도 어느 정도의 지식은 가진 루그였지만 그것은 어디까지나 마법이 어떤 원리로 움직이는지, 그리고 어떤 효과를 발휘하는지에 대해서 뿐이다. 생물학적, 의학적 지식에 대해서는 직접 겪고 들은 일 외에는 알지 못했다.

몇 마디 더 대화를 나누어보고 그 점을 알게 된 볼카르가 한숨 섞인 목소리로 말했다.

〈가르칠 게 산더미처럼 많겠군. 인간의 지식 수준에 대해서는 나도 좀 신경 써서 파악할 필요가 있겠어. 이렇게 아는 게 없다니.〉

"무식해서 미안합니다. 빌어먹을. 어쨌든 당분간 입 좀 다물어."

루그는 그렇게 투덜거린 다음 네이달 자작에게 다가갔다. 그는 부관으로 보이는 중년의 기사에게 성을 내고 있었다.

"물러나다니! 말도 안 되는 소리는 하지도 말게!"

"하지만 자작님, 피해가 너무 큽니다. 일단 물러나서 전력을 한번 정비하지 않으면……."

"얼토당토않은 소리는 하지도 말게! 만약 우리가 물러나는 틈을 타서 그놈들이 도망치기라도 하면 모든 게 허사가 되고 말아! 자네도 잘 알지 않나? 이대로 놈들을 놓쳤다간 야염초(夜

炎草)도 끝장이고, 무엇보다 칼마스 후작님께 뭐라고 하면 좋단 말인가?'

"자작님 마음은 누구보다도 제가 잘 압니다. 하지만 이놈들이 또 무슨 수작을 부릴지 알 수 없는데……."

둘이 옥신각신하는 것을 가만히 지켜보던 루그가 불쑥 끼어들었다.

"이제 어쩌실 겁니까?'

그러자 네이달 자작이 고개를 확 돌리며 눈을 부라렸다. 한순간에 휘하의 기사들을 잃은 그의 눈초리가 무시무시했지만 루그는 눈썹도 까딱하지 않았다.

울컥해서 꺼지라고 소리치려던 네이달 자작은 상대가 루그라는 것을 알고는 화를 눌러 참았다. 나이는 어리지만 비싼 돈을 주고 고용한 강체술사였고, 또 방금 전에 눈부시게 활약하는 것을 보았기 때문이다.

"당연히 놈들의 씨를 말릴 것이다."

"지금까지 입은 피해가 너무 크지 않습니까? 일단 물러나서 재정비를 하고 다시 오는 게……."

"상관없다. 어차피 잡것들이니 남은 자들만으로도 충분히 소탕할 수 있다! 아니, 그래야만 한다!'

이성을 잃은 듯한 네이달 자작의 반응에 루그는 살짝 눈살을 찌푸렸다. 이미 이성적인 판단이 불가능한 상태인 것 같았다.

그런 루그의 표정을 본 네이달 자작의 태도가 변했다. 그가 교활한 웃음을 지으며 말을 이었다.

　"그리고 자네도 있지 않은가? 적들은 이미 바닥이 드러났다. 남은 병력으로도 충분히 소탕할 수 있어."

　"하지만……."

　"아아, 알겠네. 보수가 적어서 불만인 게로군. 기사들이 줄어든 만큼 자네가 해야 할 일이 많아졌는데 보수가 그대로라면 불만이 생길 만하지. 기존의 조건에다가 3천 레브를 더 얹어주면 어떤가?"

　"……."

　"쯧. 자네는 욕심이 많은 편이군. 좋아, 5천 레브까진 내겠네. 이게 내가 제안할 수 있는 최대한의 보수일세."

　"하아, 뭐, 그 정도까지 끝장을 보셔야겠다면 어쩔 수 없군요. 하죠. 다만 좀 더 신중하게 움직였으면 합니다."

　"물론일세. 저 간악한 도적들을 잡아다가 이 세상에 태어난 것을 후회하게 만들어줄 것이야."

　"알겠습니다. 그럼 상황이 정리될 때까지 저는 잠시 주변을 정찰해 보고 오지요."

　루그는 떨떠름한 표정으로 말하고는 자작 앞에서 물러났다. 그들로부터 멀어져서 나무에 올라 길을 우회하며 이동하기 시작한 루그가 말했다.

　"이상해."

〈뭐가 말인가?〉

"네이달 자작이 왜 이렇게까지 도적들을 토벌하는 데 집착하는 건지 모르겠어."

〈자신의 부하들이 당해서 그런 것 아닌가? 게다가 그도 적의 계책에 걸려서 불에 탄 시체가 될 뻔했으니 분노하는 게 당연해 보인다만.〉

"그런 것치고는 이성적이란 말이지. 열 받은 것은 확실한데, 꽤 좋은 조건을 내걸면서 나를 붙잡아두려는 것을 보니까 상황 판단이 안 되는 것은 아냐."

도적들의 계책에 걸려 피해를 입긴 했지만 아직 아군 병력은 병사들과 용병들을 합쳐서 130명가량 남아 있었다. 그리고 이쪽에는 기사 두 명에 마법사 협회에 등록된 정식 마법사까지 있으니 고작 100명 정도의 도적들 상대로는 넘치는 병력이었다. 루그가 빠지든 말든 토벌을 강행했어도 이상하지 않았다.

하지만 네이달 자작은 굳이 루그를 붙잡았다. 여기까지 오면서 입은 피해로 적의 실력이 뛰어남을 알았기 때문이리라. 즉, 그는 이대로 토벌을 강행할 경우 짊어져야 할 위험성을 알면서도 멈추지 않으려고 하는 것이다.

"뭔가 대외적으로 드러낼 수 없는 이유가 있는 것 같은데, 그게 뭔지 모르겠군. 찜찜한데. 일단 돈은 알아서 더 주겠다고 나섰으니 다행이다만."

루그는 그렇게 말한 다음 움직임을 멈추었다. 최대한 소리를 죽이고 나뭇가지 위를 뛰어다니던 그에게 도적들의 모습이 포착되었기 때문이다.

"녀석들, 진짜 철저하게 준비하는군."

70미터 정도 전방에 있는 도적들의 움직임을 살핀 루그가 투덜거렸다. 그곳에 배치되어 있는 도적들의 수는 30명 정도였다. 그중 반절은 이미 풀을 얼기설기 얽어서 뒤집어쓰고 수풀 사이에 몸을 숨겼지만 루그의 감각을 속일 수는 없었다.

〈저건 뭘 하는 거지? 땅 위에서 그물을 어디다 쓰려고?〉

"그야 우리한테 집어 던져서 움직임을 막을 생각이겠지."

도적들은 나뭇가지 위에 그물을 설치하고 있었다. 가까운 수풀에 숨어 있는 놈들이 연결된 줄을 당기면 그대로 떨어져서 아래를 지나는 이들을 덮치게 만든 덫이었다. 저 덫을 이용해서 토벌대가 혼란을 일으키게 한 다음 매복하고 있던 놈들이 일어나서 화살을 쏴대고, 그리고 긴 창을 가진 놈들이 멀리서 마구 찔러대면 그것만으로도 엄청난 피해가 날 것이다.

루그의 예측을 들은 볼카르가 감탄했다.

〈호오, 인간들은 이런 식으로 싸우는군. 이게 전술이라는 것인가?〉

"너랑 싸울 때도 매번 전술적으로 싸웠거든?"

〈잘 기억이 안 난다. 그리고 내 앞에서 전술이라는 게 의미

있었을 것 같지는 않군. 혹시 의미있었나?〉

"…아니. 솔직히 별로 의미없긴 했는데."

할 말이 궁해진 루그가 투덜거렸다. 심지어 마지막 전투 때도 볼카르를 함정으로 잘 몰아넣었다고 생각했지만 결국은 상처 하나 입히지 못했다. 그 정도로 압도적인 힘을 갖고 있으니 전술 개념이 없을 수밖에.

"그나저나 이놈들, 아무리 봐도 팔루카 도적단이랑 하는 짓이 똑같아. 뭔가 연관이 있긴 있는 모양인데."

〈네가 말한 네 명의 두령이라는 놈들 중 하나가 있을 수도 있겠군.〉

"아니면 그냥 여기서 도망친 놈들이 팔루카 도적단에 들어갈 수도 있는 거고. 가능성은 여러 가지가 있겠지. 아직 아는 얼굴이 하나도 안 보여서 확신은 못하겠어."

〈알아볼 수 있을 정도로 확실하게 기억하고 있긴 한가?〉

"음……."

핵심을 찌르는 볼카르의 지적에 루그가 눈살을 찌푸렸다.

생각해 보니 팔루카 도적단과는 토벌전에서 맞부딪친 것뿐이라서 딱히 얼굴을 기억하고 있진 않았다. 덩치가 무시무시하게 크다거나, 특이한 무기를 쓴다거나, 개성적인 강체술 응용 기술을 쓴다거나 하는 특징 정도는 기억하고 있지만 15년 전의 그들을 얼굴을 보고 알아볼 수 있냐고 하면 고개를 저을 수밖에 없다.

"그러게. 못 알아보겠다. 의미없구만."

〈고작 15년 전에 본 얼굴도 알아보지 못한다니, 매번 느끼는 거지만 인간의 기억력이란 정말 쓸모없군. 머릿속에 뇌 대신 신경 다발이 들어 있는 게 아닌가 의심스러울 정도야.〉

"닥쳐. 자기도 100년 동안의 일은 기억 못하는 주제에. 근데 뇌 대신에 신경 다발이 들어 있다는 것은 또 무슨 소리야?"

〈정말로 아는 게 없군. 곤충하고 똑같은 수준이라는 소리다.〉

"비유를 해도 꼭 그렇게 열 받는 거랑만 하냐? 아, 어쨌든 생각해 보니까 한 놈은 알아볼 수 있겠다."

〈호오, 알아볼 수 있는 놈이 있는 건가?〉

"자이르 네거슨이라고, 총두령인 팔루카의 심복이었던 놈은 알아볼 수 있어. 그놈 머리 색깔이 좀 심하게 빨간색이었던 데다가 실눈이었거든. 본인도 꽤 강하긴 했지만 직접 나서서 싸우기보다는 잔머리 굴리는 데 뛰어난 놈이었지. 나중에는 암흑가의 큰손이 되기도 했고……."

루그는 자이르 네거슨과 팔루카 도적단 토벌 이후로도 몇 번 인연을 맺었다. 몇 번은 험악한 인연이었고, 몇 번은 과거는 깨끗하게 잊고 일 관계로 이용한 인연이었다.

"어쨌든 도적들치고는 머리가 지나치게 잘 돌아가는데다가 굉장히 끈기가 있어. 준비하는 모습이 아주 자연스러운 걸 보면 여러 번 이런 계책으로 재미를 본 것 같은데."

루그는 혀를 찼다. 바틀란 도적단이 몇 번이나 영주들이 보
낸 토벌대를 무찌르며 악명을 높였다더니 과연 그럴 만하다
는 생각이 들었다.

"여기 매복한 숫자만 서른 명이라니, 이놈들, 대체 숫자가
몇이지? 7, 80명 규모는 아닌 것 같은데. 적어도 100명은 넘을
것 같아."

하는 짓을 보니 이놈들은 여기서도 큰 부담을 지지 않고 토
벌대에게 피해만 준 뒤 물러날 생각인 것 같았다. 만약 끝장
을 볼 생각이었으면 매복조 뒤에 본대가 있어야 할 텐데, 루
그가 그들을 크게 우회해 가며 주변을 살펴봐도 다른 놈들을
발견할 수 없었기 때문이다.

"이놈들한테 작전을 지시하는 놈이 누군지는 몰라도 진짜
신중하군. 도적단 주제에 병력이 손실되는 것을 이렇게까지
아까워하다니, 네이달 자작에게 좀 보고 배우라고 하고 싶을
정도야."

루그는 그렇게 투덜거린 다음 소리없이 전진하기 시작했
다. 그사이 도적들은 슬슬 덫을 다 설치하고 매복을 끝마치고
있었다. 루그가 기다린 것은 그들이 매복을 마쳐서 스스로의
움직임을 제약하는 순간이었다.

루그는 매복한 도적들 중 하나의 머리 위까지 다가간 뒤 슬
쩍 뛰어내리며 창을 내리찍었다.

콱!

창에 맞은 도적은 비명조차 지르지 못하고 절명했다. 창끝이 정확히 정수리를 관통하고 목구멍 깊숙한 곳까지 꽂혔기 때문이다.

"뭐야?"

"누구냐!"

도적들이 당황해서 몸을 일으키기 시작했을 때, 루그는 이미 첫 번째 희생자 옆에 있던 또 한 놈을 걷어차서 쓰러뜨리고 목을 밟아서 으스러뜨리고 있었다. 그리고 상황 파악을 못하고 바로 앞에서 일어난 놈의 안면에다가 주먹을 날렸다.

콰직!

소름 끼치는 소리와 함께 안면이 함몰된 도적이 뒤로 쓰러졌다. 루그는 그가 들고 있던 창을 빼앗아 들고는 질풍처럼 주변을 찔러댔다. 언뜻 마구 찔러대는 것으로 보였지만 실은 정확하게 도적들을 노리는 공격이라서 순식간에 세 명이 쓰러졌다.

우지끈!

하지만 세 명째를 찌르니 창이 몸통 뼈 사이에 걸려서 부러지고 말았다. 루그는 혀를 차며 부러진 창을 버리고 달리기 시작했다. 적의 매복과 함정을 파악하고 기습으로 여섯 명이나 해치웠으니 더 욕심을 부릴 이유가 없었다.

"저 자식이!"

"쫓아가! 죽여!"

아직도 혼란에서 벗어나지 못한 도적들이 살기를 폭발시켰다. 루그는 코웃음을 치고는 땅에서 돌멩이를 하나 집어 들었다. 그리고 나무들 사이로 자신을 쫓아오는 도적 하나를 노리고 집어 던졌다. 일반인은 반응조차 할 수 없을 정도로 빠르게 날아간 돌멩이가 도적의 머리를 때려서 단숨에 쓰러뜨린다.

한번 일정한 목표를 정하고 매복을 하게 되면 자신들이 노리는 목표 외의 존재가 공격해 올 경우 어처구니없을 정도로 취약점이 드러나게 된다. 온 신경을 목표에 집중시키고 있는데다가 설마 숨어 있는 자신들이 일찌감치 발견되어서 뒤통수를 맞을 거라고는 생각하지 못하기 때문이다.

게다가 목표가 덫에 걸려 혼란에 빠지길 기다리면서 몸을 철저하게 숨기고 있는 만큼 예상외의 사태가 벌어졌을 때 대응이 느려질 수밖에 없다. 루그는 철저하게 그러한 허점을 노려서 도적들을 유린한 것이다.

팍!

루그의 돌팔매질이 세 명째의 도적을 쓰러뜨렸다. 이렇게 되자 추적해 오는 움직임이 주춤하기 시작했다. 루그는 그들에게 따라와 보라는 듯 적당한 속도로 도망치면서 거리가 좁혀진다 싶으면 돌팔매질로 하나씩 수를 줄여 나가고 있었다.

'이 일 끝나고 나면 대장간 들러서 투척용 단검이라도 맞

춰둬야겠군.'

루그는 그렇게 생각하며 적들을 살폈다. 그때였다.

"크워어어어!"

도적들 사이에서 흉포한 괴성이 울려 퍼졌다. 루그는 흠칫
놀라서 뒤를 돌아보았다. 얼기설기 얽은 위장용 풀을 뜯어내
면서 기골이 장대한 오크 하나가 달려오고 있었다.

다른 도적들과는 차원이 다른 속도로 달려오는 그를 본 루
그는 깜짝 놀라고 말았다.

"뭐야? 도적단의 오크 주제에 강체술사야?"

루그를 쫓아오는 오크는 두목 바틀란에게 강체술을 전수
받은 돌격대장 쿠탄이었다. 본래 신체 조건이 인간보다 강건
한 오크가 강체술을 연마하니 그 경지가 낮아도 무서운 전투
력을 갖게 되었다.

"거참, 이 도적단, 대체 정체가 뭐야?"

루그는 어이없다는 듯 중얼거리면서도 전혀 겁먹지도, 당
황하지도 않았다. 그도 그럴 것이, 이전 생에서 강체술을 익
힌 오크 따윈 질리도록 보았기 때문이다. 그중에는 강체술을
5단계까지 연마하여 루그에게 목숨을 걸게 만들었던 놈도 있
었다.

쉬이잉!

쿠탄이 달려와서 날이 넓적한 칼을 휘둘렀다. 둔중한 소리
가 울리며 그 궤도에 걸려든 수풀이 뜯겨져 나간다. 인간이

맞는다면 머리통이 박살 날 만한 위력이 실린 공격이었다.

그러나 루그는 사전에 궤도를 읽고 가볍게 피했다. 그리고는 잽싸게 나무 위로 올라가더니 돌멩이를 집어 던진다. 별로 힘을 실지 않고 던졌기에 쿠탄이 칼을 휘둘러 그것을 쳐내자 원숭이 같은 움직임으로 도망치기 시작한다.

"쫓아올 수 있으면 쫓아와 봐, 지저분한 오크 자식아!"

"크워어! 원숭이 같은 놈이 감히!"

쿠탄이 열 받아서 루그의 뒤를 쫓아오기 시작했다. 루그는 쿠탄에게 보이지 않게 혀를 쏙 내밀고는 계속해서 딱 쿠탄이 따라올 수 있을 정도로만 속도를 높였다. 도적들에게서도, 토벌대에게서도 떨어진 지점으로 이동하는 동안 다른 도적들은 순식간에 뒤처지고 말았다.

"이쯤이면 되겠지."

도적들이 수백 미터 이상 멀어진 것을 확신한 루그가 땅으로 내려왔다. 살기를 불태우며 달려오던 쿠탄은 루그가 가만히 서서 자신을 기다리자 의아함을 느끼며 멈춰 섰다.

"꼬마, 안 도망치나?"

"난 꼬마가 아니야, 라고 반박하려고 보니 지금은 꼬마 맞군."

루그가 투덜거렸다. 지난 몇 개월 동안 많이 크긴 했지만 루그의 키는 아직도 160센티를 겨우 넘는 수준에 불과했다. 전생의 그가 184센티의 장신이었음을 생각해 본다면, 그리고 눈앞의 오크가 190센티에 가까운 거한이라는 것을 감안하면 꼬마라는 소리를 들어도 할 말 없다.

"어쨌든 내가 여기까지 온 것은 도망친 게 아니고 너랑 일 대일로 싸우려고 그런 거거든? 다른 놈들 오기 전에 죽여줄 게."

"건방지다! 쿠탄, 화났다!"

"건방진 건 너야. 보아하니 아직 4단계도 못 이룬 주제에 누구 앞에서 잘난 척이야? 네가 믿는 강체술이 얼마나 알량한 것인지 깨닫게 해줄 테니 덤벼."

루그는 노골적으로 깔보는 시선을 던지며 손가락을 까딱 거렸다. 가뜩이나 열 받아 있던 쿠탄이 도발에 넘어가서 폭발 했다.

"크워!"

160센티에 날렵한 몸을 가진 루그에게 190센티에 터질 듯 한 근육을 자랑하는 쿠탄이 달려드는 모습은 마치 강아지를 곰이 덮치는 것 같았다. 둘 사이의 거리가 한순간에 좁혀지면 서 쿠탄의 칼이 강맹한 기세로 내려쳐진다.

루그는 그 공격을 뻔히 보면서도 움직이지 않았다. 어디 내 머리를 쪼갤 테면 쪼개보라는 듯 전혀 피하려는 의지를 보이 지 않고 그대로 주먹을 내지른다.

쾅!

폭음이 울리며 쿠탄의 움직임이 멈췄다. 쿠탄이 눈을 부릅

뜨며 신음했다.

"크헉⋯⋯."

어이없게도 쿠탄의 칼은 루그의 바로 옆을 때렸고, 루그는 그가 전력으로 칼을 휘두르면서 드러난 허점을 향해 여유있게 주먹을 날렸다. 바위 같은 근육질의 몸 위로 주먹이 작렬하자 쿠탄의 몸통 뼈가 부서지면서 내장이 손상되었다.

"역시 오크 강체술사답게 튼튼하군."

루그가 씩 웃었다. 적이 달려드는 기세까지 이용해서 내지른 일격으로 단번에 끝장을 낼 생각이었는데, 쿠탄의 몸이 생각외로 단단했다. 체격과 체중이 압도적으로 차이나는 데다가 단단한 근육의 방벽이 강체술로 강화되어 있으니 그 단단함은 갑옷의 수준이라고 해도 좋았다.

콰작!

루그는 경직된 쿠탄이 움직일 틈을 주지 않았다. 곧바로 솟구치면서 그 턱에 주먹을 꽂아 넣는다. 벌려져 있던 쿠탄의 턱이 부서지고, 그 충격이 뇌를 뒤흔들자 산 같은 거구가 휘청거렸다.

그 앞에서 루그가 스파이럴 스트림을 발동, 오른쪽 어깨에서 일어난 투명한 기운이 팔을 타고 나선을 그리며 가속해서 주먹 끝까지 달려간다.

'스파이럴 임팩트!'

루그가 쓰러지는 쿠탄의 머리에 주먹을 내리꽂자 내질러

지는 기세와 스파이럴 스트림의 기운이 일치되며 폭발했다.

쿠우웅!

충격을 버티지 못한 쿠탄의 머리가 수박처럼 으깨져 버렸다. 루그는 쓰러진 그를 보며 한숨을 쉬었다.

"후우, 역시 강체술을 익힌 오크는 쓸데없이 튼튼해."

마치 맹수처럼 강건한 신체와 탁월한 투쟁 본능을 타고나는 오크가 인간의 무예를 익히면 정말로 무시무시한 힘을 갖게 된다. 루그는 쿠탄의 강체술 경지가 낮았던 것을 다행으로 여기며 숨을 골랐다. 강체술 4단계에 도달한 오크였다면 죽음을 각오하고 싸워야 했을 것이다.

하지만 쿠탄의 강체술은 고작 3단계에 불과했다. 강체력도 많지 않고, 응용력도 그리 뛰어나지 않았기에 쉽게 쓰러뜨릴 수 있었다. 기격을 써서 감각을 비틀어놓는 것만으로도 엉뚱한 곳을 치게 만들고 허점을 훤히 드러내게 만든 것이다.

"이놈들 중에 강체술사가 많으면 좀 골치 아픈데."

호흡을 정돈한 루그는 토벌대가 있는 곳을 향해 달리기 시작했다. 일단 적의 매복과 함정을 깨부쉈으니 적이 혼란에서 벗어나기 전에 단숨에 치고 올라가야 할 것이다.

8

"뭐? 쿠탄이 죽었다고?"

부하의 보고를 받은 자이르가 경악했다. 쿠탄은 바틀란 도적단 전력의 핵심을 이루는 3인의 강체술사 중 한 명이다. 지금까지 정신없이 자이르의 계책에 휘둘리던 토벌대가 공들인 매복을 간파하고 쿠탄을 죽이다니 믿을 수가 없었다.

"도대체 어떻게 된 거냐?"

바틀란 역시 당황해서 정확한 상황을 캐물었다. 수하가 자신이 본 것을 세세하게 말하자 바틀란도, 자이르도 놀람을 금치 못했다.

"나이도 어린 주제에 완전히 미친놈이군. 그 나이에 그런 실력을 가진 놈이 일개 용병이라니 믿어지지 않는데……."

"우리의 빈틈을 노리기 위해서 기사를 용병으로 위장시킨 게 아닐까?"

"네이달 자작이 그렇게 똑똑한 놈은 아닐 것 같습니다. 어디서 이름있는 용병이라도 초빙해 온 건가? 어쨌든 어처구니가 없군요. 혼자 매복조를 노려서 열 명 넘게 죽이고 쿠탄 혼자 쫓아오게 유인해서 죽여 버리다니……."

계획이 틀어지자 자이르가 있는 대로 인상을 썼다.

쿠탄이 죽은 것은 정말로 유감이었다. 말도 잘 안 통하는 오크가 죽든 말든 전혀 슬프지 않았지만 어쨌든 그는 매우 강력한 전력이었던 것이다. 적 중에 예상치 못한 강자가 있다는 것이 드러난 지금 그가 죽은 것은 뼈아픈 손실이었다.

"어떻게 할 생각이냐?"

"아직 매복이 두 군데 더 남았으니 상황을 좀 더 지켜보죠. 쿠탄을 죽인 어린놈은 두목님이 맡아주셔야 할 것 같습니다."

"그래야겠지. 기사들은 네가 맡아라."

"부상을 입은 기사 정도야 어렵지 않죠. 한 놈 상대하는 동안 다른 놈을 애들이 묶어주기만 해도……."

자이르가 씩 웃었다.

네이달 자작이 파악한 것과 달리 바틀란 도적단의 인원은 120명이 넘었다. 그중에서 자이르가 특별히 지도해서 양성한 궁수가 서른 명이 넘고, 오크 전사가 40명에 달한다는 것을 감안하면 정면승부를 벌여도 충분히 토벌대를 이길 수 있었다. 이미 두 번의 기습으로 타격을 입혀놨으니 조금만 더 수를 줄여놓으면 큰 피해 없이 완승을 거둘 수 있을 것이다.

하지만 그로부터 두 시간이 더 지났을 때, 자이르는 자신의 예상이 완전히 빗나갔음을 인정하지 않을 수 없었다. 그때까지 날아든 보고를 들은 자이르와 바틀란 둘 다 안색이 무섭게 굳어 있었다.

바틀란이 심각한 어조로 말했다.

"그 어린놈, 정말 무서운 놈이군. 대체 뭐 하던 놈이지?"

"의외로 어려 보이지만 나이는 좀 먹은 놈일 수도 있죠. 하는 짓을 보니 강체술사로서도 강하고, 용병으로서도 산전수전 다 겪은 놈 같습니다. 그러지 않고서야 이런 식으로 싸울 수가 없어요."

자이르가 준비해 두었던 두 번의 매복은 완벽하게 실패로 돌아갔다. 루그가 쿠탄을 죽였을 때처럼 토벌대를 놔두고 선행해서 기습을 가해왔기 때문이다. 게다가 두 번째에는 발견 즉시 덮친 게 아니라 일부러 아군을 느리게 전진시켜 둔 뒤 매복자들의 정신이 팔린 틈을 타서 열 명 정도의 별동대를 이끌고 기습해 두 명만 빼고 모조리 궤멸시키기까지 했다. 그 과정에서 토벌대가 잃은 손실은 명확히 파악하진 못했지만 꽤나 경미한 수준이었다.

바틀란이 눈살을 찌푸리며 물었다.

"어떻게 하는 게 좋을까? 이대로 놈들을 맞이해서 싸우면 꽤나 피해가 클 것 같은데."

"이렇게 된 이상 시간을 끌면서 빠질 준비를 하는 게 나을 것 같습니다만."

"도망치자고?"

"아무래도 계속 싸워봤자 득보다 실이 많을 것 같으니까요. 챙길 거만 챙겨서 튀죠. 버린 돌로 쓸 놈들은 따로 골라놨으니……."

그들은 여기서 반드시 토벌대와 싸워서 이겨야만 할 필연적인 이유를 가진 것이 아니었다. 어디까지나 먹고살자고 하는 짓인데 뭐 하러 목숨 걸고 싸우겠는가? 이렇게 된 이상 버린 돌로 쓸 놈들에게 거짓 작전을 이야기해서 희생양으로 삼은 뒤 핵심 인원만 보존해서 빠져나가는 편이 낫다.

잠시 고민하던 바틀란이 고개를 끄덕였다.

"그렇게 하자. 그럼 다음부터는 다른 오크 부족하고 협상해 봐야겠군."

"쿠탄도 죽었으니 놈들의 쓸모도 격감했고, 뭐, 슬슬 버리고 갈아치워도 될 때죠."

바틀란도, 자이르도 오크에게 동료 의식 따윈 없었다. 어디까지나 무식하고 강건한 그들이 전력으로 써먹기 좋았기 때문에 교섭해서 한편으로 삼은 것뿐이다.

오크들은 자이르의 계책으로 전사들의 희생을 줄이고 좀더 쉽게 풍족해질 수 있으니 좋았고, 바틀란 도적단은 그들의 무력을 쓸 수 있으니 서로가 이득을 보는 장사였다. 하지만 공들여서 키웠던 쿠탄이 죽고 위험이 닥쳐온 이상 그 관계도 끝낼 때가 되었다.

바틀란이 물었다.

"그럼 곧바로 움직이지. 아, 그런데 그건 어떻게 할 거냐?"

"그거 말입니까? 일단 데리고 가도록 하죠. 그냥 놔두고 가기에는 너무 값어치가 높으니……."

"역시 그래야겠지? 근데 네이달 자작이 저렇게 무리해서 끝장을 보려는 것도 그것들 때문일 텐데 괜찮을까?"

"뭐, 정 안 된다 싶으면 대충 아무 데나 풀어서 미끼로 쓸수도 있으니까요. 금덩이나 마찬가지인 것을 쉽게 버릴 수는 없지 않겠습니까?"

"그래. 그럼 너는 일단 그것들을 빼돌린다는 명목으로 먼저 빠져나가도록 해."

"알겠습니다."

자이르는 고개를 숙여 보이고는 막사를 나섰다.

9

"하아, 이제야 본거지인가?"

루그는 나무 위에서 적들의 본거지를 보면서 한숨을 쉬었다. 부상은 수풀에 긁힌 상처가 난 것밖에 없었지만, 계속해서 도적들과 싸우다 보니 강체력도 많이 소모되었고 몸도 많이 지쳤다. 이전의 그였다면 이 정도로는 끄떡도 없었겠지만 지금의 몸은 아직 체력도 약하고 초인적인 지구력을 자아내는 강체력도 약하니 어쩔 수 없었다.

〈그런데 꼭 전투 중에 적을 몇이나 죽였는지 확인해 두어야 하나? 자작도 심기가 불편한 것 같던데.〉

루그는 한번 적들과 교전할 때마다 네이달 자작에게 자신의 전과를 보고하고 받을 돈을 확인하고 있었다. 이 행위가 볼카르에게는 좀스럽게 보인 모양이었다. 하지만 루그는 고개를 저었다.

"안 그러면 나중에 오리발 내밀기가 쉽거든. 나한테 지불해야 할 돈이 지금 벌써 2만 레브에 가까워지고 있으니 더 그렇지."

루그는 이전 생에서 용병 생활을 오래했기 때문에 돈 문제는 지속적으로 어필을 해서 주변도 다 알게 해야 한다는 사실을 알고 있었다. 특히 지금처럼 자신의 활약이 커서 받아야 할 돈이 많을 때는 더더욱 그랬다.

귀족들 중에는 줘야 할 돈이 너무 많아지면 적당한 돈만 주고 전공을 폄하한 뒤 입 씻으려고 하는 놈들이 참 많았던 것이다. 원래 화장실 들어갈 때의 기분과 나올 때의 기분이 다르듯이, 한참 필요할 때는 얼마든지 돈을 주겠다고 큰소리치지만 이제 용무가 끝나서 필요없게 됐을 때는 그 돈을 아까워하는 게 인간의 심리다.

"돈 떼먹히는 것은 질색이야. 만약 떼먹히게 되면 내가 나중에 저놈 집에 숨어들어 가서 이자까지 쳐서 털어버린다."

그렇게 말하던 루그는 문득 이상한 것을 발견하고 눈살을 찌푸렸다. 분주하게 전투 준비를 하는 도적들 사이에서 이질적인 존재들을 발견했기 때문이다.

"빌어먹을 것들. 진짜 많이도 잡아뒀군."

모조리 여자와 어린애만으로 이루어진 스무 명 정도의 인원이 포박된 채 끌려 나오고 있었다. 도적들이 다른 지역으로 가서 뒷골목에라도 팔아넘길 심산으로 잡아두고 있던 사람들이 분명했다.

"저건 또 뭐야?"

루그는 그렇게 끌려 나온 인원들 속에서 놀랄 만한 것을 발견했다. 똑같이 남루한 차림새이긴 했지만 그저 그곳에 있는 것만으로도 다른 이들과 차별되는 것 같은 용모와 분위기를 가진 두 명.

〈엘프로군.〉

볼카르도 그 둘을 알아보고 말했다.

인간의 발길이 닿지 않는 숲에서 살며, 인간의 다섯 배에 해당하는 수명을 가졌고, 죽을 때까지 젊음을 잃지 않는 아름다운 반요정 엘프.

새카만 흑발과 홍옥 같은 눈동자, 그리고 엘프의 상징이라고 해도 좋을 뾰족한 귀를 가진, 인간의 기준으로 보면 20대 초, 중반 정도로 보이는 여성 엘프와 그보다 일고여덟 살 정도 어려 보이는 소녀 엘프가 포박당한 인간들 사이에 섞여 있었다.

"뭐야? 어째서 엘프들이 저기에 있는 거지?"

〈도적단에게 잡힌 거잖나?〉

"그거야 너무 당연한 소리고. 하지만 도적들 따위가 엘프들을 잡다니… 아니, 이놈들 정도면 불가능하진 않나?"

〈엘프들은 각 개체는 그렇게 강한 편은 아니지 않은가?〉

"인간 기준으로 보면 충분히 강해. 물론 격투전이야 체력하고 근력이 워낙 비리비리해서 어린애만큼이나 약하지만 정령하고 교감해서 속성력을 다루니까 상대하기 힘들지."

엘프들은 숲 속 깊은 곳에 모여서 살며 영역 밖으로 나오는 일이 거의 없다. 인간 권력자들은 죽을 때까지 젊음을 유지하며, 하나같이 그림 같은 아름다움을 자랑하는 엘프들을 자신의 것으로 하길 바랐지만 그 꿈을 이룬 자는 극히 소수였다. 그렇기에 사로잡힌 엘프를 비밀 경매에 붙였을 때는 일반인들은 상상도 할 수 없는 거금이 오가곤 했다.

"아무래도 네이달 자작이 기를 쓰고 도적들을 토벌하려고 하는 것은 저 엘프들 때문이 아닌가 싶은데. 자작 주제에 어떻게 엘프를 손에 넣었는지는 의문이지만."

〈자작이면 엘프를 손에 넣을 수 없나?〉

"재산과 작위와 꼭 비례하진 않지만, 이 경우에는 네이달 자작이 엘프를 살 수 있을 정도로 부자로 보이진 않아. 어쨌든 저들을 구해야겠어."

〈구한다고?〉

"그래. 다른 사람들을 구하는 거야 당연한 일이고, 저 둘은 네이달 자작에게도 잡히지 않도록 도피시켜야겠어."

〈왜 그러려고 하지? 엘프들에게 특별한 감정이라도 품고 있는 것인가?〉

"엘프들하고는 교류를 터야 하거든."

루그는 어디까지나 이해득실을 따져 본 뒤 엘프들을 구출하려 하고 있었다. 일단 엘프들과 교류할 수 있게 되면 그것만으로도 크나큰 이득이다. 인간들 중에는 오로지 각국의 마법사 협회만이 엘프들과 거래하고 있는데, 현재 마법사들이 필요로 하는, 그리고 강체술사들이 바라는 비약의 재료가 되는 약초들을 재배할 수 있는 것은 엘프들뿐이기 때문이다.

앞으로 강체력을 키우고 마법을 배워야 하는 루그 입장에서는 엘프의 조력은 황금과도 같은 가치를 지닌다. 이전에 그들의 조력이 없었다면 볼카르와 자웅을 결할 생각도 못했을 것이다. 그러니 그들에게 은혜를 입힐 수 있는 기회를 놓칠 수 없었다.

"음? 저놈들……."

도적들의 움직임을 살피던 루그가 눈살을 찌푸렸다. 도적들 중 몇몇이 엘프들을 데리고 본거지를 나서기 시작했던 것이다. 그 외에도 몇몇이 은밀하게 그 뒤를 따라나서는 것이 영 수상해 보였다.

"흐음."

루그는 일단 그들이 어디로 가는지를 확인한 뒤 토벌대 쪽으로 돌아왔다. 적의 본거지가 코앞에 있고, 더 이상 매복이 없다는 사실을 확인했음을 보고하자 네이달 자작이 기세등등해져서 외쳤다.

"좋아! 고지가 눈앞에 있다! 단숨에 몰아쳐서 그 빌어먹을 것들을 쓸어버린다!"

와아아아아!

병사들이 함성을 질렀다. 여기까지 오는 동안 도적들에게 당한 것이 많아서 다들 원한을 활활 불태우고 있었고, 루그가 앞장서기 시작하면서 연달아 적을 격파하자 기세가 올라 있었다.

루그가 자작에게 제안했다.

"저는 별동대를 이끌고 측면에서 놈들을 쳤으면 합니다만."

"그러도록 하게. 용병 중에서 열 명을 데려가도록."

자작이 턱짓하자 기사들이 용병 중에서 열 명을 추려서 루그를 따라가도록 했다. 루그는 그들을 이끌고 숲을 우회해서 본거지의 측면을 노렸다.

본거지에 도착하자 별동대 용병 하나가 물었다.

"이걸 넘어 들어갈 건가? 힘들겠는데."

임시 본거지이긴 하지만 바틀란 도적단은 나무들 사이를 통나무로 잇는 방식으로 방책을 세우고 위에는 가시덤불을 뜯어다가 올려두었다. 하지만 루그는 씩 웃으며 주먹을 들었다.

"이런 허술한 방책 따윈 부수면 되지."

쉬이이익!

강체력을 끌어올려 스파이럴 스트림을 전개하자 어깨로부터 일어난 투명한 기운이 팔을 타고 나선을 그리며 가속한다. 루그는 혼신의 힘을 다해 주먹을 날렸다.

쾅!

폭음이 울리며 방책이 흔들렸다. 하지만 한 방으로 부서지진 않는다. 루그도 이미 예상했던 일이기에 당황하지 않고 연이어서 주먹을 날렸다.

쾅! 쾅! 콰아앙!

한곳에 집중된 연타를 견디지 못한 방책이 부서지면서 길이 열렸다. 앞장서서 안으로 들어간 루그는 놀라서 입을 떡 벌리고 있는 용병들에게 손짓했다.

"가자."

이미 자작이 이끄는 본대는 정면을 가로막은 오크들과 격렬한 전투를 벌이고 있었다. 바틀란 도적들은 방책을 방패 삼아서 필사적으로 싸우고 있었지만 그것도 별로 오래가진 못했다. 토벌대에는 마법사가 있었기 때문이다.

화아아아악!

화끈한 불길이 방책에 작렬, 그 위에 올라서 있던 오크들을 삼켜 버렸다. 몇 시간 전에 토벌대의 기사들에게 큰 타격을 입혔던 화염탄에 필적하는 위력이었다.

그것을 본 루그가 눈살을 찌푸렸다.

'뭔가 이상한데.'

아무리 둘러봐도 보이는 것이라고는 방책에 의지해서 정면을 막고 있는 40여 명의 도적과 그로부터 수십 미터쯤 뒤에 모여 있는 젊은 여자와 아이들뿐이었다. 아까 전에 그가 정찰

했을 때 파악한 것에 비해서 이곳에 있는 병력은 너무 적었다.

"이놈들, 설마 우리랑 똑같은 생각을 한 건가?"

어쩌면 도적들은 전력을 반으로 나누어서 숲을 우회, 토벌대의 배후를 치려고 하는지도 모른다. 거기에 생각이 닿은 루그의 안색이 굳어졌다.

"너희는 일단 저 사람들 풀어주고 저놈들의 배후를 쳐. 마법사가 한 번만 더 마법을 쓰면 방책이 뚫릴 거야. 앞뒤에서 몰아치면 저놈들은 쉽게 잡을 수 있을 거야."

"너는 어쩌려고?"

"난 이놈들 나머지가 어디로 갔는지 확인해야겠어."

루그는 그렇게 말하곤 달리기 시작했다. 한순간에 가속해서 달려나가는 그 속도는 마치 들짐승 같아서 용병들은 붙잡지도 못하고 멍청하니 보고만 있었다.

10

자이르는 본거지에 남겨진 버림패들이 어떻게 됐을지 생각하며 차갑게 미소 지었다. 그들에게는 병력을 둘로 나누어서 토벌대의 배후를 칠 것이라고 설명해 두었다. 여태까지 자이르가 제시한 전술에 따라서 움직이던 놈들은 별 의심 없이 그 말을 믿고 악을 쓰며 토벌대의 공격을 버텨내고 있을 것이다.

'멍청한 것들.'

물론 그들이 자이르를 다시 보는 일은 없을 것이다. 도적단의 핵심 멤버 40명은 바틀란과 자이르의 뒤를 따라서 빠르게 도망치고 있었다. 토벌대가 본거지를 함락시키고 뭔가 이상하다는 사실을 깨달았을 때쯤이면 그들은 산을 두 개는 넘은 후일 것이다.

하지만 자이르는 곧 자신의 계산이 빗나갔다는 사실을 알게 되었다.

픽!

뒤쪽에서 둔탁한 소리와 함께 누군가 쓰러지는 소리가 들렸다. 배후에서 날아온 돌멩이가 도적 하나의 머리를 때려서 쓰러뜨렸던 것이다.

"뭐야?"

자이르가 흠칫 놀라는 순간, 또 하나의 돌멩이가 날아들었다. 무시무시한 속도로 날아든 돌멩이는 가차없이 도적의 머리를 맞춰서 쓰러뜨렸다.

"나무 위다!"

자이르는 돌멩이가 날아온 궤도를 보고 범인의 위치를 알아냈다. 나뭇가지 위에 한 사람이 올라서서 그들을 내려다보고 있었다. 원숭이 같은 몸놀림으로 그들의 뒤를 쫓아온 루그였다.

"저 자식을 죽여!"

도적들이 분기탱천해서 달려들었다. 루그가 손이 닿지 않는 나뭇가지 위에 올라서 있었기 때문에 창을 가진 인원들이 나서서 그를 찔렀다.

하지만 그것은 정말로 바보 같은 선택이었다. 루그는 창을 찔러주기만을 기다렸다는 듯 손을 뻗더니 그것을 잡아버린 것이다. 호리호리한 체격을 보고는 상상하기 어려울 정도의 괴력으로 창을 잡아당기자 그것을 쥔 도적이 그대로 허공으로 딸려왔다.

"으아아악!"

도적은 비명을 지르며 창을 놓았지만 이미 늦었다. 루그는 창을 끌어당기는 것과 동시에 다른 한 손으로 중간을 받치면서 그대로 크게 위로 휘둘렀던 것이다. 그런 상황에서 손을 놔버린 도적은 장난감처럼 허공을 날아가서 숲 속에 처박혔다.

와지끈!

나무가 부러지는 소리가 울렸을 때, 루그는 이미 나뭇가지를 박차고 다른 나뭇가지로 이동하고 있었다. 그리고 비스듬하게 나무에 발을 붙이고 멈춰선 채 창을 집어 던졌다. 엄청난 속도로 투척된 창이 눈을 부릅뜬 두 명의 도적을 꼬치 꿰듯이 관통해서 쓰러뜨렸다.

"이 자식!"

순식간에 다섯 명의 수하가 당하자 바틀란이 발끈해서 나섰다. 무서운 적이긴 했지만 아무리 봐도 솜털이 보송보송한 애송이다. 정면으로 맞붙으면 자신의 상대가 될 리 없었다.

루그는 그가 다가오는 것을 보고는 피식 웃었다. 그러더니 다시 나무를 박차고 날아올라서 달려오는 그를 우회해서 다른 도적들을 덮쳤다.

콰직! 퍼억!

우거진 나무들 사이를 눈으로 따라가기도 벅찰 정도로 빠르게 누비며 달려드니 도적들은 제대로 반응하지도 못했다. 단번에 두 명을 쓰러뜨린 루그는 그들의 무기를 빼앗아 든 뒤 투척, 상황 파악을 제대로 못하고 있는 놈들 둘을 추가로 쓰러뜨렸다.

'일단 일곱 놈! 시작은 좋은데 이대로는 안 되겠어.'

루그는 다시 나무들 사이로 물러나면서 혀를 찼다. 허를 찔러서 일어난 혼란을 틈타 일곱 명을 해치운 것까지는 좋다. 하지만 고작 그것만으로도 강체력이 급속도로 소모되면서 기력이 떨어지는 것이 느껴졌다. 오늘 하루 내내 싸우다 보니 슬슬 체력이 바닥을 보이고 있었던 것이다.

'저 둘만 풀어주면 되는데…….'

루그는 금속환의 무게 때문에 꼼짝도 못하고 있는 엘프들을 흘끔 바라보았다. 사실 저 둘만 풀어줄 수 있으면 도적들이 도망가든 말든 알 바 아니었지만, 상황상 그럴 수는 없을 것 같았다.

"이 개자식!"

루그가 잠시 나뭇가지 위에서 숨을 돌리는 동안 바틀란이 그를 따라잡았다. 그는 루그가 했던 것처럼 돌멩이를 집어서 강맹한 기세로 던졌다. 하지만 루그는 가볍게 피하고는 약 올리듯 미소를 흘렸다.

바틀란이 으르렁거렸다.

"꼬맹아, 내 앞에서 설쳐 댄 것을 후회하게 해주마."

그 직후 루그에게도 놀랄 만한 일이 벌어졌다. 바틀란이 그대로 나무를 밟고 루그가 있는 곳까지 뛰어올라 왔던 것이다. 게다가 그의 검에는 투명한 기운이 맺혀 있었다.

'강체술 4단계? 이놈이 두목인가?'

쉬이잉!

루그는 아슬아슬하게 그의 검격을 피해서 뒤로 몸을 날렸다. 바로 뒤에 있던 나뭇가지를 잡은 뒤 그 반동을 이용해서 위로 튀어 오른다. 바틀란은 기합을 내지르며 그 뒤를 따라서 몸을 날렸다. 나뭇가지 위라서 도약하기가 어려웠음에도 불구하고 그의 몸이 화살처럼 솟구쳐서 루그를 따라잡았다.

그와 시선이 마주치는 순간, 루그가 눈을 빛냈다.

'기격!'

그리고 바틀란의 검이 움직였다. 허공이라서 피할 수도 없는 일격이었다.

뻐억!

그 직후 벌어진 일은 바틀란의 이해력을 초월하는 것이었다. 그는 어째서 공격이 허공을 가른 것인지, 그리고 루그가 어떻게 자신의 옆으로 돌아와서 발차기를 날린 것인지 도저히 알 수가 없었다.

"크악!"

바틀란이 비명을 지르며 추락했다. 허공에서 몸을 틀며 날린 공격이라 위력이 덜했지만 그래도 갈비뼈 서너 대 날리기엔 충분했다. 루그는 바틀란을 때린 반동으로 몸을 날린 뒤 나뭇가지를 잡았다.

"큭!"

낙하하다가 정지하는 충격이 몸을 흔들자 나뭇가지를 쥔 손에서 힘이 빠져나간다. 루그는 호흡이 흐트러지는 것을 느끼며 지상으로 내려섰다.

"아, 진짜 짜증나네."

루그는 거칠어진 숨을 고르며 투덜거렸다. 바틀란의 공격을 빗나가게 한 것은 기격으로 감각을 비틀어놓은 결과, 그리고 그의 옆으로 이동한 것은 강체술 응용 기술인 '에어워크'였다. 고작 허공에서 두 발짝 이동했을 뿐인데도 강체력이 바닥까지 떨어지는 바람에 나뭇가지를 쥔 손에서 힘이 풀려 버렸던 것이다.

하지만 여기서 약한 모습을 보이면 안 된다. 그것을 잘 아는 루그는 억지로 멀쩡한 척 자세를 바로잡았다.

그 모습을 본 도적들이 움찔했다. 저쪽은 한 명이고 이쪽은 아직 서른 명도 넘게 남아 있는데도 다들 압도당하고 있었다.

'어라?'

그리고 도적들을 천천히 살펴볼 여유를 갖게 된 루그도 놀랐다. 그들 사이에 설마했던 '아는 얼굴'이 보이는 게 아닌가?

'자이르 네거슨? 저놈이 있어서 팔루카 도적단이랑 비슷한 짓을 했던 건가?'

혹시나 했던 가능성이 사실로 밝혀지자 루그는 어이가 없었다. 자이르는 팔루카 도적단의 두뇌 역할을 했던 인물이고, 이후에는 여러 나라의 암흑가에 강력한 영향력을 행사하는 거물로 성장한 놈이다. 그런데 그런 놈이 이런 작은 도적단의 일원으로 자신과 마주할 줄이야.

'이야, 역시 과거라 그런지 진짜 젊구나. 흉터가 없는 걸 보니 나중에 입은 상처였나 보군.'

루그는 자이르 네거슨의 얼굴을 떠올리며 신기해했다. 자신이 알던 자이르는 나이에 비하면 동안이었지만 관록이 있는 얼굴이었고, 얼굴 한가운데를 가로지르는, 검에 베어서 생긴 기다란 흉터가 있었다. 그런데 지금은 그야말로 젊고 매끈한 얼굴의 소유자다.

'이놈을 죽여야 하나?'

여기서 살려 보내줄 경우, 또 팔루카 도적단을 대규모로 키워서 골치 아픈 짓거리를 벌일지도 모른다. 훗날 그들에게 당할 사람들을 생각하면 여기서 죽이는 게 좋을지도 모르지.

'하지만……'

자이르를 죽인다고 해서 그런 일이 벌어지지 않으리라는 보장이 어디 있겠는가? 게다가 루그는 과거에 볼카르가 거느렸던 비밀 조직 '블레이즈 원'과 싸울 때 자이르의 도움을 받은 적도 있었다. 암흑가의 큰손으로 성장한 그의 조직을 이용해서 필요한 정보를 사고 은신처를 제공받는 등의 거래를 했던 것이다.

'머리가 잘 돌아가서 돈과 주먹 두 가지로 대화를 성립시킬 수 있는 놈이니 쓸모가 있어. 일단은 살려두는 편이 낫겠군.'

잠시 고민하던 루그는 그렇게 결정했다. 하지만 그런 루그의 속내를 알 리 없는 자이르는 식은땀을 흘리고 있었다.

'뭐 저런 괴물이 다 있어?'

자이르는 필사적으로 이 상황을 빠져나갈 방법을 생각했다. 겉모습은 열대여섯 살 정도밖에 안 되는 애송이 주제에 말도 안 되는 괴물이었다.

자이르 자신은 도저히 상대가 안 될 것 같았고, 믿을 것은 바틀란뿐인데 그는 공중전에서 격추당해서 추락하는 바람에 의식을 잃고 있었다. 떨어지면서 나뭇가지에 걸린 덕분에 숨이 붙어 있긴 한데 아무래도 금방 일어나서 싸울 수 있는 상태로는 안 보인다.

숫자로 밀어붙이면 이길 수 있을지도 모른다. 하지만 큰 피해를 감수해야 할 것이 뻔했고, 무엇보다 다들 겁먹은 상태라 제대로 싸울 수 있을 것 같지가 않았다.

"어이."

한참 머리를 굴리던 자이르가 루그를 불렀다. 루그가 눈썹을 치켜뜨며 그를 바라보았다.

자이르가 말했다.

"원하는 게 뭐냐? 설마 혼자서 우릴 다 때려죽이려고 온 것은 아니겠지?"

"그럴 생각인데?"

루그가 무슨 말을 하느냐는 듯 반문했다. 망설임없는 대답에 도적들이 움찔했다. 하지만 자이르는 움츠러들지 않고 최대한 태연해 보이려고 애쓰며 말을 이었다.

"그럴 리가 있나. 이 많은 인원을 다 죽이려면 너도 상당히 위험을 감수해야 할걸. 그리고 나도 강체술사야."

자이르는 그것을 증명하듯 강체력을 일으켜서 위협적인 기세를 내뿜었다. 하지만 루그는 처음부터 파악하고 있었기 때문에 코웃음을 칠 뿐이었다.

"우리 두목도 좀 전엔 방심해서 당했지만 다시 일어나면 호락호락하게 당해주진 않을걸. 우리한테 씻을 수 없는 원한을 가진 게 아니라면 무리해서 싸울 이유가 없지. 용병이 쓸데없는 일에 목숨을 걸다니 웃기지도 않는 소리야."

"그렇게 생각하는 것은 네 자유긴 하다만."

루그는 어깨를 으쓱이더니 몸을 숙여서 바닥에 쓰러져 있던 도적의 시체에게서 창을 빼앗아 들었다. 대화를 나누면서도 슬금슬금 다가온 것은 무기를 손에 넣기 위해서였던 것이다.

도적들이 숨을 삼켰다. 아까 전에 루그가 창을 던졌을 때 어떤 결과가 나왔는지 보았으니 그럴 수밖에 없었다.

자이르가 얼른 말을 이었다.

"그러지 말고 협상하자. 원하는 것을 말해보라고. 돈을 원한다면 어느 정도는 성의를 보일 수 있어."

"흠."

그 말에 루그는 고민하는 표정을 지었다. 자이르는 대화가 성립할 기색이 보이자 얼른 덧붙였다.

"우리한테 붙으라는 무리한 요구는 하지 않겠어. 그냥 우리가 가는 것을 못 본 척해주기만 해. 우리를 쫓아와서 싸웠지만 이만큼만 죽이고 나머지는 놓쳐 버렸다, 그렇게 보고해주기만 하면 돼."

"…얼마나 낼 수 있지?"

루그가 마음이 흔들린 척 물었다.

이미 그를 살려 보내기로 마음먹은 루그에게 그 제안은 반갑기 그지없는 것이었다. 루그도 많이 지쳤기에 계속 싸우는 것도 꽤 위험 부담이 컸으니까. 이들과 끝장을 보기보다는 협상으로 두 엘프의 신병을 인도받을 수 있다면 그걸로 만족할 수 있었다.

자이르가 부하들과 눈짓을 주고받은 뒤 말했다.

"3천 레브."

"자기들 목숨 값을 너무 싸게 생각하는군."

루그가 코웃음을 치며 창을 들어서 던질 기세를 취했다. 자이르가 황급히 말을 바꿨다.

"잠깐! 너무 성급하잖아! 그럼 그쪽이 원하는 것을 말해봐."

"음. 저놈이 너희 두목인가?"

루그가 의식을 잃은 채 신음하고 있는 바틀란을 흘끔 바라보며 물었다. 자이르는 잠깐 망설이는 기색을 보이더니 이내 고개를 끄덕였다.

루그가 말했다.

"5천 레브하고 저놈, 그리고 엘프들까지 두고 가. 그럼 네가 바라는 대로 해주지."

"요구가 너무 과하지 않나?"

"마음에 안 들면 그냥 끝장을 보든지. 자작이 왜 비싼 돈 주고 나를 고용했는지는 그쪽도 잘 알 텐데? 너희를 놔주고도 자작을 납득시키려면 두목의 신병하고 엘프들은 꼭 필요해."

"으음……."

자이르는 망설였다. 물론 바틀란을 넘겨주는 것 때문은 아니었다. 몇 년 동안 그를 두목으로 모셨고 강체술까지 배우긴 했지만 목숨 걸고 지켜줄 의리 따윈 눈곱만큼도 없었다.

하지만 엘프들에게는 미련이 생긴다. 엘프들만 데려다 팔면 오늘 입은 피해는 만회하고도 남을 텐데…….

루그가 한 발짝 다가서며 말했다.

"느긋하게 기다려 줄 정도로 시간이 남아돌진 않아. 당장 결정해. 안 그러면 끝장을 보는 걸로 알겠어."

그러면서 루그는 기격을 이용해서 도적들을 압박했다. 도적들은 감각을 자극하는 정체불명의 기운 때문에 숨이 막힐 정도의 압박감을 느꼈다. 숲 속을 누비며 동료들을 학살할 때 각인된 강렬한 이미지에, 기격에 의한 압박감까지 더해지자 루그가 절대 이길 수 없는 사신(死神)처럼 보이기 시작했다.

"부두목! 그, 그냥 쥐버려요. 망설일 일이 아니잖아요."

"맞습니다. 아깝긴 하지만 목숨보단 낫잖습니까?"

겁먹은 부하들의 얼굴을 본 자이르가 입술을 깨물었다. 루그가 기격을 사용하는 대상에서 그를 제외시켰기 때문에 그는 부하들이 느끼는 두려움을 완전히 이해하지 못했다. 그저 투지를 상실한 그들을 보며 짜증을 느낄 뿐이었다.

결국 그는 고개를 끄덕일 수밖에 없었다.

"…알겠다. 네 말대로 하지."

자이르는 품에서 돈주머니를 꺼낸 다음 부하들에게도 돈을 모으게 했다. 그리고 그중 금화와 은화만을 골라서 5천 레브를 만든 다음 루그에게 던져 주었다. 루그는 그것을 받아든 다음 엘프들에게 시선을 던지며 말했다.

　"구속구 열쇠도 두고 가. 참고로 난 마법의 기척도 읽을 수 있으니 열쇠를 들어서 확인시켜 준 다음 옆에다 놔라."

　자이르는 순순히 그 말에 따랐다. 희미한 빛을 발하는 열쇠를 들어서 보여준 다음 발밑에다 내려놓는다. 루그가 고개를 끄덕였다.

　"그럼 가봐."

　"이름을 들을 수 있겠나?"

　"왜?"

　"또 네가 내가 하는 일에 개입된다는 이야기를 들으면 몸 좀 사리려고 그런다. 나이도 어린 주제에 정말 무섭군."

　"솔직하군. 루그 아스탈이다."

　"아스탈? 아스탈 백작가랑 무슨 관계지?"

　"우연히 성이 같은 것뿐이야. 남의 이름을 들었으니 네 이름도 알려주지그래? 다음에 내가 의뢰받은 일에 네가 관계되어 있으면 다치기 전에 꺼지라고 권고해 줄 수도 있으니까."

　"자이르 네거슨이다. 그럼 두 번 다시 보지 않길 기원하지."

　자이르는 가는 눈으로 루그를 흘겨보고는 부하들과 함께

그 자리를 떠났다. 그가 멀어지고 나자 루그가 의미심장한 미소를 지으며 중얼거렸다.

"유감스럽지만 우린 또 보게 될 거야. 되도록 이전과는 다른 형태로 보길 기대하지. 블레이즈 원과 싸우려면 네놈의 재주가 필요하니까."

〈블레이즈 원? 그건 뭐지? 왠지 익숙한 이름이군.〉

볼카르의 물음에 루그가 어이없어했다.

"너 진짜 기억하고 있는 게 하나도 없구나? 블레이즈 원은 네가 자신의 봉인을 풀겠다고 부리던 조직 이름이야. 거기 소속되었던 놈들한테 듣자니 너 자신을 의미하는 이름이라던데?"

〈그래서 익숙한 느낌이 들었던 것이로군.〉

볼카르는 복잡한 감상을 담아 중얼거리고는 한동안 침묵했다. 정신 감응으로 그의 감정을 느낀 루그는 눈살을 찌푸리며 바틀란에게 다가갔다. 그리고는 주저없이 주먹을 내려쳤다.

퍽!

의식을 잃은 상태에서 루그의 주먹을 복부에 맞은 바틀란은 그대로 내장이 파열되어서 숨이 끊어지고 말았다.

11

볼카르가 물었다.

〈왜 굳이 죽인 거지? 어차피 의식을 잃고 있었으니 포박해서 자작에게 데려다 줬어도 좋지 않았을까?〉

"이놈이 완전히 의식을 잃어서 아무것도 못 들었는지, 아니면 반쯤 의식이 있어서 나랑 자이르 그놈이 이야기하는 것을 들었는지 모르니 위험 부담을 질 수는 없지. 게다가 지금부터 하는 일도 알려지면 곤란하고."

루그는 그렇게 말하면서 자이르가 두고 간 열쇠를 집어 들었다. 그리고 엘프들을 바라보았다.

금속 고리의 무게 때문에 팔다리를 축 늘어뜨리고 아무것도 못하고 있는 엘프들은 역시나 아름다웠다. 성숙한 쪽은 절세미녀라는 말이 아깝지 않았고 어린 쪽도 몇 년만 지나면 인간과는 비교할 수 없을 것 같았다. 이런 아름다움과 긴 시간동안 유지되는 젊음, 그리고 타고난 능력 때문에 엘프들은 인간의 욕망에서 벗어날 수 없는 것이다.

루그 역시 엘프들을 가까이서 보게 되자 한순간 숨을 삼켰다. 이전 생의 막바지에는 워낙 마음이 황폐해져서 엘프들의 미모를 보고도 무덤덤해질 수 있었지만, 과거로 돌아와 오랜만에 엘프들의 비현실적이까지 한 아름다움을 접하니 동요를 주체하기 힘들었다.

루그의 시선을 받은 두 엘프의 얼굴에 두려움이 떠올랐다. 루그는 그들에게서 서너 발짝 떨어진 곳에서 멈춰 선 다음 잠시 심호흡을 해서 동요를 가라앉혔다. 그리고 최대한 부드러운 목소리로 물었다.

"혹시 우리말 할 줄 알아요?"

"……."

"난 엘프어가 너무 서툴러서, 그쪽이 우리말을 할 줄 알면 그냥 우리말로 대화했으면 하는데……."

"할 수 있어."

성숙한 엘프가 입을 열었다. 두려움을 드러내지 않으려는 듯 표독스러운 표정을 지은 채였다. 하지만 그것은 그녀의 바람일 뿐, 누가 봐도 겁먹은 것을 알 수 있었다.

"나는 루그 아스탈이라고 합니다. 인간들에게 잡혀서 끌려다녔으니 겁먹는 게 당연하긴 한데, 나는 당신들에게 위해를 가할 생각이 없어요. 이름을 들을 수 있을까요?"

"인간에게 알려줄 이름은 없어."

"미마 알라냐."

그녀가 너무 루그를 자극한다고 느꼈는지 소녀 엘프가 겁먹은 기색으로 말했다. 그 말을 들은 루그가 의외라는 듯 물었다.

"당신들, 모녀였어요? 자매인 줄 알았는데."

엘프들은 어느 정도 성장하고 나면 더 이상 성장도, 노화도 하지 않기 때문에 나이를 알아보기가 힘들었다. 그렇기에 루그도 인간 기준으로는 일고여덟 살 정도밖에 차이나 보이지 않는 둘이 모녀 관계라는 것을 알고는 조금 충격을 받았다.

"어떻게 알았지?"

성숙한 엘프가 놀라서 눈을 크게 떴다. 루그가 소녀 엘프를 가리키며 대답했다.

"그야 이쪽이 당신을 미마라고 불렀으니까. 말했잖아요, 엘프어를 할 줄 안다고."

"우리말을 할 줄 안다니, 정말인가?"

"최소한 당신들이 서로를 부를 때 아무 관계 없는 상대가 아니라면 반드시 호칭과 이름을 함께 부른다는 것 정도는 알죠. 자식은 모친을 미마라고 부르고 모친은 딸을 디나라고 부르고."

"……."

루그가 자신들의 풍습을 잘 아는 듯이 이야기하자 두 엘프는 당황했다. 지금까지 자신들의 풍습에 대해 아는 인간 따윈 만나본 적도 없었기 때문이다.

루그가 다시 물었다.

"이름 정돈 알려주시죠?"

"…알라냐."

"그쪽 아가씨는요?"

"리, 리루."

리루는 겁먹은 토끼처럼 움츠러들며 말했다. 루그가 고개를 끄덕였다.

"선물 받은 이름은 안 가르쳐 주는군요. 뭐, 좋아요. 거기까지 바라진 않겠어요."

그 말에 두 엘프는 또다시 놀랐다. 엘프의 이름에는 인간과 달리 성씨라는 개념이 없었다. 선물받은 이름은 엘프의 이름 뒤에 붙는, 태어날 때 자신과 교감하도록 운명 지어진 정령이 지어주는 이름을 말한다. 리루의 경우는 나칼라즈티라는 선물받은 이름을 가졌다.

루그가 그들에게 다가오며 말했다.

"지금부터 당신들의 구속구를 풀어줄게요."

"뭐? 정말인가?"

알라냐가 믿을 수 없다는 듯 물었다. 그녀는 루그가 자신들을 데려다가 인간 영주, 즉 네이달 자작에게 인계할 것이라고 생각하고 있었다. 하지만 루그는 그럴 생각이 없었다.

"내가 하고 싶은 말은, 나는 당신들을 풀어줄 생각이니까 공격하지 말라는 거예요. 그랬다간 서로 다치는 일이 생길 수도 있으니까. 알겠어요?"

알라냐는 떨떠름한 표정으로 고개를 끄덕였다. 루그는 그녀에게 다가가서 열쇠로 구속구를 풀어주었다. 마법이 걸린 열쇠를 구멍에다 넣고 돌리는 것만으로도 구속구가 정확히 반으로 쪼개져서 떨어져 나갔다.

"이거 꽤 묵직하네. 한 10킬로그램은 되겠는데?"

루그는 떨어진 구속구 하나를 집어 들고 중얼거렸다. 이런 것을 팔다리에다 달아놨으니 둘이 움직이지 못하는 것이 당연했다.

오랜 시간을 살아가며 강력한 속성력을 타고나는 엘프였지만 신체적인 능력은 인간에 비하면 허약함 그 자체였다. 반요정인 그들의 체중은 동일한 체격의 인간과 비교할 때 절반 정도밖에 되지 않았고, 근력도 어린애처럼 약했다. 그렇기에 마력을 억제하고 무거운 것을 팔다리에 달아두는 것만으로도 충분히 행동을 구속할 수 있는 것이다.

알라냐가 믿을 수 없다는 듯 물었다.

"정말 우릴 놔줄 생각인가?"

"그럴 생각이 아니었으면 이걸 풀어줬겠어요? 가고 싶은 곳으로 가세요. 아, 혹시 넬리아냐로 갈 생각이라면 제안도 하나 있는데."

넬리아냐는 탈린 왕국의 엘프 주거지였다. 그 외에도 소수의 엘프들이 모여 사는 주거지들이 있긴 하지만 루그가 아는 곳은 넬리아냐뿐이었다.

알라냐가 물었다.

"무슨 제안이지?"

"당신들 둘이서 넬리아냐로 가는 것은 힘들 겁니다. 지리도 모를 거고 가면서 인간들 눈에 띄기라도 하면 곤란할 테니까요. 그러니 나를 믿어준다면 내가 당신들을 넬리아냐까지 데려다 주겠습니다."

그 말에 알라냐의 표정에 노골적인 의심의 빛이 떠올랐다. 루그를 빤히 바라보던 그녀가 물었다.

"무슨 꿍꿍이속이야?"

"아서요. 당신이 나를 공격한다면 나도 응전할 수밖에 없습니다. 이 거리에서는 속성력을 일으키는 순간 내 주먹이 당신에게 닿을 거고요."

루그는 알라냐가 암암리에 마력을 끌어올리는 것을 감지하고 경고했다. 알라냐가 흠칫하며 마력 운용을 멈췄다. 속성력의 발동은 매우 빠르지만, 아까 전에 본 루그의 움직임을 생각해 보면 그녀가 미처 의식하기도 전에 머리를 날려 버릴 수 있을 것이다.

루그가 말했다.

"그냥 선의로 이런 제안을 하는 것은 아닙니다. 나는 개인적으로 엘프들과 거래를 터서 비약의 재료를 얻고 싶거든요. 마법사 협회하고는 인연이 없는 몸이라 필요한 것들을 손에 넣기가 어려워서. 인간들에게 사로잡혔던 엘프 두 명을 구출하고 고향으로 데려다 주면 그 정도는 해줄 수 있겠지요?"

"음……."

알라냐는 잠시 고민했다. 요 한 달간 뼛속까지 인간 불신에 걸리기는 했지만 루그의 말이 거짓으로 들리진 않았다. 무엇보다 그는 붙잡혀 있던 자신들을 풀어준 존재인 것이다.

"시간을 드릴 테니 천천히 생각해 보세요. 만약 내 제안에

응할 생각이라면 여기서 가까운 마을의 서쪽 길목에서 기다려 주고요. 난 여기 남아서 뒤처리를 좀 해야 하니까 일단 여길 떠나요."

루그의 말에 알라냐는 조금 망설이는 듯하더니 곧 리루를 데리고 그 자리를 떠났다. 루그가 그들을 구속했던 구속구를 들어서 여기저기로 던져 버리자 볼카르가 물었다.

〈저들이 네 제안에 응하리라고 생각하나?〉

"십중팔구는."

〈어떻게 확신하지?〉

"엘프는 좀 쓸데없을 정도로 이성적이니까. 정말 같은 하늘을 이고 살 수 없을 정도로 증오하는 상대가 아니라면 어떤 상황에서도 이성적으로 생각할 줄 알거든. 그들에게는 내 제안보다 좋은 선택지가 없어. 나는 그들을 풀어주었고 엘프들과 교류한 적이 있다는 것도 어필했으니 경계심도 많이 옅어졌을 것이고."

루그는 과거에 엘프들과 교류해 보았기에 성향을 잘 알고 있었다. 그들은 동족이 죽어가는 상황에서도 분연히 일어나는 대신 침묵하기를 선택하는 이들이었다.

볼카르가 미쳐서 날뛰었을 때, 엘프들 역시 인간들과 마찬가지로 희생양이 되었다. 볼카르는 엘프들을 찾아서 죽이진 않았지만 눈에 띄었을 때 그냥 놔두지도 않았다.

하지만 그런 상황에서도 엘프들이 루그와 함께 싸우는 일은 없었다. 엘프들은 드래곤을 상대로 싸워봤자 절대 승산이 없다고 판단했기 때문에 부디 볼카르의 파괴 행위가 자신들에게 닿지 않길 기원하며 꼭꼭 숨는 쪽을 선택했던 것이다.

그때 루그는 그들을 비겁하다고 욕했지만, 지금 와서 생각해 보면 그 선택이 옳았는지도 모른다. 루그와 함께 싸웠다면 엘프들도 인간들처럼 명확한 표적이 되어 학살당했을지도 모르니까 말이다.

"그럼 일단 네이달 자작에게 돈이나 타내야겠군."

루그는 바틀란의 시체를 들쳐 멘 채 다시 도적단의 아지트를 향해 걷기 시작했다.

12

다음날, 루그는 콧노래를 부르며 마을을 나섰다. 이번 전투의 활약으로 받은 돈이 무려 2만 레브나 되었다. 진짜 목적은 달성하지도 못한 채 그만한 거금을 내주는 네이달 자작은 꽤나 속이 쓰렸을 것이다. 그는 바틀란의 시체를 들쳐 메고 온 루그에게 몇 번이나 다른 이상한 것은 없었냐고 물었지만 루그는 시침 뚝 떼고 고개를 저었다.

거금을 벌어들인 루그는 말 두 필을 사고 마차도 하나 사서 지붕을 씌웠다. 그리고 마을 대장간에서 투척용 단검을 열 자루 정도 맞추고 여행자용 옷가지도 몇 벌 사서 마차에

실었다.

"당분간 이동 속도가 꽤 느려지겠군."

루그는 느긋하게 나아가는 말들을 보며 투덜거렸다. 보통 마차를 타고 다니면 도보 여행을 할 때보다 훨씬 이동 속도가 빨라지지만 루그의 경우에는 그렇지가 않은 것이다.

그렇게 마을을 벗어나서 어느 정도 가자 루그가 기다리고 있던 신호가 왔다. 불어오는 바람과는 전혀 다른, 부자연스러운 방향에서 일어난 바람이 루그의 귓불을 간질이더니 길옆에서 알라냐와 리루가 모습을 드러냈다.

루그가 마차를 멈추고 물었다.

"내 제안을 받아들이는 겁니까?"

"그래. 너를… 믿어보겠어."

알라냐는 아직도 망설임이 남은 기색으로 말했다. 루그는 피식 웃으며 마차를 가리켰다.

"비싼 돈 주고 마차를 산 게 헛수고로 끝나지 않아서 다행이군요. 뒤에 타세요. 옷도 사뒀으니까 갈아입으시고, 원래 갖고 있던 물건은 혹시 마법으로 추적할 단서가 될 수도 있으니까 다 버려야 합니다."

알라냐와 리루는 그 말에 따라서 마차에 올랐다. 알라냐를 따라서 마차에 오르던 리루가 문득 생각난 듯 루그를 바라보며 말했다.

"나칼라즈티."

"음?"

루그가 어리둥절해하며 그녀를 바라보았다. 순간적으로 그녀가 엘프어로 말했다고 생각해서 그 의미를 파악하려고 해보았지만, 그가 아는 엘프어 단어 중에는 저런 말이 없었다. 그의 당혹감을 느낀 볼카르가 말했다.

〈엘프어가 아니고 정령어다. '따뜻한 봄바람' 이라는 뜻이지. 엘프들은 정령어를 이름으로 쓰는 건가?〉

수천 년 동안 거처에 틀어박혀서 마법만 연구하고 산 볼카르는 엘프의 종족적 특성에 대해서 알 뿐, 그들이 어떻게 살고 어떤 풍습을 가졌는지에 대해서는 거의 아는 바가 없었다.

리루가 머뭇거리면서 덧붙였다.

"내 선물받은 이름이에요."

"그럼 풀네임은 리루 나칼라즈티구나."

살짝 고개를 끄덕인 리루가 머뭇거리며 말했다.

"구해줘서 고마워요."

"뭘. 나도 바라는 게 있어서 한 일이니까 너무 고마워하지 않아도 돼. 어쨌든 타."

루그가 쑥스러운 듯 머리를 긁적였다. 엘프가 선물받은 이름을 가르쳐 준다는 것은 진실한 호의의 표현이다. 리루는 아마 루그가 자신을 구해준 것에 감사하는 의미에서 알려준 것이리라.

그 사실을 아는 루그는 얼굴이 간질거리는 것을 느꼈다. 과거로 돌아오고 나서야 미래에 대한 희망으로 성격이 많이 바뀌었지만, 과거의 그는 워낙 삭막했기 때문에 누군가에게 순수한 감사의 인사를 받는다는 것이 굉장히 낯설었다.

'이런 것도 오랜만이군. 엘프들이라…….'

루그는 옛날 일들을 돌아보며 쓴웃음을 지었다. 자신은 과거에도 엘프들을 구해주고 감사의 인사를 들은 적이 있다. 그때도 목적은 엘프들에게 은혜를 지워두고 거래를 하기 위해서였다. 엘프는 배타적이지만 개인과 인간 전체를 동일시하는 오류는 범하지 않는, 지극히 이성적인 면모를 가졌다. 그렇기에 자신들의 동족을 구해준 이에게는 성의를 다하는 이들이었다.

그것을 알기에 루그는 리루와 알라냐를 구했다. 철저하게 이득을 노리고 행한 일에 진심 어린 감사를 듣는다는 것은 왠지 낯간지럽고 양심에 찔리는 일이었다.

'사치스러운 감정이지.'

루그는 고개를 흔들어 그런 감정을 털어버렸다. 그리고는 등 뒤로 물었다.

"아, 한 가지 묻고 싶은 게 있는데."

"뭐지?"

그렇게 물은 것은 알라냐였다. 그녀는 루그가 실어놓은 옷으로 갈아입고 있는지 사악사악 하는 소리가 들렸다. 그 소리는 아주 자연스럽게 야시시한 상상력을 자극한다. 루그도 신

체 건강한 남자라서 엘프들의 아름다움에 무심하기 어려웠
다.

'우, 이런 생각할 때가 아니지. 내가 야한 생각으로 머리가
꽉 찬 애송이도 아니고. 아니, 몸은 애송이 맞긴 하다마는.'

〈이 감정은 뭐지? 설마 발정하고 있는 건가?〉

"……."

〈인간 수컷들은 엘프나 드래코니안을 보면 자동으로 발정
한다더니 정말이군.〉

혀를 차는 볼카르에게 루그는 뭐라고 한마디 쏘아붙여 주
고 싶었지만 엘프들의 청력이 인간보다 훨씬 좋다는 것을 알
고 있었기에 입을 꾹 다물 수밖에 없었다. 루그는 볼카르에
대한 분노를 가슴 한편에 묻어놓고는 알라냐에게 질문했다.

"당신들은 어떤 경위로 도적단한테 붙잡혀 있었던 거죠?
네이달 자작은 당신들의 존재를 알리지 않고 되찾으려고 안
달하던데."

"잘은 몰라. 하지만 얼마 전까지는 다른 인간 영주에게 잡
혀 있었어."

"다른 인간 영주? 누구였는데요?"

"칼마스 후작이라고 했어. 다 죽어가는 인간이었지. 인간
들은 그렇게 나이 먹어서 주름이 자글자글해지면 노인이라고
부르던가?"

"노인 맞아요. 칼마스 후작이면 인근의 대영주니 엘프 노

예를 살 돈과 권력이 있을 만하지만, 왜 네이달 자작에게 넘기려고 했던 건데요?"

"그는 우리 말고도 동족을 한 명 더 잡아두고 있었어. 나보다 나이가 많은 여자였지. 커다란 새장을 만들어서 그 속에 가둬두고 내킬 때마다 노래하게 하더군."

"그건 참 상식적으로 부려먹었군요."

"그게 상식적이라고?"

알라냐가 불쾌감과 분노를 드러냈다. 루그는 급히 덧붙였다.

"어디까지나 귀족들이 엘프 노예를 취급하는 방법의 상식 말이죠. 귀족들은 변태적인 로망을 가진 경우가 많아서 엘프의 아름다움을 소유하고 그것을 자랑하고 싶어하거든요."

권력자들이 엘프 노예를 소유하면 하는 짓은 대체로 비슷했다. 새장 속에 엘프를 가두고 노래하게 하는 것은 그중에서 가장 대표적인 일이다.

엘프들의 목소리는 인간이 결코 낼 수 없는 독특한 울림을 가져서 노래하면 마치 천상의 정령들의 노래처럼 아름답게 들린다. 그렇기에 엘프 노예를 가진 자들은 그것을 혼자 즐기며 만족하는 놈이 있는가 하면 연회 때 사람들 앞에서 노래하게 하여 자랑하는 놈도 있었다.

'뭐, 새장에 가두고 노래를 시키는 게 성적 노리개로 쓰는 것보단 낫지.'

엘프는 반요정이라 모든 개체가 인간들이 넋을 잃을 정도의 아름다움을 자랑한다. 그렇기에 인간 남자들이 엘프 여자를 바라보는 시선은 추악한 욕정 그 자체였다.

하지만 권력자들이 엘프 노예에게 성행위를 요구하는 경우는 의외로 적다. 오래전, 엘프에 대한 지식이 없던 때라면 모를까, 지금은 엘프 노예를 구입할 정도로 돈과 권력이 있는 놈들이라면 다들 그게 얼마나 위험성이 큰 행위인지 잘 알기 때문이다.

엘프의 육체는 인간에 비해 매우 약하다. 반요정이라 체중이 비정상적으로 가볍고, 몸의 내구도도 낮은 편이었다. 그렇기에 격렬하게 성행위를 시도할 경우 그대로 죽어버릴 가능성이 높았던 것이다. 욕정 한번 해소하자고 엄청난 거금을 들여서 사들인 엘프 노예를 죽일 수는 없지 않은가?

그렇기에 엘프 노예를 사들이는 권력자들은 덮쳐서 성욕을 채우기보다는 인간이라면 누구나 동경할 수밖에 없는, 퇴락하지 않은 젊음과 아름다움을 독점하고 관상용으로 즐기려고 했다. 그것이 인간 권력자들이 숙지해야 할 엘프 노예의 '올바른 사용법' 중 하나였다.

알라냐가 말했다.

"그가 우리를 다른 영주에게 '빌려준다' 고 했어."

"빌려준다고? 무슨 이유로?"

"좀 더 쓸모있는 일을 하게 한다고 했어. 비싼 약초를 돌보게 한다고 했는데……."

"비싼 약초? 아, 그래서 그런 소리를 한 건가?"

루그는 네이달 자작이 부관과 옥신각신할 때 야염초를 언급했던 것을 떠올렸다.

야염초는 밤이 되어 달빛과 별빛을 받으면 잎이 전혀 열기를 띠지 않은 푸른 불꽃의 환영을 태우는 마법의 풀이다. 마법사들에게는 귀중한 풀로 꽤나 비싼 가격에 거래되지만 인간은 우연히 자라난 야염초를 발견하더라도 그것을 채집할 수 있을 뿐 재배할 수는 없었다. 마법에 쓰이는 식물 대부분은 오로지 엘프만이 돌볼 수 있는 것이다.

"영지 안에서 야염초의 군생지라도 발견된 모양이군. 엘프들이 돌본다면 정말 큰 돈벌이를 할 수 있는 풀이니……."

루그는 비로소 궁금증이 풀리는 것을 느꼈다. 동시에 네이달 자작의 미래가 끝장났다는 사실도 알 수 있었다.

'쯧쯧. 야염초를 기르기 위해 대영주에게 '빌린' 엘프 노예를 도적들한테 강탈당해서 잃어버렸으니 그렇게 집착하는 게 당연하지. 진짜 큰일 났겠구먼.'

엘프 노예의 '올바른 사용법' 또 하나는 식물과 감응하는 엘프 특유의 능력을 이용해서 마법초를 찾거나, 여건이 갖춰졌을 경우 그것을 재배하도록 하는 것이다. 이것은 잘만 하면 엘프 노예를 사들이는 액수 이상의 돈을 벌어들일 수 있는 '실용적인 사용법'이었다.

네이달 자작은 그것을 노리고 칼마스 후작에게 야염초에 대한 것을 보고해서 알라냐와 리루를 빌린 것이리라. 하지만 미래의 돈벌이를 생각하며 희희낙락하던 그를 기다리던 것은 비극이었다.

엘프 노예는 워낙 귀하기에 그 가격은 상상을 초월한다. 네이달 자작은 칼마스 후작의 분노를 샀으니 앞으로 삶이 꽤나 팍팍해질 것이다. 알라냐와 리루의 몸값을 보상하기만 해도 자산이 거덜 나는 것은 물론, 영지의 상당 부분을 빼앗길 가능성이 컸다.

'뭐, 내가 알 바 아니지.'

분에 넘치는 욕심을 부리니까 그런 꼴을 당하는 것이다. 게다가 잘살고 있던 엘프를 자신의 욕망 때문에 붙잡아서 노예화하는 놈들을 동정할 이유는 없었다.

"내가 중간 중간에 일을 보는 것을 감안해도 한 달 안에는 도착할 수 있을 거예요. 마차 안은 지내기 괜찮을 것 같아요?"

"팔다리에 구속구 차고 하염없이 천장만 쳐다보고 있던 때에 비하면 뭐든 지상낙원으로 받아들일 수 있어."

"긍정적이라서 좋군요. 미안하지만 넬리아냐에 도착할 때까지는 사람 눈이 없다고 확신할 수 있는 때가 아니면 밖으로 나오면 안 돼요. 답답하더라도 참아요."

"괜찮아. 그래야 한다는 것을 아니까."

"필요한 게 있으면 말해요. 마을에 들를 때 사다 줄 테니까."

"그러지."

"그럼 출발합니다."

루그는 채찍을 휘둘러 말들을 출발시켰다. 곧 마차가 덜컹거리면서 서쪽을 향해 나아가기 시작했다.

CHAPTER 07

새로운 악연

폭염의 용제

1

명문가의 자제가 기사가 되고자 할 경우 엄격한 훈련을 거치는 것은 물론, 어느 정도 실력이 갖춰지고 나면 경험을 쌓기 위해 여행을 떠나는 경우가 많았다. 세상 물정도 알고 기사로서의 경험을 쌓기 위해서 나오는 경우다.

아네르 왕국 굴지의 명문가인 펠드릭스 공작가의 둘째 아들인 란티스 펠드릭스도 그런 이유로 가문의 영지를 나서서 여행을 하는 중이었다. 열다섯 살 생일이 지나고 나서 영지를 떠나서 반년이 지난 지금은 이웃 나라인 탈린에 와 있었다.

"다음은 자벤 후작가인가?"

마차 천장에 붙여놓은 탈린 왕국 지도를 보는 란티스는 은

발에 녹색 눈동자를 가진 소년이었다. 그림으로 그린 듯 수려한 용모의 귀공자이긴 했지만 상당히 삐딱해 보이는 표정을 짓고 있었다.

그의 호위를 맡은 크로넬이 말했다.

"그렇습니다. 넉넉잡고 이틀 후에는 자벤 후작의 성에서 쉴 수 있겠군요."

"아직도 세 곳이나 더 들러봐야 하다니 피곤하군. 언제까지 이런 후줄근한 마차를 타고 다녀야 하는 거야?"

란티스가 투덜거렸다.

그가 이웃 나라인 탈린 왕국까지 온 것은 좋아서 온 것이 아니었다. 견문을 쌓기 위해 여행을 떠나는 김에 가문의 사업과 연관이 있는 가문들에 들러 인사를 하고자 함이었다. 최근 20년간 아네르 왕국과 탈린 왕국은 사이가 좋은 편이었고, 그래서 펠드릭스 공작가는 적극적으로 탈린 왕국의 귀족들과 활발하게 교류하고 있었다.

크로넬이 쓴웃음을 지었다.

"확실히 벌써 반년째니 좀 길긴 했지요. 이제 세 곳만 더 들르면 돌아갈 수 있으니 조금만 참으시면 됩니다. 내년 봄에는 왕도에서 화려하게 기사로 데뷔하실 테니……."

"아버지도 참 거창한 것을 좋아하신다니까. 왕실 무투회를 제패해서 기사 서임을 국왕 폐하께 직접 받고 오라니, 형은 대충 기사 만들어줬으면서."

펠드릭스 공작쯤 되면 매년 일정한 수의 기사를 서임할 수 있으니 적당히 눈에 띄는 공을 세우게 한 뒤에 기사 서임을 해주면 된다. 실제로 란티스의 형인 길로트는 그런 식으로 기사 서임을 받았다.

하지만 펠드릭스 공작은 란티스에게는 수련기사의 신분으로 매해 열리는 왕실 무투회에 나갈 것을 권유했다. 란티스가 왕실 무투회에서 우승해서 국왕에게 직접 기사 서임을 받는다면 그것은 최고의 데뷔가 될 것이다. 펠드릭스 공작가에게도, 그리고 란티스 본인에게도 더할 나위 없이 좋은 결과였다.

크로넬이 말했다.

"그야 란티스 도련님의 기량을 인정하기 때문에 그러시는 것 아니겠습니까? 길로트 도련님과는 경우가 다르죠. 란티스 도련님이라면 충분히 우승하실 수 있을 겁니다."

"흥! 아부가 너무 심한 것 아냐?"

란티스는 그렇게 말했지만 싫은 기색은 아니었다.

실제로 란티스는 비범한 무재를 타고나서 고작 열다섯 살의 소년이면서도 강체술의 경지가 4단계에 이르러 있었다. 물론 가문의 아낌없는 지원이 있었기에 가능한 것이기는 했지만, 그것을 감안하더라도 그의 실력은 왕실 무투회 우승을 노려볼 수 있을 정도로 뛰어나다.

물론 그것은 왕실 무투회가 왕국 최정상을 겨루는 대회가 아니기 때문에 가능한 일이다. 매해 열리는 왕실 무투회는 인재 발굴을 목적으로 하고 있기 때문에 왕실 소속의 기사들은 출전하지 않는다. 그리고 각지에서도 명성이 높은 이들은 나오지 않는다. 그렇기에 전체적인 수준이 그렇게까지 높진 않았다.

"어쨌든 후딱 일을 끝내고 돌아가야지. 그래도 자벤 후작가쯤 되면 접대가 좀 괜찮을 테지?"

"그렇겠지요. 그러고 보니 자벤 후작가의 영양들이 도련님과 비슷한 또래죠. 미모가 빼어나다고 하던데……."

"그래? 기대되는군."

란티스는 피식 웃으며 눈을 감았다.

2

화르르르륵……!

커다란 공동에 불꽃이 작렬하고 있었다. 어떤 생명체든 일순간에 태워 버릴 어마어마한 열압을 자랑하는 불꽃은 공동을 구성하는 바위조차 녹아서 마그마로 흘러내리게 만들었다. 모든 것이 불타 끓어오르는 공간 속에서 한 청년이 붉은 머리칼을 휘날린다.

"아아, 기분 참 끝내주는군."

그 목소리를 듣는 순간 루그는 흠칫했다. 꿈에도 잊을 수 없는 목소리였기 때문이다.

'뭐야? 볼카르의 꿈인가?'

그것은 항상 머릿속에서 울려 퍼지는 볼카르의 것과는 다른, 인간들에게 재앙의 화신으로 불렸던 볼카르의 인간 형태가 냈던 목소리다. 루그는 자신이 또다시 볼카르의 꿈을 꾸고 있다는 사실을 깨달았다.

볼카르는 불꽃 너머에서 일렁거리는 어둠을 보았다. 불이 해일처럼 사방을 휘감고 있는데도 그 어둠은 밝혀지지 않고 있었다. 그러기는커녕 마치 충격을 받아 유리에 생긴 균열처럼 조금씩 주변을 침식해 간다.

그으으으으……

그리고 그 속에서 무언가가 기어나오려 하고 있었다. 터무니없이 거대하고 추악한 존재가 긴 어둠의 통로를 지나 이 세계에 나타나고자 한다. 어둠 속에서 번뜩이는 붉은 눈동자를 보며 볼카르가 말했다.

"짜증나는 것들."

볼카르가 손을 들어 올렸다. 그러자 바위조차 녹아내리게 하는 불꽃이 움직였다. 한순간에 그의 앞으로 모여들어 거대한 구체를 이루더니 그대로 어둠을 향해 쏘아져 나간다.

콰아아아아아!

폭음과 함께 공간이 뒤흔들렸다. 볼카르가 모은 불의 구체는 작은 태양처럼 어둠을 불태우며 그 속에 있는 존재를 집어 삼켰다. 수십만 도의 열기에 직격당한 정체불명의 존재는 비명조차 지르지 못하고 재가 되어 스러져 간다.

하지만 그것으로 끝나지는 않는다. 불타는 어둠 너머에서 수많은 존재가 꿈틀거리고 있었다. 그 수는 적어도 수십만. 앞서 간 자가 불타 버리는 것을 보면서도 조금도 움츠러들지 않고 전진한다.

"아무리 탐욕을 키운다 해도 안 되는 것은 안 되는 것이다. 너희는 영원토록 그 너머에 있어야 할 운명이니."

"꽤나 기분이 좋으신 모양이구려, 볼카르."

볼카르에게 들려온 목소리는 어둠 너머에서 울려 퍼지고 있었다. 죽음조차 두려워하지 않고 어떻게든 이쪽으로 기어 나오려는 존재들 너머에서 그들과는 차원이 다른 지성과 힘을 가진 누군가가 말을 걸어온다.

'뭐지?'

루그가 흠칫했다. 이제까지 겪었던 것과는 달리 이번 꿈에서의 볼카르는 무척이나 감정이 풍부한 것 같았다. 그 목소리가 닿는 순간 짜증이 확 치미는 것이 느껴졌다.

"지아볼, 네놈의 수작이 실패한 것은 아나 보구나, 내 앞에 모습을 드러내지 않는 것을 보니."

"정말로 유감이오. 당신 같은 방구석 마법 폐인에게도 좋은 친구가 생겼을 텐데. 적어도 같이 체스 정도는 둬줄 수 있었소만."

"난 마왕과 친구가 되기보다는 마왕의 목을 따는 쪽이 더 즐거울 것 같은데. 어쨌든 이런 멋진 기분을 느끼게 된 것은 네 실패한 수작 덕분이니 감사하도록 하지."

볼카르는 광기에 찬 웃음을 흘렸다. 그러면서 연달아 불을 제어해서 어둠 속으로 쏟아붓는데, 그럴 때마다 그 너머에 있는 존재들이 수백 단위로 휩쓸려서 죽어나갔다.

마왕 지아볼이 아쉽다는 듯 혀를 찬다.

"아아, 나는 점잖고 순진한 당신이 정말로 좋았는데 말이오. 꼭 친구가 되어서 목덜미를 핥아보고 싶었는데 이렇게 되어서 유감이라오."

"친구라는 게 그런 짓을 하는 사이던가? 어쨌든 내가 잠깐 정신이 나간 틈을 타서 균열을 이렇게 넓혀놓다니, 정말로 귀찮게 하는군."

볼카르가 혀를 찼다. 쉴 새 없이 폭염을 퍼부어서 어둠 너머의 존재들을 학살하던 볼카르가 질린 듯이 몸을 허공에 띄운다. 그러더니 싸늘한 미소를 지으며 말했다.

"좋은 방법이 생각났어. 너희의 수법을 좀 빌리도록 하지."

"균열을 안정시키려면 적어도 수백 년은 걸릴 것이오만, 뭘 할 생각이오?"

"예전의 나는 꽤나 참을성 많은 성격이었지만 지금의 나는 그렇지 않은 모양이야. 확실히 너희가 날린 정신과 공격이 내

쌓인 스트레스를 폭발시킨 것 같군. 그러니 그 대가를 치러줘야겠어."

볼카르는 그렇게 말하며 손을 들어 올렸다. 그러자 이번에는 어둠으로 쏟아지던 불길이 급속도로 사그라지면서, 동시에 그 앞에 새카만 구체가 출현했다. 그 구체를 중심으로 발생한 엄청난 압력에 공간마저 일그러지고, 어둠 너머에 있던 존재들이 스스로의 의지와는 상관없이 끌려나왔다.

볼카르가 그들을 보며 말했다.

"자아, 여기가 너희가 그토록 바라던 세계다!"

어둠 속에서 모습을 드러낸 것은 추악한 형상의 악마들이었다. 여섯 개의 발로 기는 거대한 짐승을 닮은 형상이 붉은 눈동자를 번들거린다. 볼카르는 중력을 조작해 악마들을 수천 개체나 끌어들였다.

캬아아아아아!

악마들이 울부짖는다. 막대한 중력과 열기가 그들을 파괴하고 있었지만, 그럼에도 불구하고 그 외침은 환희로 가득 차 있었다. 그들이 그토록 도달하고자 했던 세계, 무수한 시체를 쌓아가면서도 한 번도 닿을 수 없는 세계에 마침내 도달한 것이다.

그러나 환희는 짧았다. 볼카르는 균열의 입구를 가득 메우고 꿈틀거리는 그들을 보며 사악하게 미소 지었다. 동시에 그들에게 마법이 걸린다.

파아악!

마법에 걸린 악마들의 몸이 흉하게 부풀어 오르더니 터져 버렸다. 그러나 박살 난 그 몸은 흩어지는 대신 산만하게 뭉쳐서 새로운 형상을 이루었다. 수천의 악마가 서로 얽혀 만들어진 거대한 살덩어리가 계속해서 그 부피를 키워가면서 어둠을 꽉꽉 틀어막아 갔다.

"즐거워해라. 너희들이 그토록 원했던 이 세계에 영원히 머무르게 될 테니."

"무슨 짓을 한 거요?"

마왕 지아볼이 어리둥절해하며 물었다. 볼카르가 무슨 짓을 한 것인지 잘 이해할 수 없었기 때문이다.

볼카르가 웃었다.

"이것은 진정한 불사의 수호자. 영원히 이 균열을 틀어막는 마개가 될 것이다. 무한히 증식하며, 재생하며, 그리고 다가오는 너희를 포식하는 존재가 되겠지. 고맙다, 지아볼. 네 덕분에 아주 유연한 발상을 가지게 된 것 같군. 하긴 이렇게 균열이 커지고 잡것들이 대대적으로 몰려들지 않았다면 쓸 수 없는 방법이긴 했지?"

지금 볼카르의 눈앞에 있는 차원의 균열은 사상 최대급이었다. 볼카르가 마왕 지아볼의 계략에 당해 잠깐 정신을 놓고 있는 동안 마족들이 몇 개의 균열을 하나로 합쳐서 이토록 거대한 균열을 만들어낸 것이다.

그리고 그 균열을 통해 몰려오는 수천만, 아니, 어쩌면 수억에 달할 마족들을 볼카르는 역으로 이용했다. 흑마법으로 그들의 육체를 무한히 증식하는 불사의 존재로 만든 뒤에 대지를 타고 흐르는 거대한 힘의 흐름을 마력으로 전환시켜서 그 상태를 유지하기 위한 동력으로 제공했다. 이제 저 불사의 살덩어리는 자신에게 다가오는 모든 마족을 포식하면서 차원의 균열 너머 마계에까지 뻗어나갈 것이다.

상황을 파악한 마왕 지아볼이 신음했다.

"이런 말도 안 되는 일이……."

"정말로 고맙군. 균열이 단시간 내에 줄어들지 않듯이, 너희도 이 불사의 포식자를 단시간 내에 멸할 수는 없을 거야. 그리고 나는 그만큼 자유를 얻게 되겠지. 창세 이후 처음으로!"

볼카르가 희열에 차서 외쳤다. 8천 년이 넘는 시간 동안 차원의 균열을 지키는 파수꾼으로 이곳에 묶여 있었다. 그런데 뜻하지 않게 자유로운 시간을 얻게 된 것이다.

마왕 지아볼이 말했다.

"하지만 고작해야 백 년이나 2백 년이오. 차원의 균열이 뚫리고 나면 당신은 다시 이곳으로 돌아올 운명."

"알고 있다. 그러니 더욱더 그 짧은 자유를 만끽할 생각이다. 진심으로 감사하마, 지아볼."

"무엇을 할 생각이오?"

"글쎄, 뭘 할까?"

볼카르는 잠시 동안 고민하는 모습을 보였다. 그는 8천 년도 넘는 시간 동안 자유라는 것을 모르고 지냈다. 마족의 정신 공격 때문에 충동에 지배당하기 전까지는 디르커스에게 외유 방법을 배우고 나서도 거의 사용하지 않을 정도로 구속된 상태에 익숙해져 있었다. 그러다 보니 당장 하고 싶은 일이 생각나지 않는다.

그러나 그는 곧 답을 내고는 미소를 지었다.

"그래, 그럼 모처럼 얻은 소중한 시간 동안… 별것도 아닌 주제에 자유로운 운명을 가진 것들을 몰살시켜야겠군."

"세계를 멸하겠단 말이오?"

마왕 지아볼이 놀라서 물었다. 볼카르는 그 목소리에 담긴 공포를 읽고는 미소 지으며 대답했다.

"아니, 세계는 지켜야만 하는 것. 운명에 구속된 나는 결코 이 세계를 파괴할 수 없다. 하지만 그 속을 채운 벌레들을 쓸어버리는 것은 마음대로 할 수 있지."

"……."

"인간부터 시작해야겠어. 인간이 가장 수가 많고 가장 자유로우니 멸종시키고 나면 보람도 클 테니."

볼카르는 그렇게 말하고는 몸을 돌렸다. 그 직후 주변에서 새하얀 빛이 안개처럼 피어오르면서 불카르의 얼굴에 당혹감이 떠오르고…….

꿈은 거기서 끝났다.

3

"…아, 진짜 어처구니가 없군."

한밤중에 눈을 뜬 루그는 잔뜩 인상을 찌푸린 채 투덜거렸다. 눈앞에는 알라냐가 마법으로 피운 모닥불이 타닥타닥 타오르고 있었다. 두 엘프를 마차 안에서 재우고 루그 자신은 온열 마법과 모포에 의존해서 모닥불가에서 자고 있었던 것이다.

문득 마차 안에서 뒤척이는 소리가 났다. 잠시 후 리루가 마차 앞쪽으로 고개를 내밀고 물었다.

"무슨 일 있어요?"

"아니, 없어. 계속 자."

리루는 굉장히 민감해서 밤중에 루그가 볼카르와 속삭이듯 대화를 나누고 있으면 깨곤 했다. 어린 나이에 인간에게 잡혀서 자유를 구속당했던 경험이 마음의 상처가 되어서 신경이 아주 날카로워진 것 같았다.

루그는 그녀가 다시 마차 안으로 들어가서 눕는 기척을 확인하고는 몸을 일으켰다. 그리고 온열 마법이 펼쳐진 모닥불가에서 벗어나서 숲 속으로 들어갔다.

"혼잣말도 마음대로 못하니 좀 피곤하군."

〈무슨 기억을 봤기에 어처구니가 없다는 건가?〉

비로소 볼카르가 물었다. 루그가 혀를 찼다.

"네가 미치던 순간을 봤어."

⟨……⟩

"마족이라는 것을 한 번도 본 적이 없는데, 진짜 무시무시하게 수가 많더군. 지아볼인가 하는 놈하고는 꽤 잘 아는 것 같던데."

볼카르는 잠시 동안 침묵했다. 그가 과거를 돌아보는 동안, 정신 감응을 통해서 복잡한 기분이 전해져 왔다.

⟨이상한 성격을 가진 마왕이지. 내 정신을 장악하고자 하는 시도를 하기도 했고. 짐승 수준의 정신 활동밖에 못하는 마족이라도 수십억 개체의 정신파를 하나로 이어서 공진시키니 위력이 상당히 크더군. 그래서 네가 그토록 증오하는 내가 탄생했던 것이고.⟩

"수십억이라고? 마족이 그렇게 많아?"

⟨개체수로만 따지면 수천억은 된다. 마계는 이 세계보다 훨씬 더 오래된 세계고 그들은 오로지 생존이라는 것에 치중해서 스스로를 변형시킨 존재들이니까.⟩

"그렇군. 그런데 너는… 기껏 자유로워졌으면서 왜 인간을 죽이겠다고 했던 거지?"

⟨……⟩

볼카르는 대답하지 않았다. 하지만 꿈을 통해 그의 의식, 그의 감정과 동조했던 루그는 그 이유를 알 것 같았다.

"너는 자유로운 운명을 가진 존재들을 질시하고 증오했구나."

8천 년 이상의 시간 동안 오로지 차원의 균열을 지키는 파수꾼으로 존재해 온 볼카르에게 자유란 없었다. 모든 드래곤이 그랬다. 그들은 그저 강대한 육체에 감금당한 채 수명이 다할 때까지 싸우다가 스러질 운명이었다. 싸우는 것을 거부할 수도, 그곳에서 벗어날 수도 없는 절대적인 운명의 구속력.

그렇게 수천 년을 보냈기에 디르커스가 개발한 외유 방법에 드래곤들이 열광하는 것은 당연했다. 그들은 꿈을 꾸듯이 세계를 돌아다니며 관여하는 제약적인 자유를 누릴 수 있었다.

그런 운명에 묶여 있었기에 드래곤들은 질투했다, 자신들의 희생으로 자유를 누리는 모든 존재들을.

수천 년 동안 쌓인 질투는 증오를 낳고, 마족의 정신 공격에 당해 스스로의 감정을 억누르는 모든 억제력을 잃은 볼카르로 하여금 인간을 멸망시키려는 시도를 하게 만들었다.

〈네 말이 맞다. 그러나 내가 증오했던 것은 아마도 인간은 아니다.〉

"그럼 자유로운 운명을 가진 모든 존재들인가?"

〈그것도 아닐 것이다.〉

"자신의 이야기인데 왜 추측형으로 말하는 거야?"

〈나도 마성에 지배당한 나를 잘 이해할 수 없기 때문이다. 네가 증오하는 나는 절제를 잃고 마족에 의해 부여된 방향성으로 폭주해버린 욕망의 화신. 즉 나 자신의 욕망이 마족에 의해 변질되어서 구현된 결과다. 그렇기에 일단 200년이라는 짧은 시간 동안 당장 손닿는 것들에게 화풀이를 하고 싶어한 것이지.〉

"헛소리 한번 예술적이군."

〈정말로 그렇군. 부정할 수 없다.〉

볼카르는 스스로도 어이가 없다는 듯 실소를 흘렸다. 루그가 물었다.

"너는 이번엔 내 어떤 기억을 봤지?"

볼카르의 꿈을 꿀 때마다 가장 신경 쓰이는 부분이었다. 볼카르는 루그가 자신의 과거를 엿보든 말든 전혀 신경 쓰지 않는 것 같지만, 루그는 역시 누군가 자신의 기억을 들여다본다는 것에 거부감이 들고 부끄럽기도 했다.

〈어떤 여자와 보낸 시간이었다.〉

"여자?"

〈무척 아름다운 여자였다. 나는 인간의 얼굴을 보고 미추를 구분할 수 없으나, 너는 더없이 아름답다고 느끼는 듯하더군. 푸른빛이 도는 흑발에 파란 하늘같은 눈동자를 가진 여자였지. 그녀와 있을 때 너는 아주…….〉

"그만."

루그는 딱딱한 어조로 볼카르의 말을 잘랐다. 하지만 볼카르는 멈추지 않고 말을 맺었다.

〈…행복한 것 같았다, 내가 본 그 어떤 때보다도.〉

"그만하라고 했잖아!"

루그가 신경질적으로 소리를 질렀다. 동시에 그의 주먹이 옆에 있던 나무를 후려쳤다.

콰작!

무시무시한 기세로 내질러진 주먹이 나무를 꿰뚫고 깊숙이 박혀 버렸다. 루그는 잠시 동안 그 상태로 씩씩거리고 있다가 천천히 손을 빼냈다. 아무런 기술도 사용하지 않고 내질렀기에 주먹에서 피가 났지만 아프다는 느낌조차 들지 않는다.

그것은 가슴속에서 맹렬하게 치솟는 울화 때문이었다. 볼카르가 이야기한 여자는 전생에 사랑했던 라나 아룬데였다.

불행했던 여자.

바깥세상을 모르고 자랐던 여자.

그리고 루그를 위해 눈물을 흘려주었던 여자.

"라나 이야기는 하지 마. 네 입으로 그녀에 대한 이야기를 듣고 싶지 않아."

그녀는 볼카르 때문에 슬픈 운명에 속박당했고, 그리고 볼카르 때문에 죽었다. 비록 볼카르의 기억에 없는 일이라 해도 가해자의 입으로 피해자가 그 일을 듣는 것은 얼마나 괴롭고

화가 나는 일인가.

죽여 버리고 싶다.

감히 자신의 과거를 엿보고, 뻔뻔스럽게 라나에 대한 이야기를 하는 볼카르를 당장 끄집어내서 갈가리 찢어버리고 싶었다. 이제는 없던 일이 되어버린 과거의 비극이 떠오르면서 시커먼 증오가 가슴을 메워간다.

'아니야.'

루그는 억지로 감정을 억제했다.

자신이 겪은 모든 비극은 아직 일어나지 않은 일들이다. 라나도, 그레이슨도, 칼리아도 살아 있다. 루그 자신이 원인이었던 아스탈 백작가의 몰락은 없던 일이 되었듯이 그들의 죽음 역시 막아내고야 말 것이다.

"후우."

루그는 겨우 호흡을 정돈하고 하늘을 올려다보았다. 석상처럼 한자리에 서서 하늘만 바라보고 있던 그가 불쑥 말했다.

"볼카르."

〈뭐냐?〉

"마법을 가르쳐 줘. 슬슬 강체술도 어느 정도는 되찾았고, 이제 마법을 배워도 괜찮을 것 같군. 하지만 그전에 하나만 묻자."

〈물어봐라.〉

"마법을 배우면 꿈을 통해 서로를 엿보는 것을 막을 수 있나?"

〈가능하다. 나를 분리하는 것보다는 훨씬 쉬운 일이다.〉

"좋아. 그럼 내일부터 체질 개선에 들어가지. 원래는 필요한 것을 갖춰서 빠르게 체질 개선을 하는 쪽을 선택하고 싶었지만 결국 이렇게 되는군. 아, 그런데 이거 여행 중에도 쓸 수 있는 방법인가?"

〈네가 하루에 두 시간만 투자할 수 있다면 문제없다. 그리고 이 체질 개선을 하는 동안 몸을 단련하거나 해도 되니까 시간 낭비라는 생각은 안 들 거다.〉

"그건 의외로군. 웬일이야?"

〈뭐가 말인가?〉

"너라면 그 시간 동안 마법의 기초 이론이라도 공부하게 시킬 거라고 생각했는데. 무슨 꿍꿍이속이 있는 것 아냐?"

그러고 보니 요즘은 마법을 배우라고 채근하는 일도 없어졌다. 그 사실을 인식하자 묘하게 수상한 느낌이 든다. 그런 루그의 의심을 느낀 볼카르가 코웃음을 치며 말했다.

〈네가 얼마나 머리가 나쁜지 알게 되었으니 여러 가지를 동시에 하라고는 하지 않기로 했다. 천천히 하나씩 해나가지 않으면 빈약한 뇌가 타버릴 테니까.〉

"흥. 잘 가르치는 것도 재주야. 그렇게 잘났으면 어디 머리 나쁜 나도 이해할 수 있도록 쉽고 빠르게 가르쳐 보라고."

〈물론 그럴 생각이다. 차곡차곡 준비 중이지.〉

볼카르가 후후, 하고 음흉한 웃음을 흘렸다. 루그는 왠지 모르게 소름이 돋는 것을 느끼며 눈살을 찌푸릴 수밖에 없었다.

리루는 어둠 속에서 눈을 뜬 채 천장을 바라보고 있었다. 루그의 중얼거림 때문에 한번 잠에서 깨어나고 나자 잠이 오지 않는다. 예전, 인간들에게 납치당하기 전에는 눈만 감으면 잠이 들었는데 지금은 아주 작은 자극만 가해져도 깜짝 놀라며 눈을 뜨곤 했다.

그녀는 바람에 귀 기울이고 있었다. 루그는 몰랐지만 바람의 속성력을 가진 그녀는 그저 귀 기울이는 것만으로도 먼 곳에서 들려오는 소리를 들을 수 있었다. 루그가 마차에서 수십 미터 정도 떨어진 정도로는 그녀의 청각을 피할 수 없었다.

'이상한 사람.'

며칠간 루그를 관찰한 그녀는 그런 결론을 내렸다.

아직 그를 완전히 믿는 것은 아니다. 그렇기에 리루는 그의 일거수일투족에 주의를 기울였는데, 그 결과 루그가 좀 정신이 이상한 사람이라는 것을 알 수 있었다. 어쩌면 자신들에게 호의를 베푸는 것도 인간 기준으로 보면 미친놈이기 때문에 그런 것 아닐까?

"정말로 그럴지도 모르지."

그런 생각을 알라냐에게 이야기하자 그녀가 진지하게 고

개를 끄덕였다.

"저 인간은 하나부터 열까지 이상하지 않은 구석이 없어. 무엇보다 어떻게 우리에 대해서 그렇게 잘 알까? 정말로 엘프와 오래 지내기라도 한 것처럼 자연스러운 태도야."

"동포들의 거처 근처에 살면서 교류를 했던 것은 아닐까?"

"동포들이 그런 것을 허락했을 리가 없단다, 디나 리루."

"음. 그리고 그는 우리 눈이 닿지 않는 곳에서는 마치 누가 있는 것처럼 이야기를 해."

"마법으로 누군가와 통신하거나, 아니면 정령을 거느리고 있는 것은 아니니?"

"미마 알라냐도 알 듯이 그는 마법을 익히지 않았어. 정령을 거느리고 있을 가능성은… 상위 정령이라면 가능하겠지만, 마법도 익히지 않은 인간이 그럴 수가 있어?"

"그럼 디나 리루가 추측한 대로 정말로 정신이 이상한 거겠지. 하지만 인간은 미치면 행동 양식이 뒤죽박죽이 된다고 하던데 그의 행동에는 일관성이 있고 말하는 것도 이성적으로 보여. 인간은 그런 식으로 미칠 수 있는 걸까?"

둘은 슬슬 루그가 미쳤다는 사실만은 확신하고 있었다. 사실 한두 번도 아니고 심심하면 둘의 눈을 피해서 누군가 옆에 있기라도 한 것처럼, 혼잣말이라고 하기에는 대화하는 느낌이 너무 뚜렷한 말을 떠들어대는데 미치지 않았다고 생각하는 것이 무리다.

"하지만 그는 나쁜 사람은 아닌 것 같아."

"아직까지는. 인간은 마지막까지 믿을 수 없는 존재야."

알라냐가 리루가 섣불리 루그를 신뢰하지 않도록 못을 박았다. 루그는 이제까지 만난 인간들과는 비교할 수 없을 정도로 신사적이었고, 엘프에 대해서도 풍부한 지식을 갖고 있었으며, 그런 만큼 많은 배려를 해주었다. 비록 정신이 이상하다고는 하나 리루는 시간이 지날수록 그를 꺼리는 마음이 옅어지는 것을 느꼈다.

리루가 물었다.

"미마 알라냐, 그가 끝까지 자신의 말을 지켜서 우리를 넬리아냐까지 데려다 주면 어떻게 할 거야?"

"그러면 그가 원하는 보상을 해줄 거야. 그가 바라는 것은 우리가 해줄 수 있는 일이니까."

엘프는 이성적이고 공정하다. 종족 전체가 인간을 경계하고 꺼리긴 하나, 자신들에게 은혜를 입힌 자를 멸시하는 비이성적인 짓은 하지 않았다.

리루가 눈을 감으며 말했다.

"그렇게 됐으면 좋겠어."

4

아스탈 백작령을 떠난 지 채 한 달도 지나지 않아서 루그는

'도적' 이라는 존재에 진저리를 치고 말았다. 네이달 자작령에서 바틀란 도적단 토벌에 참여하기 전까지만 해도 도적과는 인연이 없었건만, 그 후로는 열흘 동안 세 번이나 도적을 만났기 때문이다.

"몰개성한 것들!"

루그는 짜증을 내며 도적들을 때려눕혔다. 쓸데없이 강했던 바틀란 도적단에 비하면 오합지졸에 불과하고 수도 적은 도적들은 루그에게 덤볐다가 본전도 못 찾고 죄다 쓰러지고 말았다.

루그는 어디 한 군데씩 부러져서 끙끙거리는 도적들을 보며 투덜거렸다.

"주제 파악을 좀 하란 말야. 응? 사람이 친절하게 너희는 상대도 안 되니까 꺼지라고 했으면 말을 좀 들어."

루그는 열 명의 도적이 마차 앞을 가로막았을 때, 그들에게 물러갈 기회를 주었다. 마차에서 내리자마자 전광석화처럼 두 명을 쓰러뜨린 뒤 가라고 권고했던 것이다.

하지만 도적들은 그런 친절함에 괴성을 지르며 덤벼드는 것으로 응대했다. 그리고 채 5분도 지나지 않아서 전원이 신음하며 땅바닥을 뒹구는 꼴을 당했다.

"아, 진짜 마차 여행은 이런 게 짜증나. 느릿느릿하게 가고 있으면 이놈도 저놈도 돈 좀 되겠다면서 만만하게 보고 달려드니, 원."

마차를 끌고 장거리 여행을 하면 도적들의 표적이 될 수밖에 없었다. 설령 돈이 될 만한 것을 따로 가지지 않았다고 하더라도 말과 마차만으로도 꽤 돈이 되기 때문이다.

루그는 투덜거리면서 도적들의 무기를 빼앗았다. 그리고 비교적 멀쩡해 보이는 몇 놈을 발로 툭툭 쳐서 일으켰다.

"야."

"네, 넷!"

루그보다 스무 살은 많아 보이는 도적이 잔뜩 겁먹고 대답했다. 덩치도 크고 우락부락한 놈이 바싹 얼어붙은 꼴을 보니 실소가 나온다.

"있는 돈 다 털어놓고 꺼져."

"네. 당장 꺼지겠습… 뭐라고요?"

도적은 자기가 뭘 잘못 들었나 싶어서 물었다. 루그는 상큼하게 웃으며 그의 안면에다 주먹을 한 방 꽂아주었다. 코뼈가 주저앉은 그는 비명을 지르며 쓰러졌다.

"있는 돈 탈탈 털어서 내놓고 꺼지라고. 친절하게 두 번이나 말해줬다. 세 번은 없어. 한 번만 더 물으면 그냥 다 죽이고 시체를 뒤지는 귀찮음을 감수하지."

"도적들한테 돈을 내놓으라니……."

분위기 파악 못한 도적 하나가 어이없어하며 중얼거렸다. 다음 순간 그의 앞에 루그의 모습이 나타나더니 팔에 발차기가 작렬했다.

콰득!

"으아아아악!"

일격에 팔이 부러진 도적이 비명을 질렀다. 코웃음을 치며
원래 자리로 돌아간 루그가 말했다.

"너희가 나 죽이고 돈 빼앗겠다고 귀찮게 했으니 대가를
지불해야지. 열 셀 동안 있는 돈 다 털어서 쌓아놔라. 안 그러
면 그냥 다 죽인다. 참고로 쌓이는 액수가 너무 적어도 죽인
다. 아, 그냥 팔다리만 부러뜨린 뒤에 방치하고 갈까?"

"드, 드리겠습니다!"

루그가 진심이라는 것을 느낀 도적들은 재빨리 몸을 뒤져
서 있는 돈을 털어놓았다. 그들이 쌓아놓은 돈을 세어본 루그
는 시큰둥한 표정으로 중얼거렸다.

"어휴, 허접한 것들. 열 명이서 돈을 모았는데 고작 347레
브야?"

"그게 전붑니다."

"진짭니다. 탈탈 털어서 드린 겁니다."

"알았으니까 꺼져."

루그는 앞에 있는 놈을 걷어차며 말했다. 허겁지겁 도망치
려던 도적들은 문득 루그가 빼앗아간 무기에 시선을 던졌다.
도적질의 밑천인 무기도 나름 값이 나가는 것이다. 하지만 루
그가 사악하게 웃는 것을 보고는 최선을 다해서 줄행랑을 쳤
다.

그들이 사라지고 나자 루그는 무기들을 마차 뒤에다 실으며 투덜거렸다.

"이거 팔아봤자 얼마 나오지도 않을 텐데. 에잉. 뭐, 그래도 안 파는 것보단 낫겠지. 거슬리겠지만 조금만 참아요. 내일쯤 자벤 후작령에 도착하면 거기서 다 처분할 거니까."

"루그는 왜 그렇게 악착같이 돈을 벌려고 해요?"

리루가 눈을 동그랗게 뜨고 물었다. 인간 세상에서는 루그처럼 강한 인간은 쉽게 돈을 번다고 들었다. 그런데 자신을 습격하는 도적들의 주머니까지 털어가면서 푼돈을 벌어들이는 이유를 알 수가 없었다.

"필요하니까. 돈은 있으면 좋거든."

"하지만 루그는 훨씬 쉽게 돈을 벌 수 있잖아요?"

"돈 버는 일이 그렇게 쉽진 않아. 게다가 저런 놈들은 내가 힘이 없으면 나를 죽이고 가진 걸 몽땅 빼앗으려고 한다고. 내가 저놈들을 죽여 버리지 않은 것만 해도 꽤나 자비로운 일이지."

루그가 코웃음을 쳤다. 길 가는 사람을 덮쳐서 죽이거나, 여자라면 온갖 나쁜 짓을 한 뒤에 팔아넘기는 것이 일상사인 놈들을 배려해 줄 이유 따윈 없었다.

리루가 순진하게 물었다.

"그렇군요. 왜 살려준 거예요? 그냥 죽여 버리는 쪽이 옳지 않나요?"

"음? 그거야……"

그렇게 물으면 또 대답하기 난처하다. 하지만 리루는 정말 순수하게 궁금해서 물어보는 것 같았다. 문제는 질문 내용이 대단히 살벌한데다가 리루의 외모가 어린 소녀라는 것이지.

"난 시체를 뒤지는 것을 별로 안 좋아하거든. 기분이 영 꺼림칙해서. 그게 귀찮아서 살려준 거야."

"그렇군요."

리루는 납득했다는 듯 고개를 끄덕인다. 무서울 정도로 삭막한 대답을 들었는데도 전혀 겁먹거나 꺼리는 기색이 없다. 천사 같은 용모의 소녀가 그러고 있으니 대단히 이질감이 들었지만, 루그는 엘프는 다 이렇다는 것을 알고 있었다.

엘프는 자신들이 특별한 인연으로 대우하지 않는 인간들은 죽든 말든 신경 쓰지 않는다. 어린 엘프라 할지라도 엘프의 영역을 침범한 인간을 죽여 버리길 서슴지 않으니 리루가 이런 태도를 보이는 것도 당연한 일이었다.

루그가 물었다.

"그런데 리루, 하나 물어도 될까?"

"뭔가요?"

"당신은 몇 살이야? 서른 살 정도 되나?"

"스물다섯 살이에요."

엘프는 대충 5, 60세까지는 인간의 두 배 정도로 느리게 성장하다가 그 후에는 더 이상 성장도, 노화도 하지 않는 상태로 죽을 때까지 살아간다. 그렇기에 아직 어린 엘프의 경우는 외모의 두 배 정도 나이라고 생각하면 되지만, 원래 나이에 따른 외모라는 게 천차만별인지라 딱 떨어지게 구분하기는 어려웠다. 같은 나이라도 어려 보이는 사람이 있고 나이 들어 보이는 사람이 있듯이 엘프도 그런 것이다.

리루가 물었다.

"루그는요?"

"나? 아직 열다섯 살이야."

사실은 서른일곱 살이지만. 하지만 37년 동안 살아온 기억을 가졌을 뿐, 지금은 열다섯 살이었다.

"열다섯 살? 그것밖에 안 됐어요?"

리루가 눈을 휘둥그레 떴다. 얼마 전까지만 해도 엘프의 거주지에서만 살아온 그녀는 인간에 대한 지식이 부족했다.

루그가 쓴웃음을 지었다.

"인간은 엘프보다 나이를 빨리 먹거든. 내가 더 어리니까 반말해도 돼."

"그건 그만둘래요."

"왜?"

"벌써 존댓말 하는 게 익숙해져서요."

"마음대로 해. 사실 나도 너는 나보다 어려 보여서 나이 많다고 어른 대접해 주기는 어려울 것 같아."

"괜찮아요. 이해할게요."

매우 진지한 그녀의 대답에 루그는 피식 웃고는 다시 마부석에 올랐다. 그리고 문득 생각난 듯 뒤를 돌아보았다.

"아, 알라냐, 리루. 자벤 후작령에서 사흘 정도 머무를 생각인데 어떻게 생각해요? 여러분만 괜찮으면 집을 하나 빌릴까 하는데."

"어째서지?"

알라냐가 물었다.

"자벤 후작령은 꽤 번화한 도시라서 마법사 협회 지부가 있거든요. 내가 필요로 하는 약초들을 구할 수 있을 것 같아서 잠깐 비약이나 만들고 갈까 하고. 집을 빌려서 틀어박히면 여러분의 모습이 드러날 일도 없고 괜찮을 것 같아서요."

과거로 돌아온 이래 루그는 강체력 부족 때문에 스트레스를 받고 있었다. 육체가 덜 성숙한 거야 그렇다 쳐도 강체력 부족으로 과거에 즐겨 쓰던 기술들을 쓸 수 없는 것은 꽤 심각한 문제였다.

그렇기에 루그는 지금까지 모은 돈으로 마법사 협회 지부에서 필요한 약초들을 구입, 오더 시그마에 전해 내려오는 강체력 증가의 비약을 만들어 먹을 생각이었다. 그런다고 강체력이 획기적으로 증가하진 않겠지만 지금은 조금이라도 강체력이 늘어난다면 무슨 일이든 할 필요가 있었다.

알라냐는 잠시 고민하는 듯하더니 대답했다.

"마음대로 해. 네게 맡기지."

"알겠습니다."

그녀의 허락이 떨어지자 루그는 미소를 지으며 말들을 출발시켰다.

5

네 명의 남자가 말을 타고 달리고 있었다. 한 사람은 마른 인상의 젊은 마법사였는데 전혀 마법사답지 않은, 평범한 여행자로 보이는 차림새를 하고 있었고, 나머지는 가벼운 갑옷과 검으로 무장한 전사들이었다.

그들은 마법사의 인도에 따라서 달리고 있었다. 하지만 마법사는 구체적인 길을 가르쳐 주는 것은 아니고 때때로 방향만 지시해 줄 뿐이었기에 앞장서서 길을 정하는 것은 전사들 중 하나의 역할이었다.

"음?"

문득 마법사가 고개를 들었다. 전사가 물었다.

"또 기척이 느껴집니까?"

"그렇습니다. 흠. 마법을 꽤 많이 쓰는 것 같군요. 이거 찾기가 수월해지겠는데요."

"거리는 어느 정도입니까?"

"계속 이 페이스로 추적한다면 하루 안쪽입니다. 이전보다 훨씬 좁혀졌어요. 그 이상 자세히는 모르겠군요."

마법사의 탐지 마법이 정확하게 짚어낼 수 있는 것은 방향뿐이었다. 거리는 수백 미터 이내로 좁혀지기 전까지는 모호한 감에 의지해서 이야기할 수밖에 없었다.

전사가 혀를 찼다.

"그래도 느릿느릿하게 이동해 줘서 다행이군요. 마법으로 막 날아가면 어쩌나 걱정했는데."

"비행 마법을 오래 유지하는 것은 쉬운 일이 아닙니다. 아마 우리의 추적을 눈치채지 못하고 있는 것 같은데, 그렇다면 그들의 마법 수준 자체가 별로 대단하지 않다는 소리니 더더욱 걱정할 필요없지요. 음?"

문득 마법사가 눈썹을 치켜떴다. 또 기척이 감지됐냐고 물으려던 전사는 그의 시선이 정면을 향하고 있다는 사실을 깨닫고 고개를 돌렸다. 그리고 눈살을 찌푸렸다.

"이런. 도적들이군요."

일고여덟 명 정도의 도적들이 진을 치고 서 있었다. 그들은 길을 막고 나무와 나무 사이에 줄을 이어놓았다. 그리고 그 뒤에서 기다란 나무 장대를 겨누어서 이쪽의 말들을 멈추게 만들었다.

전사 중 하나가 말했다.

"뒤에도 있습니다."

그들이 속도를 줄이는 사이 뒤쪽에도 비슷한 숫자의 도적이 나타나서 길을 막고 있었다. 그들은 혀를 차며 멈출 수밖에 없었다.

도적들 중 두목이 나서서 말했다.

"크크크, 당장 말에서 내려서 가진 것을 다 내놔라. 그럼 목숨만은 살려주지."

"어떻게 할까요?"

마법사가 앞장서던 전사에게 물었다. 전사가 대답했다.

"이놈들이 혹시 표적을 봤을지도 모르니 한두 놈은 살려서 심문해 보죠."

"알겠습니다. 잠시만 시간을 벌어주시죠."

마법사는 고개를 끄덕이고는 눈을 감고 정신을 집중했다. 마력이 전개되면서 아무런 능력이 없는 일반인도 살짝 오싹함을 느끼게 만드는 파동이 퍼져 나갔다.

"젠장! 저놈, 마법사였어! 얘들아, 쳐라!"

두목은 마법사에 대해서 조금 아는지 즉시 공격을 명령했다. 그러자 도적들이 마법사라는 말에 놀라면서도 즉시 무기를 들고 뛰어나갔다.

"잡것들이 감히."

전사 하나가 눈살을 찌푸렸다. 동시에 그는 말 등을 박차고 허공으로 도약했다. 한순간에 5미터 정도를 날아서 도적들 앞에 서는 그 움직임은 강체술을 익히지 않고서야 흉내조차 낼 수 없는 것이었다.

파학!

그 즉시 검이 휘둘러지더니 앞서 달려오던 도적 하나가 피를 뿜으며 쓰러졌다. 기세 좋게 달려오던 도적들이 얼어붙었다.

"목숨이 아깝지 않으면 덤벼봐라."

전사가 검에 묻은 피를 털며 손가락을 까딱였다. 자신들을 도발하는 행동에 도적들은 발끈했지만, 방금 전의 한 수가 너무 강렬해서 섣불리 달려들지 못했다.

상황은 뒤쪽도 마찬가지였다. 그쪽에는 다른 전사 둘이 내려서서 도적 둘을 베어 넘긴 뒤 그들을 위협하고 있었다.

그리고 그렇게 30초 정도 지나자 마법사의 주문이 완성되고 말았다.

"요정의 숨결."

마법사가 손에 빛나는 가루를 한 움큼 올려놓더니 후 하고 불었다. 그러자 허공으로 날아간 가루가 정면의 도적들에게로 쏟아져 간다. 일곱 명 중에서 네 명이 멋모르게 숨을 들이켜다가 그것을 흡입하고 말았다.

"읍! 이, 이건 뭐야?"

빛의 가루를 들이켜는 순간, 그들은 눈앞이 핑 도는 것을 느끼면서 비틀거렸다. 갑자기 술을 만취할 때까지 마시기라도 한 것처럼 머리가 어질어질하면서 제대로 서 있을 수가 없었다.

좌악!

그리고 전사가 그 틈을 노리고 달려들어서 검을 휘둘렀다. 그가 노리는 것은 마법에 걸린 도적들이 아니고, 동료가 갑자기 비틀거리는 것에 당황한 멀쩡한 도적들이었다.

정면의 도적들이 죄다 쓰러지기까지는 채 3분도 걸리지 않았다. 전사는 이야기를 듣고자 한 놈만을 살려두었을 뿐, 나머지는 용서없이 죽여 버렸다. 후방의 도적들이 슬금슬금 눈치를 보다가 달아나는 것을 본 전사는 싸늘하게 웃으며 살아남은 도적을 노려보았다.

"이제 네놈들이 얼마나 간 큰 짓을 저질렀는지 감이 오냐?"

"으으……."

도적은 아직도 마법의 효과 때문에 비틀거리고 있었다. 하지만 동료들이 모조리 당해 버리는 것을 보았기에 겁에 질려서 벌벌 떨었다.

그런 도적의 목에 칼을 들이댄 채 전사가 물었다.

"묻는 말에 대답하면 목숨은 살려주마. 아는 것은 모조리 불어라. 알겠냐?"

"무, 물론입니다, 나리."

도적은 비굴하게 고개를 끄덕였다.

6

자벤 후작령에 도착한 루그는 중심가에서 약간 벗어난 곳에 위치한 2층집 하나를 통째로 빌렸다. 이 집에 살던 세 가족은 루그가 숙소로 가지 않고 집을 빌리려는 것에 의아해했지만, 고작 사흘간 빌려주는 대가로 400레브를 준다고 하자 쾌히 승낙했다.

가족들이 집을 비워주고 나자 루그가 알라냐에게 부탁했다.

"만약을 대비해서 사람들이 쉽게 침입할 수 없도록 마법을 걸어두도록 하세요. 기왕이면 밖에서 안을 봤을 때 당신들이 눈에 띄지 않는 마법도 걸었으면 하는데, 할 수 있어요?"

"할 수 있어."

알라냐가 고개를 끄덕였다. 리루는 속성력을 다룰 뿐, 아직 마법은 기초를 배우는 단계였지만 알라냐는 대충 실용적인 마법들은 다 쓸 수 있었다.

그녀는 시간을 들여서 문도, 창문도 자신과 리루, 루그 외에는 열 수 없도록 마법을 걸고 나무로 된 창문에는 환영을 걸어두었다. 리루나 알라냐가 창문을 열어둔다고 해도 밖에서는 아무도 없는 것으로 보일 것이다.

마법적인 조치가 다 끝나고 나자 루그가 안심하고 집을 나섰다.

"아, 혹시 필요한 것 있어요? 먹고 싶은 것이라거나."

"라미닉초와 신선한 과일, 그리고 활과 화살도 구할 수 있을까?"

알라냐는 전혀 사양하는 기색 없이 요구 사항을 말했다. 이것 역시 엘프의 특징이었다. 그들은 공동체 생활을 하면서 역할 분담을 하기 때문에 서로 자신의 역할에 맞는 부탁을 받았을 때 거부하는 일이 없다. 그렇기에 루그가 요구 조건을 말해보라고 하면 서슴없이 생각나는 것을 말하곤 했다.

"다 어렵지 않게 구할 수 있는 것들이군요. 저녁때까진 돌아올 겁니다."

루그는 고개를 끄덕이고는 집을 나섰다.

마차를 몰고 나간 루그는 대장간에 가서 도적들에게서 빼앗은 무기들을 처분했다. 전혀 통일성이라고는 없는 무기들을 잔뜩 가져온 루그를 대장장이가 수상쩍다는 듯 바라보았다.

"아니, 도대체 어디서 이렇게 많은 무기를 가져온 거지? 상회의 도련님 같지도 않은데······."

새파랗게 어린 루그가 사용된 흔적이 확실한 무기들을 잔뜩 가져왔으니 수상하게 보는 것은 당연했다. 루그가 어깨를 으쓱하더니 허공에다 가볍게 주먹을 날렸다. 하지만 그 속도는 그야말로 섬전 같아서 대장장이의 눈에는 제대로 보이지도 않았다.

파아앙!

공기가 찢어지면서 가벼운 충격파가 대장장이를 쓸고 지나갔다. 굳어버린 대장장이를 보며 루그가 말했다.

"여기까지 오는데 도적들이 덤비길래 빼앗아온 겁니다. 도적들 것이니 도난품이라고 하시진 않겠죠?"

"그, 그럼. 물론일세. 젊은데 실력이 대단한가 보군."

대장장이가 침을 꿀꺽 삼켰다. 일반인은 절대 흉내 낼 수 없는 그 한 수만으로도 루그가 강체술을 터득하고 있다는 것을 알 수 있었다.

무기의 질이 그리 좋지 않았기 때문에 비싸게 팔 수는 없었지만, 워낙 수가 많다 보니 3천 레브 이상은 받을 수 있었다. 루그는 한층 더 두둑해진 돈주머니를 만지작거리며 만족스러워했다.

그 돈으로 대장간에서 알라냐에게 부탁받은 활과 화살도 구매한 루그는 일단 마차를 근방의 여관에다가 돈을 주고 맡겨두었다. 그리고 마법사 협회 지부를 찾아갔다.

〈호오, 이게 인간들의 마법사 협회 지부인가? 제법 뚜렷한 마력의 파동이 느껴지는군.〉

볼카르가 흥미를 보였다. 생각해 보면 그는 루그와 함께한 이래 마법을 접한 일이 거의 없었다. 아스탈 백작령의 마법사 콜린, 그리고 네이달 자작의 마법사 정도가 고작이었다. 이 마법사 협회에 겹겹이 걸린 마법들이 발하는 파동은 그가 오랜만에 느끼는 강력함을 갖추고 있었다.

"그야말로 여기가 마법사 협회라고 광고하는 느낌이지. 일반인도 이 근처를 지날 때는 묘한 압박감 같은 것을 느끼니까."

〈재미있군. 이 마력의 구성으로 보건대 기능하고 있는 주문은… 일단 이 건물을 중심으로 일정 범위 안에서 일어나는 마법을 감지하고, 침입자를 잡아내고, 외부에서의 공격으로 인한 파괴를 막고, 화재를 억누르고, 장거리 통신을 용이하게 하고, 그리고 사방에서 일어나는 일들을 파악하기 위한 탐지 마법과 멀리 보기 마법을 조건만 입력하면 곧바로 발동할 수 있도록 해둔 것 같다.〉

"그걸 보기만 해도 알 수 있어?"

루그가 놀라서 물었다. 자신의 육체를 잃었으면서도 한눈에 거기까지 알아볼 수 있단 말인가?

볼카르가 코웃음을 쳤다.

〈인간의 마법을 알아보는 것 따윈 아무것도 아니다. 그리고 마법사가 마법을 알아보는 것은 마력을 어떤 구성으로 짜내어 이미지를 부여했느냐이니 실력 차가 크다면 쉽게 알아볼 수 있지. 어떤 수단을 쓸 것도 없이 그냥 직감적으로 알게 된다. 인간의 마법사들은 하등하니 내 눈을 속일 수 있을 리 없지.〉

볼카르가 그렇게 잘난 척을 하자 루그가 의아한 듯 물었다.

"야, 너, 바라지아에서 무슨 마법 걸린지 모르고 날아들어 왔다가 함정에 빠졌었잖아."

⟨…….⟩

우쭐거리던 볼카르의 말이 딱 멈췄다. 잠시 후 그가 당황해하며 변명했다.

⟨그, 그건 알아보지 못한 게 아니라 알아보지 않은 거다. 무슨 마법이 있든 내 방어 마법을 어쩌지 못할 거라고 생각해서 그냥 돌격한 거지. 그랬던 것이 틀림없다. 내가 인간의 마법을 알아보지 못하다니 그런 일은 있을 수 없어.⟩

"자기가 기억하지 못하는 일이라고 멋대로 떠드시면 곤란하지. 흥! 하여튼 위대한 드래곤께서도 허풍을 다 떠시는구만."

⟨아니라고 했잖은가.⟩

"알았어, 알았어."

루그는 건성으로 대답하며 마법사 협회 지부의 문을 열었다. 안에 들어오는 순간 감각을 자극하는 마력 파동이 한층 더 강해지면서 동시에 짙은 약 냄새가 코를 찔렀다.

"우욱, 도대체 연금술사들은 만날 이런 냄새를 맡으면서 어떻게 생활하는지 몰라."

루그가 투덜거렸다. 마법사 중에서도 지독한 냄새와 함께 생활하는 것은 연금술사나 혹은 시체를 갖고 노는 사악한 흑마법사들 정도였다. 마법사 협회 지부는 약재와 약을 비롯,

마법 물품들을 판매하는 일종의 상점 역할도 하다 보니 건물 안이 약 냄새로 가득했다.

"자네가 맡으면서 생활하는 거 아니니까 관심 끄시게."

그렇게 쏘아붙인 것은 꼬장꼬장한 인상의 마법사였다. 갈색의 로브를 걸친 중년 마법사가 문을 열고 나와서 루그를 맞이했다.

"무슨 일로 오셨는가?"

"약재를 좀 구입하고 싶어서요."

"약이 아니고 약재를? 마법사는 아닌 것 같은데?"

"마법사는 아니지만 어쨌든 약재가 필요합니다. 루미낙초와 오르그름초, 만드레이크 가루, 그리고……."

루그는 지금도 또렷하게 기억하고 있는 오더 시그마의 비약 재료들을 말했다. 그것을 다 들은 마법사가 눈살을 찌푸렸다.

"그것들을 도대체 뭐에 쓸 생각인가? 이걸 조합해서 뭘 만들려는 건지 짐작이 안 가는구만."

마법사는 연금술사라서 그런지 루그가 말하는 약재들을 듣고 그 조합을 상상해 보고 있었다. 하지만 애당초 마법적인 효과를 가진 약이 아니고 강체술의 비약을 만들려고 하니 그가 알 수 있을 리가 없다. 마법사 협회도 강체술 비약을 만들어서 판매하지만, 그 조합을 연구하는 연금술사는 협회 안에도 그리 많지 않았다.

"뭐 좀 필요해서요. 재고가 있나요?"

"다 재고가 충분한 것들이네. 어느 정도씩 필요한가?"

"양은……."

루그는 잠시 생각하다가 충분한 양을 말했다. 여길 떠나면 또 언제 마법사 협회 지부를 만날 수 있을지 알 수 없기 때문이다. 왕국 마법사 협회는 일정 규모 이상의 도시가 아니면 지부를 두지 않았다. 사실 대부분의 영지에는 마법사가 한두 명 정도밖에 없으니 굳이 지부를 둘 이유가 없었다.

물론 넬리아냐에 도착하면 엘프들에게 약재를 공급받을 수 있을 것이다. 하지만 그들에게 굳이 쉽게 구할 수 있고 효력도 낮은 이런 약재를 거래할 생각은 없었다.

창고에서 루그가 주문한 약재들을 꺼내온 마법사가 물었다.

"물건을 확인해 보겠나?"

"네."

대부분의 사람들은 마법의 약재가 어떤 품질을 가졌는지 식별할 안목이 없다. 하지만 루그는 비약의 제조법을 배우면서 약재에 대한 것도 꼼꼼하게 교육받았다.

"7천 레브일세."

루그는 액수를 듣자마자 돈주머니를 꺼내서 금화로 지불하려고 했다. 하지만 그러다가 무슨 생각이 들었는지 눈살을 찌푸리며 마법사를 바라보았다.

"너무 비싼 거 아닙니까?"

"무슨 소린가? 이 약재들이 어디 구하기 쉬운 것인 줄 아나?"

"그래도 그렇지, 셈을 하고 뭐 하고도 없이 대뜸 7천 레브가 됩니까? 개인이 이만큼이나 한꺼번에 사가면 좀 에누리가 있어야 할 거 아닙니까?"

루그는 한참 동안 마법사와 서로 노려보면서 흥정을 벌였다. 물건 값을 깎기 위해 흥정한다는 행위가 별로 익숙하지 않긴 했지만, 마법사가 대충 가격을 매겼다는 사실을 집요하게 물고 늘어지자 결국 500레브를 깎을 수 있었다.

마법사가 혀를 찼다.

"자네 진짜 악착같구먼."

"아껴야 잘살죠."

루그는 6,500레브를 지불하고 약재들을 받아서 마법사 협회 지부를 나섰다. 꽤 많은 돈이 나갔지만 이것으로 강체력을 조금이나마 증가시킬 수 있다는 것을 생각하면 전혀 아깝지 않았다.

루그가 마법사 협회 지부를 나서자 볼카르가 물었다.

〈돈을 그렇게 쉽게 벌면서 고작 500레브에 연연하다니, 역시 인간의 돈에 대한 집착이란 한심하군.〉

"누가 세상 물정 모르는 드래곤 아니랄까 봐 지치지도 않고 웃기는 소리를 하는군. 나도 원래는 안 이랬어. 하지만 예전에는 워낙 계획없이 돈 펑펑 써대면서 살다가 피 본 일이 많아서 이번에는 금전 감각을 확립하고 살기로 한 거지."

예전의 루그는 흥정이라는 것을 좋아하지 않았다. 굳이 값을 깎으려 든다면 뻔히 시세를 아는데 바가지를 씌우려고 할 때 정도였다.

아무리 비싼 물건도 갖고 싶으면 시원스럽게 사버린다. 돈을 벌 때는 악착같이 벌었지만 써야 할 때는 절대 아끼는 법이 없었다. 그래서 과거에는 씀씀이가 너무 헤프다고 타박받은 적도 많았고, 정작 중요할 때 돈이 없어서 곤란했던 적도 있지만 끝까지 그런 버릇을 바꾸지 않았다. 그때는 소중한 것을 다 잃어버려서 먼 훗날을 생각하며 사는 게 끔찍이도 싫었기 때문에 더욱 그랬으리라.

"이제는 아끼면서 살아야지. 돈은 언제 필요하게 될지 알 수 없으니까."

하지만 그렇게 말하면서도 루그는 자신이 왠지 여자가 옆에 있을 때는 예전이랑 똑같이 흥정 따윈 생략하고 돈을 펑펑 써댈 것이라는 확신이 들었다. 여자 앞에서 좀스럽게 물건 값을 깎는 행위 따윈 그의 성격상 절대 할 수 없었다.

"난 쩨쩨한 흥정남자, 하지만 내 여자에겐 대범하겠지."

〈그건 무슨 헛소리냐?〉

"그냥 생각나서."

루그는 구시렁거리면서 과일 가게에 들러서 알라냐가 부

탁한 과일들을 잔뜩 샀다. 그러면서 과일 장수와 흥정을 시도해서 에누리를 받아내는 것도 잊지 않았다.

"음. 흥정이라는 것도 제법 할 만한데? 나도 의외로 장사에 소질있는 것 아닐까?"

익숙지 않은 흥정이 그런대로 성공하자 기분이 좋아진 루그는 사과 하나를 와삭와삭 씹으면서 집으로 향했다. 하지만 정작 집에 도착한 그의 얼굴이 무섭게 굳어졌다.

"어떻게 된 거지?"

〈마법이 깨져 있다. 전부 깨진 것은 아니고 문을 잠근 마법이 깨졌군.〉

"이봐, 마법 깨진 걸 지적하기 전에 경첩이 부서져서 문이 덜렁거리고 있거든? 눈깔이 어떻게 삐면 문 박살 난 것보다 마법 깨진 걸 먼저 보냐?"

〈…….〉

졸지에 눈깔이 삔 놈이 된 볼카르가 침묵했다.

문이 부서진 것은 물론, 2층 창문이 박살 나서 한쪽 창이 아래에 떨어져 있었다. 누군가 우격다짐으로 침입해서 난동을 부린 것 같았다.

"젠장. 무슨 일이 생긴 거지?"

루그는 당황해서 집 안으로 들어갔다. 1층은 별다른 게 없었지만 2층은 그야말로 난장판이었다. 가구가 뒤집어지고, 벽의 일부가 부서진 것을 보니 이곳에서 격투가 벌어졌음을 알 수 있었다.

"속성력을 썼어. 그래서 이렇게 엉망진창이 된 거야. 그리고 상대는… 검을 쓰는 놈이 있었군. 그것도 강체술사."

루그는 방 안에 남은 흔적들을 살펴보며 중얼거렸다. 한바탕 광풍이 휘몰아친 것 같은 방 안 풍경은 리루가 속성력을 쓴 결과물일 가능성이 높았다. 그리고 뒤집어진 침대가 반쯤 갈라져 있는 것은 검으로 벤 흔적이었다. 일반인의 힘으로는 절대 이런 흔적을 남길 수 없으니 강체술사가 왔다는 것을 알 수 있었다.

루그는 상황이 안 좋다는 것을 깨닫고 볼카르에게 물었다.

"볼카르, 혹시 리루와 알라냐의 기척을 잡을 수 있나?"

〈둘의 기척은 기억해 두었으니 거리가 가깝다면 알 수 있긴 하다. 네가 탐지 마법을 사용할 수 있다면 여기서도 얼마든지 알 수 있겠지만⋯⋯.〉

"이런 때 그런 소리나 하고 있어야겠어? 일단 찾아봐야겠군. 도대체 어떤 놈들이지?"

마음이 급해진 루그는 부서진 2층 창을 통해 바깥으로 훌쩍 뛰어나갔다.

7

루그가 나간 후 리루와 알라냐는 오랜만에 둘만의 시간을 가질 수 있었다. 여기까지 오면서 루그가 사들인 식재료로 요리를 하는 알라냐의 뒷모습을 보며 리루가 물었다.

"미마 알라냐가 해주는 요리, 오랜만에 먹는 것 같아."

여기까지 오는 동안에는 전부 루그가 요리를 해왔다. 근데 루그의 요리라는 것이 여행 중의 식사답게 전부 대충 곡물과 야채를 넣고 끓이거나, 아니면 통째로 고기를 굽는 것들이라서 간만에 제대로 된 식사를 할 수 있다고 생각하니 기대감이 생겼다.

알라냐가 말했다.

"그는 너무 강한 맛을 좋아하는 것 같아. 인간의 향신료는 맛이 천박하지 않니?"

"응. 먹다 보면 혀가 얼얼해."

리루도 눈살을 찌푸렸다. 루그는 비싼 돈을 주고 마늘 가루와 후추를 산 뒤 여행 중에 요리를 할 때마다 넣어 먹고 있었다. 하지만 그런 향신료의 맛은 인간들에게는 쾌감이지만 두 엘프에게는 달갑지 않은 자극이었다.

알라냐가 말했다.

"그래도 오늘은 싱싱한 과일을 먹을 수 있을 거야."

엘프들은 불을 이용해 조리한 음식보다는 자연 그대로의 과일과 야채를 먹는 것을 좋아했다. 여기까지 오는 동안에는 과일을 별로 먹지 못했기 때문에 둘 다 루그가 사 올 과일을 기대하고 있었다.

철컥.

그렇게 두 엘프가 대화를 나누고 있을 때였다. 누군가 문고리를 잡고 열려고 시도하는 소리가 들렸다. 국자로 수프를 휘휘 젓고 있던 알라냐가 흠칫 놀라서 문 쪽을 돌아보았다.

탕탕탕!

밖에 있는 자들이 거칠게 문을 두들겼다. 안에 누가 있나 물어보지도 않는 난폭한 행동은 상식적인 것이 아니었다. 겁먹은 리루에게 알라냐가 다가가서 어깨를 잡으며 속삭였다.

"디나 리루, 2층으로 올라가. 빨리."

리루는 고개를 끄덕이고는 얼른 2층으로 올라갔다. 알라냐는 그녀의 뒤를 따라 계단에 자리 잡고는 멀리 보기 마법을 사용했다. 문밖에 있는 것이 누군지 파악할 요량이었다.

─찾았다.

바로 그 순간 그녀의 감각으로 기분 나쁜 목소리가 들려왔다. 그리고 곧바로 마법이 깨지면서 마력이 가볍게 역류한다.

"윽."

알라냐는 두통을 느끼며 비틀거렸다. 바깥에 있는 누군가는 마치 알라냐가 마법을 쓰길 기다렸다는 듯 곧바로 마법 해제술을 펼쳤다. 그 결과 알라냐의 멀리 보기 마법이 해제되면서 마력이 역류한 것이다.

그리고 잠시 후 문에 걸려 있는 잠금 마법이 풀려 버렸다. 알라냐는 상대가 마법사라는 것을 알고는 서둘러서 2층으로 올라갔다.

쾅!

그사이 밖에서 가해진 충격을 이기지 못한 경첩이 부서져 나가면서 문이 거칠게 열렸다. 밖에서 문이 열리기만을 기다리던 남자들이 안으로 뛰어들어 왔다. 검으로 무장한 세 명의 전사와 여행자 차림의 젊은 마법사였다.

"위층이군요."

마법사가 천장을 올려다보며 말했다. 그는 곧바로 달려나가려는 남자들을 제지하고는 눈을 감고 주문을 외웠다. 곧 그에게서 희미한 빛이 일어나서 남자들의 몸을 휘감았다.

"기습을 받아도 한 번 정도는 버틸 수 있을 겁니다."

"고맙소."

전사들은 그에게 감사하고는 계단을 올라갔다. 셋 다 강체술사였기 때문에 2층에서 숨죽이고 있는 두 엘프의 기척을 또렷하게 느낄 수 있었다. 반쯤 계단을 오른 그가 외쳤다.

"주제도 모르고 도망친 엘프들아! 너희의 주인께서 보내셔서 왔다! 얌전히 따라간다면 험한 짓은 하지 않으마!"

2층 방에 틀어박혀서 문을 걸어 잠근 알라냐와 리루는 그 목소리를 듣고 흠칫했다. 알라냐의 품에 안긴 채 떨고 있던 리루가 물었다.

"미마 알라냐, 저 인간들은 뭐야?"

"그가 우리를 속인 거야. 그렇게밖에 생각할 수 없어."

알라냐가 배신감에 치를 떨었다. 방금 전의 말로 추측해 보건대 저 인간들은 둘을 사로잡아서 노예로 부렸던 인간이 보낸 부하들인 것 같았다. 구속구도 풀렸고, 당시 몸에 지니고 있던 물건은 모두 버렸으니 저들이 자신을 추적할 수 있는 방법은 루그와 연락을 취하는 것 외에는 없다. 루그는 처음부터 자신들을 저들에게 넘길 생각으로 데리고 있었던 것이다.

알라냐의 추측을 들은 리루가 물었다.

"하지만 그럼 우리를 풀어줄 이유가 없는걸. 그냥 구속구를 채운 채로 잡아가면 그만이었어."

"디나 리루, 인간들은 종종 우리가 이해할 수 없는 이유로 움직인단다. 그는 돈을 굉장히 좋아했지. 우리를 풀어준 뒤에 데리고 다니면서 저들에게 돈을 받기로 하고 흥정했을 수도 있어. 아니, 그럴 거야."

리루보다 인간에 대한 지식을 많이, 하지만 어설프게 가진 알라냐는 루그를 악당으로 단정 짓고 무리한 이유를 갖다 붙이고 있었다. 그러지 않고서야 지금 상황을 이해할 수가 없었기 때문이다.

쾅!

잠시 후 문이 부서져 나가면서 칼을 뽑아 든 남자들이 난입해 왔다. 미리 마법을 준비하고 있던 알라냐가 기다렸다는 듯 그들을 공격했다.

"전광의 화살!"

파지지직!

푸른 뇌광이 작렬했다. 일반인이라면 충격으로 단번에 의식이 끊어졌을 전격이었다.

하지만 세 남자는 잠시 주춤거렸을 뿐, 멀쩡하게 의식을 유지하고 다시 움직이기 시작했다. 알라냐가 경악했다.

"마법의 수호?"

"엘프들도 제법 마법 수준이 높다고 들었는데, 당신 마법은 영 시원찮군요."

남자들의 뒤쪽에서 나타나서 그렇게 비아냥거린 것은 젊은 마법사였다. 그 순간 리루가 눈을 번쩍 떴다.

"미마 알라냐, 밖에는 아무도 없어! 창문으로!"

후우우우우!

그리고 방 안에 광풍이 몰아쳤다. 의자와 테이블이 쓰러지고, 침대마저 뒤집어져서 인간들을 덮쳤다.

"하앗!"

전사가 나서서 검을 휘둘렀다. 그러자 놀랍게도 침대가 반쯤 잘리면서 그대로 아래로 처박혔다.

하지만 두 엘프는 그 틈을 타서 창문을 열고 밖으로 뛰어내렸다. 2층에 처박혀 있던 것은 어디까지나 바깥에 또 다른 인간들이 지키고 있을 것을 염려해서였는데, 리루가 바람의 소리를 들어서 이곳에 있는 인원이 전부라는 것을 파악하자 주저없이 뛰쳐나간 것이다.

"쳇! 바람의 속성력이라니 귀찮군."

침대를 벤 전사가 창문으로 고개를 내밀고 투덜거렸다. 속
성력 중에 가장 성가신 것이 바람의 속성력이었다. 어떤 상황
에서도 공격력을 갖는데다가 사용자에게 물리적 제약을 벗어
난 움직임을 허락하기 때문이다.

"이 도시 놈들이 발견하면 골치 아파져. 모두 전력을 다해
쫓는다!"

"네!"

그들은 즉시 집을 나서서 엘프들의 뒤를 쫓기 시작했다.

8

마음이 급해진 루그는 무시무시한 기세로 거리를 질주하
며 리루와 알라냐를 찾아다녔다. 하지만 10분이 넘게 돌아다
녔는데도 볼카르의 감각은 두 엘프를 포착하지 못하고 있었
다.

"젠장! 도대체 어디로 간 거야?"

신경질을 내는 루그에게 볼카르가 말했다.

〈다른 인간들에게 물어보면 안 되는 건가? 목격자가 있을
지도 모르는데…….〉

"……."

루그는 순간 꿀 먹은 벙어리가 되고 말았다. 아주 당연한

방법인데 정신이 없어서 떠올리지 못하고 있었던 것이다.

"진작 말했어야지!"

루그는 괜히 볼카르에게 화를 내고는 길 가는 사람들을 붙잡고 혹시 엘프를 보지 못했냐고 물었다. 물론 다들 루그를 미친놈 보듯이 쳐다보면서 고개를 저을 뿐이었다.

"아무래도 이 구역이 아닌가 본데. 다른 방향인가 봐."

자벤 후작령은 마법사 협회 지부가 있을 정도로 큰 도시였다. 마음이 급해진 루그는 다시 집 쪽으로 돌아갔다가, 이번에는 반대쪽으로 달려가면서 사람들에게 물어보았다. 다들 모른다는 반응이었지만 10분 정도 묻고 다니자 한 명이 반응을 보였다.

"아, 봤어. 엘프인지는 모르겠지만 여자 두 명이 막 지붕 위를 날듯이 달려가던데. 그리고 남자 세 명이 그 뒤를 쫓아갔고."

"어디로 갔죠?"

"그거야… 흠흠."

남자는 우쭐거리는 표정으로 손을 내밀었다. 루그는 순간 열이 뻗쳐서 남자의 안면을 후려갈길 뻔했지만, 가까스로 그런 충동을 억누르고 품에서 동전 몇 개를 꺼내서 집어주었다. 동전을 본 남자가 쳇, 하고 혀를 차며 투덜거렸다.

"이건 너무 적잖……."

후우웅!

순간 그의 머리 바로 옆을 루그의 주먹이 무시무시한 기세로 관통했다. 분명 머리카락 하나 스치지 않았는데도 남자는 머리가 반쯤 뜯겨져 나가는 듯 소름이 끼치는 것을 느꼈다. 돌처럼 굳어져 버린 그의 앞쪽에서 루그가 폭발 직전의 미소를 지은 채 말했다.

"아, 옆에 파리가 보이기에 나도 모르게 그만. 계속 말해봐요. 뭐라고요?"

남자는 억지로 웃으면서 한쪽을 가리켰다.

"저, 저쪽으로 갔습니다."

말투마저 존댓말로 바뀌어 있었다. 루그는 상큼하게 웃으며 그의 어깨를 툭툭 두들겨 주었다.

"고마워요. 혹시 욱하는 심정에 틀린 방향을 가르쳐 준 거면 내가 이 도시를 다 뒤져서라도……."

"절대! 절대 아니에요. 저쪽으로 간 것 맞습니다. 5분쯤 전이었어요!"

남자는 몇 번이고 같은 방향을 가리키면서 말했다. 루그는 흥, 하고 코웃음을 치며 그 방향으로 달려갔고, 질풍처럼 멀어져 가는 그 뒷모습을 바라보던 남자는 다리에 힘이 풀려서 자리에 주저앉고 말았다. 바지 사이가 축축하게 젖어 있는 것이 아무래도 일어나려면 시간이 좀 걸릴 것 같았다.

남자에게서 정보를 제공받은 루그는 전력으로 달려갔다.

사람들의 시선은 아랑곳하지 않고 무시무시한 기세로 달려가다가 골목길에 들어서는 순간 도약, 그대로 벽을 박차고 반대쪽으로 뛰어서 건물 지붕 위까지 날아올랐다.

〈서쪽이다. 그리 멀지 않다.〉

"좋아!"

루그는 지붕 위를 날듯이 뛰어서 서쪽으로 향했다. 그리고 골목을 만날 때마다 그것을 뛰어넘다가 마침내 막다른 곳에 몰려 있는 두 엘프를 발견할 수 있었다.

두 엘프 앞에는 네 명의 남자가 길을 가로막고 있었다. 앞에 나와 있는 세 명은 검을 뽑아 들고 있었고, 뒤쪽에 있는 한 명은 짙은 마력 파동을 뿜어내고 있는 것으로 보아 마법사 같았다. 그가 주문을 외울 때마다 리루와 알라냐가 귀를 틀어막고 괴로워하고 있었다.

"리루! 알라냐!"

루그는 두 엘프의 이름을 부르며 뛰어내렸다. 순간 남자들이 놀라서 위쪽을 바라보았고, 루그가 그들 앞에 내려서서 물었다.

"너희는 뭐냐?"

갑자기 나타난 루그를 본 남자들은 다들 당황해서 서로를 쳐다보았다. 하지만 곧 루그가 새파랗게 어린 소년이라는 것을 알고는 피식 웃었다.

"꼬마야, 누군지 모르지만 다치기 전에 꺼져라. 몸놀림이

제법 좋은 걸 보니 싸움 좀 하고 다녔나 본데 그러다 큰코다친다."

"남의 질문은 무시하고 훌륭한 개소리를 지껄여 대는군."

루그가 짜증이 솟구치는 것을 느끼며 쏘아붙였다. 그때 뒤쪽에서 섬뜩한 감각이 느껴졌다.

파아앙!

루그는 급하게 몸을 돌리며 주먹을 날렸다. 등 뒤로 날아들던, 날카롭게 응축시킨 바람의 마법이 주먹에 맞아서 충격파를 터뜨렸다. 루그는 귀가 먹먹해지는 것을 느끼며 눈살을 찌푸렸다.

"알라냐, 무슨 짓입니까?"

어이없게도 알라냐가 마법으로 루그를 공격했던 것이다. 그녀는 분노와 증오가 가득 담긴 눈으로 루그를 노려보고 있었다.

"가증스러운 인간! 우리를 팔아넘겼으면서 이건 또 무슨 속임수지? 서로 모르는 척 우리를 방심시켜서 잡으려고?"

"네?"

루그는 어이가 없어서 눈을 크게 떴다. 바로 그 순간 뒤쪽에서 날카로운 살기가 느껴졌다. 루그가 등을 돌린 틈을 노리고 남자들 중 하나가 달려들었던 것이다.

쉬잉!

날카로운 검격이 허공을 갈랐다. 루그는 뒤에 눈이라도 달린 듯이 몸을 돌리면서 한 걸음 옆으로 벗어나서 남자의 내려 치기를 피해 버린 것이다.

"이 자식이!"

루그는 아직 전후 사정도 파악 안 됐는데 다짜고짜 날아든 공격에 살의가 치밀었다. 기습이 빗나간 것에 당황한 남자가 검을 거두는 것과 동시에 루그의 하단차기가 남자의 허벅지 에 작렬했다.

빠악!

남자는 허벅지에서 불에 덴 듯한 통증을 느끼며 주저앉았 다. 루그는 코웃음을 치며 그의 머리통을 날려 버리려고 했지 만, 다음 순간 자신을 찔러들어 오는 검에 어쩔 수 없이 물러 나야만 했다.

'강검? 이놈이 침대를 그 꼴로 만든 놈인가?'

루그는 남자의 검에 맺힌 강검의 기운을 보며 눈살을 찌푸 렸다. 루그는 그들에게 시선을 고정시킨 채 등 뒤로 알라냐에 게 물었다.

"미안한데 상황을 좀 설명해 주면 안 되겠어요? 알라냐, 당 신 지금 뭔가 단단히 오해하고 있거든요? 난 지금 뭐가 어떻 게 돌아가는 건지 하나도 모르겠고."

하지만 알라냐는 그 말에 대답해 주지 않았다. 그녀는 리루 를 끌어안은 채 속삭였다.

"지금이야!"

후우우우웅!

뒤에서 격렬한 바람이 일어나면서 두 엘프의 몸이 허공으로 솟구쳤다. 그 여파로 루그의 균형이 흔들리자 강검을 사용하는 남자가 용서없이 허점을 찌르고 들어왔다.

"크윽! 이 자식이 진짜!"

루그는 가까스로 그것을 피하고는 허탈함을 느꼈다. 뭐가 어떻게 돌아가는 건지는 잘 모르겠지만 어쨌든 리루와 알라냐는 단단히 상황을 오해한 채로 도망쳐 버린 것이다.

"네놈들은 대체 뭐야?"

"그러는 네놈이야말로 뭐냐? 저 엘프들이랑 아는 사이인가?"

강검을 쓰는 남자가 물었다. 루그가 신경질적으로 되물었다.

"질문을 한 것은 내가 먼저였으니까 그쪽 먼저 대답하시지?"

"애송이가 건방지군. 내가 누군 줄 알고 객기를 부리는 것이냐? 묻는 말에 째깍째깍……."

"아문드 경, 말씀 중에 죄송하지만 일단 엘프들을 쫓아가는 게 좋지 않겠습니까?"

'아문드 경? 기사잖아? 어째서 기사가 리루와 알라냐를 쫓지? 설마 이것들 영주가 보낸 추적자인가?'

마법사가 이름을 부를 때 '경'이라는 칭호를 붙인 것으로 보아 적어도 강검을 쓰는 남자, 아문드는 기사가 분명했다.

그 사실을 알게 되자 상황이 짐작가기 시작했다. 이놈들은 리루와 알라냐를 노예로 사들였던 영주가 보낸 추적자일 것이다.

'어떻게 쫓아왔지? 물건은 다 버렸는데.'

리루와 알라냐가 사로잡혀 있을 때 쓰던 물건은 옷가지 하나 남겨두지 않고 모조리 버렸다. 그것으로 추적의 가능성을 봉했다고 안심하고 있었건만, 이렇게 단시간 내게 꼬리를 잡혀 버리다니.

아문드가 말했다.

"란드 경, 그 꼬맹이는 네가 처리하고 따라와라."

"네."

란드라 불린 기사는 대뜸 루그를 죽일 심산으로 공격했다가 허벅지를 걷어차인 이였다. 그가 이글이글 타오르는 눈으로 자신을 노려보는 것을 보며 루그가 혀를 찼다.

"너희, 저 둘을 노예로 사들였던 영주가 보낸 추적자인가 보군."

"그렇게 말하는 걸 보니 역시 너도 관련없는 놈은 아닌가 보구나. 역시 도적놈들이 말한 게 네놈이었군. 란드 경, 생각이 바뀌었다. 되도록 산 채로 사로잡아서 끌고 간다. 후작님께서 처분을 결정하시도록……."

아문드는 그렇게 말하곤 또 한 명의 부하와 마법사와 함께

골목을 빠져나갔다. 혼자서 란드와 대치하게 된 루그가 한숨 섞인 목소리로 투덜거렸다.

"젠장. 그냥 다 죽일걸. 귀찮아서 살려두고 왔더니……."

"조금 있으면 그런 걸 신경 쓸 필요가 없게 될 거다. 제발 죽여달라고 울면서 빌게 해주지."

란드가 살기를 뿜어내며 쏘아붙였다. 아까 전에 한 방 먹은 게 어지간히 치욕스러웠던 모양이다. 루그가 그 말에 움찔하더니 육식동물 같은 미소를 지으며 말했다.

"그 말, 그대로 돌려주지, 허섭스레기 기사."

"건방진 놈!"

란드가 발끈해서 달려들었다. 자저분한 골목에서 두 강체술사가 격돌하며 강렬한 충격파가 퍼져 나갔다.

9

"하아! 하아!"

리루와 알라냐는 속성력과 마법을 이용, 전력을 다해서 도망치고 있었다. 하지만 그 속도는 그렇게 빠르진 못했다. 얼마 가지도 못해서 둘의 체력이 급속도로 떨어지기 시작했기 때문이다.

엘프는 마력이나 속성력을 다루는 데는 능숙하지만, 육체를 쓰는 데는 서툴렀다. 반요정이라 육체 자체가 약한 만큼

체력이나 근력도 형편없다.

'녀석들을 뿌리칠 수가 없어.'

알라냐는 마법사의 기척을 감지하곤 입술을 깨물었다. 추적자들은 매우 빠른 속도로 쫓아오고 있었다. 기사들은 지붕과 지붕 사이를 뛰어넘으면서 달려왔고, 상대적으로 기동력이 떨어지는 마법사는 말을 타고 거리를 질주했다.

그러다 보니 거리는 벌어지지 않았지만, 시야에서 벗어나는 경우가 종종 발생했다. 리루와 알라냐는 그런 틈을 타서 그들이 예측하지 못하는 방향으로 진로를 틀어보기도 했지만, 아무런 소용도 없었다. 그들은 마치 둘이 어디로 갈지 꿰뚫어 보고 있는 것처럼 망설이지 않고 쫓아왔다.

'도대체 어떻게 아는 거지? 탐지 마법을 쓰는 것도 아닌데?'

알라냐는 경악했다. 마법사가 따로 탐지 마법을 쓰는 기척은 느껴지지 않았다. 그런데도 저들은 둘의 위치를 정확히 파악하고 있었다.

결국 체력이 떨어진 둘은 또다시 막다른 곳에 몰리고 말았다. 굳 숨넘어갈 듯이 헐떡이는 둘을 보며 아문드가 혀를 찼다.

"쯧. 역시 엘프는 허약해빠졌군. 더 무리하다간 심장이 터져서 죽을지도 모른다. 앙탈은 그만 부리고 순순히 따라와라. 험하게 대하진 않을 테니."

"웃기지 마!"

알라냐가 리루 앞을 가로막으며 이를 갈았다. 여기서 다시 붙잡혀서 새장에 갇히는 신세가 될 수는 없었다. 자신은 몰라도 리루만은 그런 꼴을 당해서는 안 된다.

'어쩌지?'

궁지에 몰린 알라냐 앞에서 아문드가 마법사에게 눈짓했다. 마법사는 어깨를 으쓱하고는 눈을 감고 주문을 외웠다. 폭력으로 제압하기보다는 마법으로 온건하게 사로잡고자 하는 것 같았다.

그것을 본 알라냐가 숨을 고르며 말했다.

"디나 리루."

그녀는 홍옥색 눈동자로 인간들을 노려보며 마력을 전개시켰다. 하지만 마법을 쓰려는 것은 아니었다.

"정령을 소환할 테니 너는 곧바로 도망쳐. 이 도시를 나가서 인간들의 눈이 없는 곳으로……."

"미마 알라냐."

"둘이 함께 도망칠 방법은 없을 것 같구나."

"싫어, 미마 알라냐. 같이 가."

"가거라."

알라냐는 울먹이며 매달리는 리루를 밀치면서 눈을 감았다. 동시에 그녀의 의식이 이 세계와 겹쳐 있는, 보통 생명체들의 눈에는 보이지 않는 존재들이 살아가는 정령계에 가 닿왔다.

콰르르르르!

대지가 거세게 요동치며 강렬한 압박감이 인간들을 덮쳤다. 동시에 골목 곳곳에 뚫려 있던 하수구 구멍들이 터져 나가면서 더러운 물이 간헐천처럼 솟구치기 시작했다.

"뭐야, 이건?"

솟구치는 하수를 보며 아문드가 당황했다. 감각을 덮친 마력 파동 때문에 집중력이 흩어져서 마법 시전에 실패한 마법사가 놀라서 경고했다.

"이런! 정령 소환입니다! 저 엘프, 정령을 소환할 정도로 속성력이 강했나?"

물줄기가 살아 있는 것처럼 알라냐에게 몰려들어서 뭉쳐 간다. 이윽고 검은 물의 군집이 격렬하게 꿈틀거리며 거대한 여성의 형상으로 화했다.

"운디네! 젠장! 도망쳐요!"

콰콰콰콰!

마법사의 비명과 동시에 거대한 물의 정령 운디네가 그들을 덮쳤다. 운디네를 이루는 물 일부가 폭포수처럼 터지면서 그들에게 쏟아져 나간다.

생전 처음 보는 정령의 공격에도 아문드는 냉정하게 대응했다. 즉시 마법사를 옆구리에 끼고 땅을 박차고 뛰어오른다. 그를 노렸던 운디네의 공격이 허무하게 허공을 갈랐다.

"커억!"

그러나 다른 기사는 그것을 피하지 못했다. 하나로 모아져서 쏟아진 물줄기는 마치 해머 같은 충격으로 기사를 날려 버렸다. 기사가 걷어차인 돌멩이처럼 날아가서 몇 바퀴나 땅바닥을 구르더니 일어나지 못했다.

꺄아아아아아!

운디네가 날카로운 비명을 질렀다. 아문드가 어이없어하며 중얼거렸다.

"물로 후려쳐서 저런 위력이 나온단 말인가?"

"으, 으윽! 당연하죠. 응집된 물의 힘은 바위도 부술 수 있습니다."

"해설 고맙소, 다우노트 경."

콰콰콰콰!

아문드가 그렇게 말하며 다시금 몸을 날렸다. 그 직후 그가 서 있던 자리를 운디네가 날린 수류가 강타, 충격을 이기지 못한 지붕에 구멍이 뚫려 버렸다.

소란이 이 정도로 커지자 사람들이 웅성거리며 몰려들기 시작했다. 도시 한가운데를 질주하며 추격전을 벌이는 것만으로도 관심을 샀는데, 이렇게 거창하게 전투를 벌여댔으니 군중이 모여들지 않길 바라는 게 무리다.

"골치 아프게 됐군. 자칫하다가는 칼마스 후작님께서 자벤 후작님께 고개를 숙이게 생겼어."

"이 마당에 그런 걸 걱정하고 있습니까?"

그의 품에 안긴 마법사 다우노트가 어이없어하며 물었다. 아문드가 물었다.

"저거 얼마나 지속될 수 있는 거요?"

"주변에 물이 다 없어지거나, 아니면 소환자의 마력이 다 하면 끝납니다. 저 엘프의 마력으로 보건대 그렇게 길진 않을 듯하군요. 마력 자체는 강하지만 그걸 다루는 기술은 미숙한 듯하니 낭비가 심할 겁니다."

"이쪽에서 공격해서 마력을 소모시킬 수 있는 방법은?"

"마법 아니면 강검뿐이죠. 하지만 아문드 경이 접근하는 것은 좀 위험해 보입니다만."

"내 생각도 그렇소. 방어는 내가 책임질 테니 당신이 수고 좀 해주셨으면 하는데. 한두 방만 먹여도 이야기가 좀 쉬워지지 않겠소?"

아문드는 또다시 훌쩍 뛰어서 운디네의 공격을 피했다. 이번에는 굴뚝이 통째로 박살 나면서 아래쪽에 있던 사람 하나가 그 파편에 맞고 비명을 지르며 쓰러졌다.

"와라."

아문드는 다우노트를 들고 달려서 운디네에게 접근, 20미터쯤 간격을 벌린 상태에서 검을 들고 섰다. 그는 20년 이상 강체술을 연마하여 4단계 경지에 도달한 자. 설사 운디네의 공격에 철퇴로 후려치는 것 이상의 위력이 있다고 할지라도 막아낼 자신이 있었다.

다음 순간 운디네가 팔을 휘둘러서 수류를 쏘아냈다. 아문드는 강검을 전개하며 그것을 맞받아쳤다.

콰아아앗!

물방울이 폭발하듯 비산한다. 하지만 아문드는 거의 젖지도 않은 채로 버티고 서 있었다. 검에 집중한 강검의 파동을 확산시켜서 물방울을 튕겨낸 것이다.

꺄아아아아아!

운디네는 날카로운 비명을 지르면서 연달아 팔을 휘둘러댔다. 그럴 때마다 강맹한 수류가 아문드를 노리고 날아든다. 그러나 아문드는 침착하게 방어 기술을 전개해서 그것을 막아내고 있었다.

하지만 그때였다.

쉬이이이익!

갑자기 옆쪽에서 돌풍이 불어왔다. 사람을 날려 버릴 정도로 강맹한 바람이 덮쳐 와 다우노트의 마법을 깨뜨리고 아문드의 몸을 뒤흔들었다. 아문드가 이를 악물고 버티는 순간, 그 뒤쪽에서 바람에 날려온 돌멩이 하나가 그의 머리에 맞는다. 그리고 그 직후 운디네의 공격이 날아들어서 그를 후려쳤다.

콰콰콰!

"크악!"

아문드가 비명을 지르며 날아가 버렸다. 바람에 날려서 땅을 뒹굴던 다우노트는 놀라서 바람을 일으킨 이를 바라보았다. 리루가 반대편 지붕에 올라서 있었다.

"도망간 게 아니었나?"

멍청하니 중얼거리는 그에게 운디네가 팔을 휘둘렀다. 쏟아진 수류가 그를 덮치고, 그리고……

"흠!"

그 앞으로 누군가 질풍처럼 달려오더니 검을 휘둘렀다.

콰콰콰콰!

10

수류가 부서지면서 물방울이 사방으로 비산한다. 마법사는 죽다 살아난 심정으로 자신을 구해준 이를 바라보았다.

"다친 데는 없소?"

그렇게 물은 것은 아직 앳된 구석이 있는 소년이었다. 은발에 녹색 눈동자를 가진 수려한 용모의 소년은 번쩍이는 갑옷으로 온몸을 감싼 채 은은한 빛을 발하는 검을 들고 있었다.

"더, 덕분에 살았습니다."

"나는 아네르 왕실에 충성하는 펠드릭스 공작가의 둘째 아들 란티스요. 마법사께서는?"

"탈린 왕국 마법사 협회 소속 다우노트 마랄드입니다. 칼마스 후작님을 모시고 있습니다."

다우노트는 상대의 신분이 높다는 사실을 알고는 나이에 관계없이 정중한 태도로 인사했다. 그사이 운디네가 또 한 번 공격을 가했지만 란티스는 뒤돌아보지도 않았다. 그새 달려온 또 한 명의 기사가 그 앞을 가로막고 서더니 투명한 방벽을 전개해서 그것을 받아냈다.

란티스는 운디네가 뭘 하든 신경 쓸 것도 없다는 듯 다우노트를 일으켜 주면서 물었다.

"상황이 어떻게 된 건지 들을 수 있겠소? 자벤 후작 영애께서 겁을 먹고 계시기에."

란티스가 슬쩍 손을 들어 다우노트의 뒤쪽을 가리켰다. 그곳에는 몇 명의 호위 병력에게 둘러싸인 아름다운 소녀가 서 있었다.

"그게… 탈주한 엘프 노예가 예상치 못한 반항을 하는 바람에 사건이 커졌습니다."

"아아, 엘프 노예를 잡으러 오신 것이었군."

란티스는 고개를 끄덕이고는 다우노트에게 잠시 기다려달라는 제스처를 취했다. 그리고 방어는 크로넬에게 맡겨두고 자벤 후작 영애가 있는 곳으로 가버렸다.

"으윽, 다우노트 경, 뭐가 어떻게 된 것이오?"

뒤늦게 정신을 차린 아문드가 비틀거리며 다가와서 물었다. 다우노트가 대충 상황을 설명하자 그가 눈살을 찌푸렸다.

"끄응, 난처하게 됐군."

"뭐가 말입니까?"

"이렇게 됐으니 저들이 엘프 노예들에 대해서 무리한 요구를 해도 뿌리칠 수가 없지 않소?"

"그걸 걱정할 때가 아니지 않습니까?"

다우노트가 어이없다는 듯 헛웃음을 흘리고 말았다. 그때 후작 영애와 이야기를 마친 란티스가 돌아와서 아문드에게 자신을 소개했다. 아문드도 정중하게 그에게 인사했다.

"조력에 감사드립니다. 칼마스 후작님을 섬기는 아문드 카멜입니다."

"아문드 경, 내가 제안을 하나 드릴까 하오만."

"무엇입니까?"

란티스의 말에 아문드는 불길함을 느끼며 물었다. 아니나 다를까, 란티스는 그가 예상한 최악의 제안을 내놓았다.

"엘프 노예를 붙잡는 데 전폭적으로 협조하고 이곳에서 일어난 소동은 없던 것으로 하겠소. 대신 엘프 노예 중 하나를 후작 영애께 양보해 주시지요. 물론 값은 충분히 치를 것이오."

"그건… 제가 결정할 수 없는 사항입니다."

"그렇습니까? 하지만 하나라도 잡아서 가고, 이 일로 칼마스 후작님께서 자벤 후작님께 싫은 소리를 듣게 되지 않는 쪽이 둘 다 놓치고 뒷수습도 안 되는 상황보단 훨씬 낫지 않을까 싶소만⋯⋯."

여유있게 미소 짓는 란티스를 보며 아문드가 입술을 깨물었다. 새파랗게 어린 주제에 정말 교활하고 욕심 많은 놈이었다. 자기 영지 일도 아니거늘, 후작 영애에게 잘 보이겠다는 심산으로 이러고 있는 것이 아닌가?

문제는 란티스의 말 중에 틀린 부분이 하나도 없다는 것이었다. 남의 영지에 와서 이만큼 소란을 일으켰으니 어떻게든 뒷수습을 하지 않으면 주군인 칼마스 후작에게 누를 끼치게 된다. 자신의 실수로 칼마스 후작의 체면이 상하는 것은 생각만 해도 끔찍한 일이었다.

결국 아문드는 고개를 끄덕일 수밖에 없었다.

"알겠습니다."

"잘 생각하셨소."

란티스는 밝게 웃으며 몸을 돌렸다. 번쩍이는 은색 갑옷 위로 둘러진 붉은 가죽 망토가 살아 있는 것처럼 펄럭거린다. 마치 서사시 속의 소년 기사 같은 모습으로 란티스는 운디네에게 다가갔다.

"크로넬, 이제 뒤로 물러나도 돼."

그때까지 란티스의 호위기사 크로넬은 운디네의 공격을 막아내고 있었다. 펠드릭스 공작가 내에서도 손꼽히는 실력자인 그에게 있어서 운디네의 공격을 막아내는 일 따윈 장난에 불과했다. 거기에 리루가 속성력으로 일으킨 바람 공격이 더해진다고 해도 마찬가지였다.

크로넬이 흘끔 뒤를 돌아보며 물었다.

"도련님이 처리하시겠습니까?"

"후작 영애께서 내 활약을 기대하시니 멋진 모습을 보여드려야 하지 않겠나?"

"알겠습니다. 접근전을 벌일 때는 조심하시길."

"하하하! 알았어. 엘프는 몸이 허약해서 마법으로 잡는 게 좋을 테니 저 다우노트라는 마법사에게 내가 정령 소환을 해제시키는 대로 곧바로 마법을 걸라고 해."

"그러지요."

크로넬은 고개를 끄덕이고는 뒤로 물러났다.

그와 교대해서 앞으로 나아가는 란티스에게 운디네의 공격이 날아들었다. 그러나 란티스는 코웃음을 치며 검을 휘둘렀다. 그러자 허공에 은빛 섬광이 번뜩이더니 수류가 둘로 갈라져서 흩어져 버렸다.

"마검(魔劍) 라이팅스톤 앞에서는 하등한 정령의 힘 따위 벌레의 몸부림과도 같다. 엘프, 지금이라도 정령 소환을 해제하고 항복한다면 고통스러울 일은 없을 거야."

란티스가 오만한 미소를 지은 채 경고했다. 귀하디귀한 엘프 노예도 펠드릭스 공작가에는 다섯 이상이나 있었다. 그렇기에 란티스는 그들의 특성을 속속들이 알았다.

꺄아아아아!

물론 알라냐는 그런 경고를 들을 마음이 없었다. 연속적으로 팔을 휘둘러서 수류 공격을 퍼부어댄다.

"어리석은 것."

란티스는 혀를 차며 앞으로 돌진했다. 운디네와의 거리는 고작해야 20미터가량, 강체술을 4단계까지 연마한 그에게 있어서 그것은 한달음에 좁힐 수 있는 거리였다. 채찍처럼 날아드는 수류의 움직임을 완벽하게 읽고 피해내면서 코앞까지 접근한다. 동시에 빛을 머금은 칼날에 강검의 기운이 실리며 허공을 쪼갰다.

파학!

허공을 밟고 2단 도약한 란티스가 운디네의 목을 베고 지나갔다. 무시무시한 기세로 휘둘러진 검이 운디네의 몸을 이루는 물을 베는 순간, 그 절단면을 따라서 빛이 일더니 운디네의 목 윗부분이 산산이 흩어져 버렸다.

콰콰콰콰콰!

란티스는 경직된 운디네의 몸을 다섯 번이나 베고 지나갔다. 그러자 그 절단면에서도 동일한 현상이 일어나면서, 마침내 실체없는 정령을 현계시키는 마력의 구성이 붕괴해 갔다.

"이럴 수가……!"

운디네 속에서 움직임을 제어하고 있던 알라냐가 경악했다. 쏟아지는 물방울 속에서 망연히 서 있던 그녀는 곧 머리가 깨지는 듯한 통증을 느끼며 그 자리에 주저앉았다. 최대

출력으로 전개시켰던 마력의 구성이 붕괴하면서 그 반동이 찾아온 것이다.

"아아아……."

"뭐 더 건드릴 필요 없겠군."

란티스는 피식 웃으며 땅을 박찼다. 한 번에 3미터 이상 솟구치더니 그대로 한 번 더 도약, 그 옆에 있던 건물의 지붕 위로 올라간다. 그곳에는 리루가 놀란 채로 굳어 있었다.

"자, 이제 반항이 의미없다는 것 정도는 알았겠지? 얌전히 따라오도록 해. 비싼 애완용 엘프에게 험한 짓은 안 할 테니까."

"싫어! 오지 마!"

"악을 쓰고 도망쳐 봐야 좋을 일 하나도 없어. 너희는 아름다운 새야. 험한 야생에서 살아봐야 고생스러울 뿐이고, 스스로의 가치조차 알지 못한 채 죽어가겠지. 인간에게 그 가치를 인정받고 새장 속에서 보살핌 받는 것이 너희가 누릴 수 있는 가장 큰 행복이야."

지독하게도 오만한 말이었다. 하지만 란티스는 자신의 말이 옳다고 믿어 의심치 않았다. 인간에 비해 육체적으로도 열등하고, 문명도 번성하지 못한 엘프는 새장 속에서 노래하며 그 아름다움을 뽐내는 것이 가장 행복한 일이라고 말이다.

리루가 그를 노려보며 쏘아붙였다.

"그건 당신만의 착각이야."

쉬이이익!

날카로운 바람이 불어와 란티스를 덮쳤다. 하지만 란티스는 전혀 당황하지 않고 망토 자락을 잡아당겨서 스스로를 가렸다.

펄럭!

망토 위로 투명한 푸른빛이 떠오르면서 바람을 막아내고, 그 직후 마검 라이팅스톤이 날카롭게 공간을 가른다. 그러자 리루가 불러낸 바람이 갈가리 찢어지며 흩어져 갔다.

"엘프들은 다들 그렇게 말하곤 하지. 하지만 실제로 생활해 보면 알게 될 거야. 인간을 섬기며 아름다움을 칭송받고, 노래로 감동을 불러일으키는 것이 너희의 본분이고 행복이라는 것을."

란티스는 싸늘하게 웃으며 말했다. 그의 시선이 지붕 아래로 향했다.

"환몽의 모래."

아래쪽에서 크로넬의 말을 듣고 대기하고 있던 다우노트가 수면의 마법을 걸었다. 마법이 깨진 반동으로 괴로워하고 있던 알라냐가 마법에 걸려서 그대로 축 늘어져 버린다.

다우노트는 이번에는 리루에게 마법을 걸려고 했다. 그런데 그때 허공을 가르는 날카로운 섬광이 있었다.

팍!

갑작스러운 사태에 다들 깜짝 놀라서 다우노트를 바라보

았다. 다우노트는 꺽꺽거리는 소리를 내며 비틀거리고 있었
다.

"으, 으억……."

곧 그는 눈을 부릅뜬 채 쓰러지고 말았다. 날카로운 단검이
그의 목을 관통하고 있었으니 그럴 수밖에 없었다.

"누구냐!"

크로넬이 깜짝 놀라서 단검이 날아든 곳을 바라보았다. 그
곳에는 연갈색 머리칼에 청록색 눈동자를 가진 소년, 루그가
서 있었다.

11

"다우노트 경!"

아문드가 깜짝 놀라서 다우노트의 시체로 달려갔다.

그사이 루그는 지상으로 훌쩍 뛰어내리더니 기절한 알라
냐를 안아 들었다. 그리고 다시 도약해서 리루가 있는 지붕
위에 올라섰다.

"리루, 이리 와."

"아서라."

리루가 겁먹은 기색으로 루그가 있는 곳으로 가려고 하자,
란티스가 검을 뻗어서 그것을 막았다. 그러나 그 순간 루그가
거의 움직임이 드러나지 않게 단검을 던졌다. 어깨도 움직이

지 않고 손목만 살짝 흔들었는데 단검이 화살 같은 기세로 란티스의 머리를 노린다.

"웃!"

란티스는 깜짝 놀라서 그것을 피했다. 그 순간 루그가 그의 간격 안으로 뛰어들며 주먹을 날렸다.

파아앙!

공기가 찢어지며 루그와 란티스가 서로 한 걸음씩 물러났다. 란티스가 놀란 듯 눈을 크게 뜨며 물었다.

"넌 뭐 하는 놈이야? 맨손으로 나를 치려고 하다니, 제법인데?"

방금 전 루그의 주먹이 도달한다고 여겼던 순간 란티스는 전광석화 같은 움직임으로 반응했다. 희미한 빛이 어린 그의 수갑과 루그의 주먹이 부딪치는 순간, 강력한 반발력이 일어나면서 둘을 서로 반대편으로 밀어냈다.

루그는 란티스의 말을 무시하고 알라냐를 리루에게 넘겨주었다. 근력이 약한 리루는 알라냐를 안는 순간 휘청거리다가 바람의 속성력을 이용, 그녀의 몸을 받쳤다.

루그가 속삭였다.

"리루, 사람들 눈에 안 띄게 이동해서 집으로 도망쳐. 알았지? 집이다. 다른 데로 가지 마."

"루그, 당신은······."

"설명은 나중에 하지. 빨리 가라."

"하하! 자신감이 하늘을 찌르는데? 도망칠 수 있을 것 같아?"

"자신감이 하늘을 찌르는 건 너다, 애송이. 마법 무구로 몸을 덕지덕지 바르고 있으니까 자기가 진짜 강한 줄 아나 보지? 실력은 형편없는 주제에."

"뭐라고?"

란티스의 표정이 차가워졌다. 루그의 말대로 란티스의 무장은 전부 다 마법 무구였다. 마검 라이팅스톤도, 갑옷도, 망토까지도 전부 마법사 협회에서 긴 시간을 들여서 만들어낸 최고급품이다. 그 값어치는 아마도 성 하나에 필적할 것이다. 루그는 란티스가 그런 무구에 의존할 뿐 실력은 형편없다고 꼬집었던 것이다.

란티스가 으르렁거렸다.

"어디서 굴러먹던 천한 것인지는 모르겠지만 입버릇이 아주 나쁘구나. 교정이 필요하겠어."

"나한테 그런 말을 한 놈치고 사지 멀쩡하게 돌아간 놈이 별로 없었지. 리루, 가!"

루그는 리루에게 외치는 것과 동시에 땅을 박찼다. 두 사람의 간격이 검이 닿는 거리까지 좁혀지는 순간, 란티스의 검이 무시무시한 기세로 쏘아져 나간다. 강검의 힘이 전개된 마검이 빛의 궤적을 남기며 루그의 목을 노렸다.

투학!

"아니?!"

란티스가 경악했다. 놀랍게도 루그가 팔을 슬쩍 굴리듯이 밖으로 뿌려내자 거기에 걸려든 마검 라이팅스톤이 어이없게 튕겨져 나오는 게 아닌가? 그리고 훤히 드러난 란티스의 얼굴을 향해 루그의 주먹이 날아들었다.

파아앙!

하지만 란티스도 호락호락하지 않았다. 검이 튕겨져 나가는 바람에 자세가 흐트러졌으면서도 손을 들어 루그의 주먹을 막아내는 것이 아닌가? 마법이 걸린 갑옷에 강체력이 집중되니 루그의 주먹조차도 별 충격을 줄 수 없었다.

파아아아아!

게다가 란티스의 갑옷에는 특출난 방어 기능이 붙어 있었다. 갑옷의 표면에서 빛의 문자가 떠오르더니 강렬한 파동이 루그를 후려갈겼다.

"크윽, 개 같은 마법 갑옷!"

뒤로 밀려나면서 루그가 욕설을 내뱉었다. 급하게 팔을 들어 얼굴을 가리긴 했지만 입술이 찢어져서 피가 나고 있었다.

〈제법 잘 만들어진 장난감이군. 여러 가지 마법이 복합적으로 걸려 있다. 갑옷의 무게를 경량화시키고 강도를 높이는 것은 물론이고, 어느 한 지점에 가해지는 충격을 분산시켜서 흡수하는 처치까지 되어 있다. 열기와 한기에 대한 저항력도 있고. 방금 전의 기능은 사용자의 의지에 의해 발동하게 되어 있는데, 대신 여러 번 연달아 발동시키면 갑옷을 수호하는 마법 구성 자체가 붕괴하는 수가 있는 불안정한 기능이다. 그리고 저 검은…….)

"그만. 거기까지. 길고 자세한 해설 고맙다. 하지만 도움도 안 되는데다가 정신 산만하니까 물어보기 전까진 조용히 해줘."

루그가 투덜거렸다. 란티스는 흥미로워하는 기색으로 루그를 바라보며 물었다.

"호오, 야인(野人)치고는 실력이 상당한데? 천한 것 주제에 어떻게 이런 실력을 키웠지?"

란티스는 루그의 차림새만 보고 그가 평민이라고 단정 짓고 있었다. 하긴 몸에 두른 것만 봐도 엄청나게 부유한 집안의 자제임을 알 수 있는 놈이니 당연한 태도이긴 했다.

루그가 피식 웃으며 비아냥거렸다.

"세상은 네 작고 편협한 머리로는 이해할 수 없을 정도로 넓단다, 애송이."

그 말에 란티스가 울컥했다. 하지만 그는 곧 평정을 되찾고 이죽거리면서 말했다.

"천한 태생에 키도 작은 주제에 남을 애송이라고 부르다니, 정말 주제를 모르는구나, 꼬마야."

"꼬마? 이 자식이……."

이번에는 루그가 울컥했다. 회귀하기 전까지는 훤칠한 키에 표범처럼 날렵한 근육을 가졌던 루그지만 지금은 키가 작았다. 시간이 지나면 크겠지 하면서도 짜증을 느끼는 문제였는데 지적당하니 열 받는다. 란티스는 좋은 환경에서 잘 먹고 자라서 그런지 얼굴은 앳된 주제에 루그보다 6, 7센티 정도는 컸다.

둘은 으르렁거리며 서로를 노려보았다. 왠지 둘 다 상대를 두들겨 패주고 싶은 강렬한 충동을 느끼고 있었다.

먼저 공격에 나선 것은 란티스였다.

"팔다리 하나 날아가고 나면 객기 부린 것을 후회하게 되겠지. 어차피 살려 보내줄 수는 없으니 별로 안 남은 여생을 후회하며 보내게 해주마."

차갑게 쏘아붙이는 것과 동시에 한 걸음으로 간격을 줄인다. 중심이 전혀 흔들리지 않는 돌진과 맞물리는 내려치기가 루그를 노렸다.

쉬잉!

그것을 피해서 옆으로 돌아가려던 루그는 마치 기다렸다는 듯이 검의 궤도가 변화해서 옆을 베어오는 것을 보며 팔을 들었다. 검이 날아드는 타이밍에 맞춰서 팔을 비틀자 양팔을 휘감은 스파이럴 스트림이 가속하면서 검을 튕겨냈다.

카앙!

비스듬히 받아서 튕겨냈음에도 불구하고 팔에 얼얼한 충격이 남았다. 소매가 찢어지고 피부에 붉은 자국이 남은 걸 보면서 루그가 혀를 찼다. 란티스가 말했다.

"재미있는 기술을 쓰는군."

"……."

루그는 대답하지 않고 그를 노려보았다. 이번 공방으로 란티스의 실력을 대충 파악할 수 있었다. 마법 무구에만 의존해서 날뛰는 애송이인 줄 알았는데 그렇지 않았다. 강검의 기술을 능숙하게 사용하고 있는데다가 검술도 제법 날카로웠다.

'장기전으로 가면 승산이 없군. 빌어먹을. 애송이한테 이런 판단을 내려야 한다니.'

루그는 이를 갈았다. 예전이었다면 이런 놈은 코웃음을 치며 밟아줬을 텐데 신중하게 전투에 임해야만 하는 스스로에게 화가 났다.

그러면서도 루그는 냉정하게 란티스와의 전략 차를 판단하고 있었다. 강체력이 부족한 루그는 란티스보다 신체 능력도, 지구력도 떨어진다. 의표를 찔러서 허점을 만든 후에 단번에 제압하지 않으면 승산이 없었다. 맨손으로 검에 맞서는 루그의 독특한 전투법에 란티스가 적응하고 반응하기 시작하면 그때는 지옥을 보게 될 것이다.

'좋아, 단번에 끝낸다.'

"머리 굴리는 소리가 여기까지 들리는 것 같군. 하지만 척봐도 돌덩어리 같은데 굴린다고 뾰족한 수가 나오겠냐?"

란티스가 비아냥거리면서 공격을 가해왔다. 비스듬한 지

붕 위를 마치 빙판 위를 미끄러지듯이 죽 나아가면서 검을 휘두른다. 루그 입장에서는 란티스가 한 발 딛는 순간 갑자기 원근감이 무너지면서 그의 모습이 확 커지는 것 같은 착각이 들 정도였다.

'에어 슬라이드? 애송이 주제에 이런 기술까지 쓰다니 제법인데?'

루그는 란티스가 사용하는 응용 기술을 보고 놀랐다. 하지만 그것은 어디까지나 란티스의 나이를 생각할 때 놀라운 성취라서 감탄한 것이지, 아예 예상 못한 수가 나오는 바람에 의표를 찔려서 동요한 것이 아니었다.

쉬잉!

라이팅스톤이 차가운 궤적을 그리며 허공을 가른다. 뒤로 슬쩍 물러나서 그것을 피한 루그는 란티스의 검이 눈앞을 지나가는 것과 동시에 뛰어들었다.

"흥!"

란티스가 코웃음을 치며 발차기를 날렸다. 루그가 피하고 뛰어들 것을 예상한 그는 검을 거두는 대신 회전하는 기세를 살려서 발차기를 날린 것이다.

그러나 루그는 당황하는 대신 싸늘한 미소를 흘렸다. 날아드는 발차기를 팔을 들어 막아내자 스파이럴 스트림이 발동, 란티스의 발차기를 튕겨낸다. 그리고 스파이럴 임팩트를 찔러 넣으려는 순간, 란티스의 눈이 섬뜩하게 빛났다.

'이 자식!'

그 눈을 본 루그는 즉시 공격을 멈추고 뒤로 물러났다. 수많은 실전을 통해 길러진 위기 감지 능력이 그에게 경고를 발했던 것이다.

슈확!

그 경고는 빗나가지 않았다. 루그가 물러나는 순간, 란티스가 검을 휘두른 궤적을 따라서 날카로운 섬광이 달려나갔다. 거기에 스친 루그의 앞머리가 잘려 나가면서 이마에서 핏방울이 튀었다.

'저게 저 마검에 숨겨진 비장의 수였나!'

때로 마검에는 사용자의 의지에 따라서 발동하는 특수한 효과가 비장되어 있는 경우가 있었다. 란티스의 라이팅스톤 역시 평소에만 힘을 발휘하는 타입이 아니고 비장의 한 수를 감춰놓고 있는 고급형 마검이었다.

'접근하면 궤적을 따라서 시간차로 2단 공격이 날아들고, 그걸 피하면 그새 자세를 되돌리고 다음 공격을 날려온단 말인가? 게다가 나중에 따라오는 마법의 검광(劍光)은 또 미묘하게 검이 휘둘러진 궤적하곤 어긋나서 날아드니까 한 번 보고는 궤도를 완전히 예측할 수도 없고. 이런 짜증나는 타입도 오랜만이군.'

라이팅스톤에 비장된 마법은 사용자의 검술을 최대한 살려준다고 해도 과언이 아니었다. 사용자의 검격을 막아내도 그 뒤를 따라서 어긋난 타이밍, 궤도로 날아드는 마법의 검격을 간파하고 막아내기는 지극히 어렵다.

'하지만 그렇기에 오히려 그 기능에 대한 믿음이 허점으로 작용한다.'

루그는 눈을 부릅떴다. 그리고 망설임없이 란티스의 간격 안으로 뛰어들었다.

"앞뒤가 다 막히니 정신이 나갔나 보군!"

란티스는 이죽거리면서 검격을 날렸다. 이번에는 처음부터 라이팅스톤에 비장된 마법, 듀얼 임팩트를 발동시킨다. 루그가 자신의 검격을 피하는 순간, 마법의 검광이 그의 다리를 쳐서 날려 버릴 것이다.

쉬이이익!

"뭐야?!"

검격이 루그에게 도달한다 싶은 순간, 란티스의 눈이 경악으로 부릅떠졌다. 루그가 스파이럴 스트림을 휘감은 팔로 공격을 막아낸다 싶었거늘 검이 어이없이 그를 통과해 버리는 게 아닌가?

그것은 간발의 차로 하단을 쓸어가던 마법의 검격 역시 마찬가지였다. 그리고 필살을 자신한 2단 공격이 빗나간 것에 동요한 란티스의 눈앞에 루그가 나타났다.

투학!

호쾌한 타격음이 울려 퍼졌다. 스파이럴 스트림이 완벽한 타이밍으로 가속하면서 스파이럴 임팩트가 작렬, 충격파가 사방으로 퍼져 나간다.

"으으윽!"

란티스가 신음했다. 인간의 머리통을 수박처럼 박살 낼 수 있는 파괴력이 작렬했는데도 그는 쓰러지지 않고 있었다. 놀라운 반응속도로 왼팔을 들어서 루그의 권격을 막아냈기 때문이다. 루그의 주먹이 팔에 닿는 순간 갑옷에 비장된 방어 마법이 발동해서 충격을 상쇄시켰고, 그 결과 란티스는 그 자리에 버티고 서서 공격을 막아낼 수 있었다.

'뭐가 어떻게 된 거지?'

설마 루그가 기격을 사용해서 자신의 감각을 비틀었으리라고는 상상도 못한 란티스는 혼란에 빠져 버렸다. 갑옷 덕분에 공격을 받아내기는 했지만 왼팔은 부러진 것 같고, 방어를 관통한 충격이 내장을 뒤흔들어서 몸속이 타는 것 같은 고통이 느껴졌다.

그 앞에서 루그의 눈이 살기를 담고 불탄다. 비장의 공격이 막혔지만 전혀 주춤하지 않고 코웃음을 친다.

"흥!"

동시에 루그가 밟은 지점이 폭발하듯 터져 나가면서 그로부터 일어난 충격이 육체를 관통, 정밀한 타이밍으로 행해지는 육체 각 부위의 뒤틀림에 의해 증폭되면서 주먹 끝에서 폭발했다.

콰앙!

폭음과 함께 란티스의 몸이 붕 떠올랐다. 란티스는 팔과 흉 갑까지 관통해 가슴을 후려갈긴 충격에 비명을 질렀다.

"크악!"

루그는 아예 끝장을 보겠다는 듯 그의 뒤를 따라 몸을 날렸 다. 그러자 크로넬이 결사적으로 몸을 날려서 루그를 덮쳤다.

"도련님께 감히!"

루그는 당황하지 않았다. 사전에 그의 움직임을 읽고 대비 하고 있었기 때문이다. 란티스를 날려 버리고 추가타를 날리 려는 듯 뛰어든 것도 그를 끌어들이기 위한 속임수였다.

후우웅!

크로넬의 검격이 허공을 갈랐다. 그리고 공중에서 자세가 무너진 그의 등 뒤로 루그가 나타났다.

'에어워크? 이 애송이 녀석은 도대체……!'

크로넬은 루그가 허공을 몇 발짝이나 딛고 자신의 뒤로 돌 아갔다는 사실을 알아차리고 경악했다. 이것은 천재라고 불 리는 란티스조차 초월하는 능력이었다.

투학!

폭음과 함께 루그와 크로넬이 서로 반대편으로 튕겨 나갔 다. 크로넬은 강체력을 이용해서 후방에 투명한 방벽을 전개, 루그의 공격을 상쇄시켰던 것이다. 루그가 혀를 찼다.

'이놈은 진짜 실력이 있는 놈이군. 피하는 게 낫겠어.'

란티스는 그 나이치고는 대단히 뛰어난 실력을 가졌지만 그래 봤자 애송이에 불과했다. 그렇기에 그가 경험하지 못한, 그리고 예측하지 못하는 수법을 사용해서 단번에 쓰러뜨릴 수 있었다.

하지만 크로넬은 실력이 뛰어난 것은 물론이고 실전 경험까지 풍부한 기사였다. 완전히 허를 찔려서 당황했을 텐데 그 짧은 순간에 강체력의 방벽을 등 뒤에 전개하다니, 정면승부를 할 경우 승리를 장담하기 어려울 정도의 실력이다.

그렇게 생각한 루그는 땅에 내려선 뒤 곧바로 한 사람을 향해 뛰어들었다. 그것은 바로 아문드였다.

"이 자식!"

아문드가 이를 갈며 검을 들었다. 그가 외쳤다.

"란드 경을 어떻게 한 거냐!"

루그가 검이 닿는 간격 안에 들어오는 순간, 아문드가 망설임없이 검을 휘둘렀다. 하지만 그 공격은 루그가 없는 엉뚱한 지점을 가르고 지나갔고, 다음 순간 그의 등 뒤로 돌아간 루그가 싸늘하게 속삭였다.

"당연히 죽었지."

그것이 아문드가 들은 마지막 말이었다. 경악한 아문드가 미처 뒤를 돌아보기도 전에 루그의 주먹이 그의 뒷목을 가격했다.

콰직!

단번에 뒷목이 부러지면서 그의 숨이 끊어져 버렸다. 눈앞에서 사람이 죽는 것을 본 자벤 후작 영애가 비명을 질렀다.

"꺄아아아아악!"

그 앞을 두 명의 기사와 몇 명의 병사들이 가로막았다. 곧바로 그녀를 덮치려고 했던 루그가 혀를 차는 순간, 잠자코 있던 볼카르가 외쳤다.

〈뒤다!〉

"이크!"

루그는 감각을 엄습하는 섬뜩한 압력을 느끼고는 앞으로 다이빙했다. 뒤쪽에서 달려든 크로넬의 검이 아슬아슬하게 루그가 있던 곳을 가르고 지나간다.

한 바퀴 굴러서 일어난 루그에게 볼카르가 다시 경고했다.

〈오른쪽!〉

순간 루그는 이상함을 느꼈다. 자신의 감각에는 왼쪽에서 날카로운 기운이 날아드는 것이 감지되었기 때문이다.

그래도 볼카르 덕분에 첫 번째 공격을 피했다는 신뢰감 때문에 일단 그 말을 믿고 반대편으로 돌았다. 하지만 몸을 돌리는 순간 왼쪽에서 검이 날아드는 것을 보고 기겁할 수밖에 없었다.

파캉!

날카로운 소리와 함께 루그의 몸이 팽이처럼 돌면서 튕겨 나갔다. 간발의 차이로 팔을 들어서 크로넬의 공격을 막아낸 것이다. 그러나 그의 공격이 워낙 예리하고 강검의 위력이 강해서 스파이럴 스트림이 찢겨져 나가면서 팔에 긴 상처가 남았다.

루그가 신경질을 냈다.

"반대쪽이었잖아!"

〈…이상하군. 분명히 오른쪽으로 달려들고 있었는데?〉

"죽을 뻔했네. 싸울 때는 그냥 닥치고 있어. 헷갈린다."

〈내 덕분에 목숨을 구해놓고도 성질을 내다니 파렴치한 놈 같으니. 아까도 내 설명을 잘 들었다면 그 검의 기능도 알 수 있었을 텐데. 알았다. 혼자서 잘해봐라.〉

볼카르는 구시렁거리며 입을 다물었다. 그에게서 진한 불만의 감정이 전해져 오는 것을 보니 토라진 모양이다.

'등 뒤의 상황도 시각적으로 파악할 수 있다는 것은 좋지만 허와 실을 전혀 분간하지 못하는군. 하긴 드래곤이 무예에 대해서 알 리가 없지.'

볼카르가 크로넬의 움직임을 잘못 가르쳐 준 이유는 간단했다. 크로넬은 루그의 감각을 염두에 두고 오른쪽으로 도는 척하면서 왼쪽을 쳤는데, 무예에 대해서는 전혀 모르는 볼카르는 단순하게 첫 번째 움직임에 속아 넘어가고 말았던 것이다.

"이놈!"

크로넬이 또다시 달려들었다. 루그는 그와 시선을 마주하

는 순간, 기격으로 감각을 비틀면서 옆으로 뛰었다. 그리고
그와 거리를 벌리며 물었다.

"기사가 비겁하게 등 뒤에서 공격을 해도 되나?"

"닥쳐라! 간악한 것!"

크로넬이 노성을 질렀다. 하지만 루그는 그가 화를 내든 말
든 다시 몸을 날려서 지붕 위로 날아올랐다. 그리고 정신을
잃고 늘어져 있던 란티스의 목을 잡고 들어 올리며 말했다.

"거기서 꼼짝 마시지."

12

란티스가 인질로 잡히자 크로넬은 당황했다. 설마 루그가
그런 수를 쓸 것이라고는 생각도 못했던 것이다.

"인질을 잡다니 부끄럽지도 않으냐?"

"기사인 주제에 등 뒤에서 기습을 한 놈 상대라서 하나도
안 부끄러운데?"

"이익……!"

루그가 뻔뻔하게 대답하자 크로넬이 이를 갈았다. 루그는
살기를 뿜어내며 말했다.

"조금이라도 수상한 움직임이 보이면 바로 이놈 목을 분질
러 버리겠어. 내가 못할 거라고 생각하진 않겠지?"

물론 루그가 한 짓을 본 이들은 아무도 그렇게 생각하지 않

았다. 다들 루그를 노려보며 답답해하고 있는 사이, 루그가 볼카르에게 물었다.

"볼카르, 이 갑옷 좀 쉽게 해체할 방법 있어?"

〈…….〉

"어이."

〈혼자서도 잘할 수 있어서 내 도움 따윈 필요없는 것 아니었나? 알아서 해봐라.〉

"드래곤 주제에 그런 일로 삐치냐? 네 실수로 사람이 죽을 뻔했으면 좀 열 받을 수도 있는 거지."

"으윽……."

투덜거리는 루그 앞에서 란티스가 신음했다. 그가 정신을 차리려 한다고 여긴 루그는 목을 잡은 손에 힘을 주었다. 그러자 란티스의 의식이 다시 꺼지면서 몸이 축 늘어진다.

그 광경을 본 크로넬이 다급하게 외쳤다.

"도련님께 무슨 짓을 하는 거냐!"

"아, 그냥 기절시키기만 한 거야. 근데 네가 내 신경을 건드리면 좀 더 부상을 악화시켜 주고 싶어질지도 모르는데?"

"이 개자식……!"

크로넬이 화를 내든 말든 루그는 란티스의 갑옷을 꼼꼼하게 살펴보더니 망토 잠금쇠를 풀어서 던져 버렸다. 그리고 각 부위를 잇는 부분들을 살펴보며 중얼거렸다.

"역시 뭔가 특수한 행동과 주문을 말하면 쉽게 입고 벗을 수 있는 타입 같은데. 이 정도로 고급형 마법 갑옷이면 그런 번거로움은 없앴겠지."

원래 기사들의 갑옷은 입고 벗기가 굉장히 불편하게 되어 있었다. 입는 것도 벗는 것도 혼자 하려면 상당히 재주가 좋아야 하기에 보통은 다른 사람의 도움을 받게 마련이었다.

하지만 고가의 마법 갑옷들에는 그런 불편함을 해소하기 위한 장치가 되어 있는 경우가 많았다. 루그는 혹시나 한 번에 벗길 수 있는 장치가 없나 살펴보고 있는 것이었다.

대치 상황에서 루그가 란티스의 갑옷만 살펴보고 있자 볼카르가 슬그머니 말을 걸어왔다.

〈왜 갑옷을 벗기려고 하는 거지?〉

"삐친 거 풀렸냐?"

루그가 비아냥거렸지만 볼카르는 흥, 하고 코웃음을 치며 물었다.

〈왜 남자의 갑옷을 그렇게 열심히 벗기려고 하는 건지 궁금할 뿐이다. 그것도 이런 상황에서. 인간 중에는 남성이면서 남성을 좋아하는 자들도 있다고 들었는데 너도 그런 것인가?〉

"…야, 생각만 해도 소름 끼치니까 그런 걸 진지하게 물어보지 마. 난 이 녀석을 인질로 삼아서 도망치려면 이 녀석이 몸에 지니고 있는 마법 물품들을 다 버려야 하기 때문에 이러고 있는 거라고."

루그가 눈살을 찌푸리며 대답했다. 란티스는 척 봐도 귀하신 몸이라는 티가 풀풀 나는데, 위기 상황에서 아랫것들이 그런 놈의 위치를 파악할 수 있는 수단이 없을 리가 없다. 루그의 경험상 란티스의 마검은 물론 마법 갑옷, 그리고 기타 마법 물품들은 전부 추적이 가능한 것이리라.

설명을 들은 볼카르가 납득했다.

〈그렇군. 그런데 그렇게 살펴보고도 갑옷을 벗길 방법조차 찾지 못한 것인가?〉

"혹시 잠금쇠만 풀면 되는 타입이 아닌가 싶었는데 아무래도 주문을 알아야 하는 것 같군. 그럼 내가 아니고 마법사가 오더라도 알 수가 없……."

〈가슴의 빛나는 문양을 쓰다듬은 뒤 오른쪽 허리에 달린 보석을 쥐고 알 하르타스 리멘이라고 말하면 된다.〉

"뭐? 그걸 어떻게 아는 거야?"

〈그런 거야 그냥 보면 알 수 있는 게 당연하지 않나. 나름 애써서 주문을 감추는 마법을 걸어뒀지만 인간의 조악한 마법 따윈 보는 순간 파악할 수 있다. 이제 네가 배울 마법의 위대함을 알겠나?〉

"우와, 이번에는 반박 못하겠는데? 대단하다."

〈지금이라도 알았으니 다행이다.〉

루그는 혀를 내두르며 볼카르가 알려준 대로 했다. 그러자 갑옷의 연결 부분들이 희미한 빛을 발하더니 철컥 소리가 울리면서 갑옷이 각 파트별로 분리되어서 란티스의 몸에서 벗겨져 나갔다.

크로넬이 당황했다.

"무, 무슨 짓을 하는 거냐?"

"보고도 몰라? 이래야 네놈들이 추적을 못하지. 안 그래?"

루그는 씩 웃으며 말하고는 볼카르에게 물었다.

"볼카르, 혹시 이놈의 몸에 추적 가능한 마법 물품이 또 있나?"

〈아까부터 너한테 꽥꽥거리고 있는 인간에게 추적 가능한 물품이 있다. 그것과 연결된 마법 물품은 오른손의 반지 두 개, 왼팔의 팔찌, 목걸이, 발목에 묶어둔 단검이다.〉

"…이 자식, 도대체 집안이 얼마나 부자길래 전신을 마법 물품으로 도배하고 다니는 거지?"

루그는 기가 막혀하면서 볼카르가 지적한 물품들을 전부 떼어내 사방으로 던져 버렸다. 그리고 한결 가벼워진 란티스를 들어 올리며 크로넬에게 경고했다.

"허튼수작하면 이놈을 바로 죽여 버리겠어. 우리가 무사히 이 도시를 빠져나가고 나면 이놈을 돌려보내 주겠다."

"그 말을 믿으라는 거냐?"

"안 믿으면 어쩔 건데? 너희에게 다른 선택지는 없어. 따라오는 놈이 보이면 그때마다 이놈 손가락, 발가락을 하나씩 부러뜨려서 비명을 듣게 해주지. 알겠냐?"

루그는 살벌하게 말하고는 란티스를 들쳐 업고 반대편으로 뛰어내렸다. 그리고 질풍처럼 달려가기 시작했다.

13

란티스는 눈을 뜨자마자 전신을 엄습하는 고통에 신음했다.

"으윽……."

몸 여기저기 안 아픈 곳이 없었다. 특히 왼팔은 부러진 상태인데, 그 위를 뭔가가 압박하고 있어서 바닥이 흔들릴 때마다 날카로운 것으로 찌르는 듯한 통증이 느껴졌다.

"루그, 이 인간이 깨어났는데요?"

"내버려 둬. 강체력이 봉쇄당한 상태는 앞으로 두 시간은 유지될 거야. 그리고 워낙 꼼꼼하게 묶어놔서 강체력을 쓸 수 있어도 쉽게 풀 수 없을걸."

그 목소리를 듣는 순간, 란티스는 정신이 번쩍 드는 것을 느꼈다. 무장이 빈약한 수준을 넘어 검조차 안 든 주제에 자신을 쓰러뜨린 건방진 녀석의 목소리가 아닌가?

"이 자식……!"

벌떡 몸을 일으키려고 했던 그는 팔을 찌르는 격통에 비명을 지르며 다시 쓰러졌다. 그제야 자신의 몸이 밧줄로 묶여 있다는 사실을 깨달을 수 있었다.

'제기랄, 꼼꼼하게도 묶어놨군.'

이제 보니 손가락 하나하나를 다 묶어두고, 거기에 힘을 주면 목이 졸리게 만들어서 힘을 쓸 수 없게 하는 고도의 포박술이었다. 아무리 괴력을 가졌다고 해도 이 줄을 힘으로 끊기는 어렵다.

'고작 이따위 줄로 나를 구속해 둘 수 있을 것 같냐?'

란티스가 터득한 강체술의 응용 기술 중에는 손가락 하나 까딱하지 않고 쇠사슬을 끊을 수 있는 것도 있었다. 란티스는 내심 루그를 비웃으며 강체력을 일으키려고 했다. 하지만 곧 당황해서 눈을 크게 떴다.

"나한테 무슨 짓을 한 거지? 어째서 내 강체력이……."

"진짜 혼자서 잘 노는 놈일세. 그야 강체력을 봉쇄해 두었으니까 당연하잖아. 그런 기술도 모르냐?"

타인을 제압한 뒤 강체술을 봉쇄하는 기술은 강체술이 4단계에 도달했다면 충분히 터득할 수 있었다. 하지만 란티스는 아직 그 기술을 배우지 못한 상태였다.

"넌 도대체 누구냐? 야인 주제에 어린 나이에 그런 실력을 키울 수 있을 리가 없어!"

"너 같으면 대답하겠냐? 그리고 보니 넌 누구야? 귀한 집안 자식이라는 것은 알겠는데."

"이익, 아네르 왕실에 충성하는 펠드릭스 공작가의 둘째 아들 란티스 펠드릭스다! 당장 이 줄을 풀어! 지금이라도 자신의 잘못을 뉘우치고 백배사죄한다면 목숨만은 살려주마!"

"아네르 왕국의 펠드릭스 공작가? 어쩐지 몸을 마법 물품으로 도배하고 다니더니만 진짜 잘나가는 가문의 자식이었군. 근데 너 좀 상황을 파악하는 능력을 기르는 게 좋지 않겠냐? 뭐? 목숨만은 빼앗지 않겠다고?"

"루그, 제가 이 인간 죽여 버리면 안 돼요?"

리루가 천진난만한 표정으로 살벌한 소리를 했다. 그녀의 손에 날카로운 바람이 맺혀서 회전하고 있는 걸 보니 한 치의 거짓도 없는 진심이라는 것이 느껴졌다.

루그가 한숨을 쉬었다.

"안 돼. 그놈 몸속에 상당히 고도의 마법 각인이 있어서 죽이면 골치 아파져. 생명 반응을 파악할 수 있는 것은 물론, 만약 죽이게 되면 저주를 응용해서 주변에 있는 인간들을 추적 가능하도록 만드는 효과도 들어 있어. 저런 마법 각인을 새기고 유지하려면 보통 많은 돈이 들어가는 게 아닐 텐데, 집안에서 어지간히 입지가 좋은 모양이야."

루그가 혀를 찼다.

물론 루그는 이렇게까지 마법에 박식하진 않았다. 어디까지나 볼카르가 파악하고 알려준 것으로 잘난 척을 하고 있는 것이다. 하지만 볼카르의 존재를 모르는 란티스는 등골이 서늘해지는 것을 느꼈다.

'무서운 놈이다. 아무리 봐도 나와 비슷한 또래 같은데 저런 실력에 마법에 대해서도 이렇게 조예가 깊다니 도대체 정체가 뭐지?

란티스는 어려서부터 천재 소리를 들으며 자랐고, 지금껏 같은 나이 또래에서 적수가 될 만한 존재를 만나보지 못했다. 그런데 이런 상황에 처하고 나자 맹렬한 굴욕감이 치밀었다.

'이런 놈이 일개 야인일 리가 없어. 설마 이것 자체가 나를 어떻게 해보려는 음모인가? 만약 그렇다면 그럴 만한 놈들은 엘바스 공작가나, 아니면 바레스 왕국의 베린트 후작가……'

엘바스 공작가는 아네르 왕국의 세도가로 펠드릭스 공작가와 앙숙이었고, 아네르 왕국의 역사적인 적국인 바레스 왕국의 명문으로 전쟁터에서 펠드릭스 후작가와 씻을 수 없는 원한을 쌓았다. 탈린 왕국은 아네르 왕국과 바레스 왕국 모두 적대하지 않는 중립국이기 때문에 이곳에서는 사업적으로 경쟁을 벌이면서, 그 이면에서 온갖 더러운 암투를 벌이고 있었다.

그런 상황이다 보니 그들 중 누군가가 손을 써서 자신을 이런 지경에 몰아넣어도 이상하지 않았다. 루그 같은 자가 우연히 자신과 마주쳤다기보다는 잘 꾸며진 음모의 결과라고 보는 편이 더 아귀가 잘 맞았다. 물론 조금만 냉정하게 생각하면 그 가정이 얼마나 허황된 것인지 알 수 있겠지만, 란티스는 굴욕감과 분노로 반쯤 이성을 잃고 있었다.

'그럼 이놈은 그놈들이 키워낸 비밀병기 같은 놈인가? 역시 그렇겠지.'

무엇보다 천한 야인에게, 그것도 자신과 비슷한 또래에게 패했다는 것은 란티스의 자존심이 용납하지 않는다. 자신을 패배시킨 자라면 적어도 납득할 만한 배경이 있는 자일 것이 분명했다. 그래야만 했다.

'빌어먹을. 방심하지만 않았어도……'

란티스는 자기 멋대로 상황을 음모의 결과로 몰고 가면서 분노했다. 그는 자신의 실력이 루그보다 못해서 졌다고 생각하지 않았다. 어디까지나 루그가 야인이라고 여기고 얕보다가 허를 찔린 것뿐이다. 이제 그의 정체를 알았으니 다시 싸운다면 절대 지지 않을 자신이 있었다.

"비겁한 놈! 정체를 숨기고 나를 속여 넘기다니, 그러고도 기사의 혈통이란 말이냐?"

"갑자기 무슨 개소리야? 내가 무슨 기사의 혈통… 음. 아니, 따지고 보면 기사의 혈통이긴 하군."

루그는 아스탈 백작을 떠올리며 머리를 긁적였다. 사생아긴 하지만 어쨌든 전통과 역사를 가진 기사 가문 아스탈 백작가의 혈통이긴 하다.

란티스는 그런 루그의 반응에 역시 자신의 생각이 맞았다고 여기고 호통을 쳤다.

"역시 그랬군! 기사의 혈통을 이은 자가 이 무슨 명예를 모르는 짓이란 말인가? 당장 이 줄을 풀어라! 정정당당하게 다시 붙어보자!"

"내가 미쳤냐? 리루, 내키는 대로 두들겨 패서 조용하게 만들어도 돼."

"정말요?"

"죽이진 말고."

"에이."

그 말에 리루가 노골적으로 실망하는 기색을 보였다. 마치 어린애가 장난감을 빼앗겨서 실망하는 듯한 반응이라 란티스는 소름이 끼쳤다.

"하지만 죽이지 않으면 뭘 해야 하는데요?"

"음? 그야 뭐… 분이 풀릴 때까지 두들겨 팬다든지."

"전투 상황도 아닌데 그래 봐야 의미없잖아요? 이 인간은 이미 구속되어서 우리와 싸울 수 있는 상태가 아닌데요?"

"그야 그렇지."

루그는 그제야 엘프들이 상대에게 고통을 줘서 분을 푼다는 개념이 없다는 사실을 깨달았다. 실은 그들은 인간과 교류를 하면서 인간의 행동 양식을 학습한 극히 일부를 제외하면 고문조차도 하지 않는다. 그들이 원한을 품고 그것을 해소하고자 할 때의 행동은 살해, 혹은 파괴 외에는 없었다.

잠시 고민하던 리루가 말했다.

"그럼 정화의 의식을 할게요."

"정화의 의식? 그건 뭐야?"

루그도 엘프의 관습을 모두 알고 있는 것은 아니었다. 리루가 설명했다.

"죄를 범함으로써 더럽혀진 영혼을 씻어내는 의식이에요. 이자는 우리에게 죄를 범했지만 죽일 수는 없으니 놔주기 전에 은혜를 베풀죠."

"음, 뭐, 마음대로 해라."

"원래는 별빛과 달빛으로 축성된 성스러운 수액이 섞인 물로 해야 하지만, 지금 준비하는 것은 무리니까 약식으로 할게요. 성스러운 노래가 섞인 바람으로도 할 수 있어요."

"노래가 섞인 바람?"

그리고 루그는 실로 오랜만에 엘프의 노래를 들을 수 있었다.

인간 권력자들이 그 아름다움에 반해서 엘프를 손에 넣고 싶어하는 원인 중 하나인 그 노래를.

인간과는 다른 성대 구조를 통해 인간은 결코 낼 수 없는, 하지만 들을 수는 있는 음역의 소리가 마치 여러 명의 목소리처럼 다중적이고 신비롭게 울려 퍼지자 루그는 순간 넋을 잃고 말았다. 그는 예술에는 전혀 관심이 없는 인간이지만 지금 이 순간만큼은 위대한 음악에 경의를 표하고 싶어질 지경이었다.

쉬이이이……

그리고 루그도 란티스도 그 노랫소리에 넋을 잃고 귀 기울이는 동안에 마차 안에 바람이 휘몰아쳤다. 정령의 의지가 섞인 바람이 란티스의 몸을 쓰다듬기 시작했다.

〈뭘 하는 거지?〉

볼카르의 물음에 루그도 퍼뜩 정신을 차렸다. 하지만 리루가 혼이 나갈 정도로 아름다운 노래로 무엇을 하려는 것인지는 알 수가 없었다.

그리고 조금씩 강해지던 바람이 불러온 결과는 루그의 입을 쩍 벌리게 만들었다.

"컥, 크커컥, 카악……!"

리루의 노래에 귀 기울이고 있던 란티스의 표정이 극심한 고통으로 물들었다. 비정상적인 흐름으로 움직이는 바람이 란티스의 코와 입으로 흘러들어서 호흡을 방해하기 시작했던 것이다.

"리, 리루?"

루그가 당황해서 리루를 불렀다. 하지만 그녀는 그 말이 들리지 않는 듯 노래를 계속하면서 바람을 움직이고 있었다.

그 앞에서 란티스는 질식할 듯한 고통과 공포에 몸부림쳤다. 하지만 리루는 용서없이 그의 호흡기로 바람을 밀어 넣었다. 고통스러워하던 란티스는 머릿속이 하얘지는 것을 느끼며 눈물콧물을 줄줄 흘렸다.

'사, 살려줘……!'

그것은 생전 처음 당해보는 고통이었다. 현실에서는 고작 해야 수십 초가 지났을 뿐이지만, 란티스에게는 마치 영겁처럼 긴 시간이 흐르는 것처럼 느껴진다. 그런 상황이 계속되자 머리가 하얘지면서 사고 능력이 날아가 버렸다. 그저 살고 싶다는 생각만 들 뿐이었다.

콰직!

그리고 둔탁한 소리가 울리며 란티스의 의식이 끊어져 버렸다.

리루가 하는 짓을 보다 못한 루그가 나서서 란티스를 기절시켰다. 그러자 리루가 노래를 그치고 고개를 갸웃거리며 물었다.

"왜 그랬어요?"

순간 루그는 그녀가 노래를 그쳤다는 사실을 굉장히 안타까워하고 있는 자신을 발견했다. 하지만 곧 정신을 차리고는 한숨을 쉬었다.

"리루, 엘프와 달리 인간은 보통 그렇게 긴 시간 호흡을 방해하면 죽어."

반요정인 엘프는 몸의 내구도가 극도로 약한 대신 무호흡 상태를 몇 시간이고 지속해도 고통을 느끼지 않는다. 물론 호흡 자체는 필요로 하지만 인간에 비해서, 아니, 대다수의 생명체에 비해서 그것을 절박하게 요구하지 않는 것이다. 코와 입으로 호흡을 하지 않아도 온몸으로 바람을 흡입하는 능력이 있기 때문인데, 이것은 심지어 물속에서도 통용되어서 그들은 믿을 수 없을 정도로 오랫동안 잠수할 수 있었다.

루그는 리루가 아무 생각 없이 란티스를 질식시켜 가는 것을 보고서야 그 사실을 떠올릴 수 있었다. 리루가 고개를 갸웃했다.

"죽어요? 호흡을 못하면 그냥 기절하는 것 아니었어요?"

"…기절하기보다 죽을 확률이 높거든? 인간의 몸은 엘프보다는 강건하지만, 그래도 강철로 만들어진 것은 아냐."

"그렇군요."

리루가 기절한 란티스를 보면서 진지하게 고개를 끄덕였다. 인간과는 미묘하면서도 극단적으로 다른 특성을 가진 존재가 인간에 대한 무지로 저지르는 짓을 보니 소름이 끼칠 지경이었다.

"아, 근데 골치 아프게 됐네. 펠드릭스 공작가라니."

"왜요?"

"돈도 권력도 굉장한 가문이거든. 뭐, 당장은 바레스 왕국으로 갈 거니까 문제는 없겠지만 나중에 아네르 왕국에 갈 때 조심해야겠는데, 이거."

루그는 그렇게 투덜거리면서 란티스를 바라보았다. 눈을 하얗게 까뒤집고 눈물콧물을 질질 흘리면서 입에 거품을 물고 기절한 것을 보니 살짝 동정심이 일어날 정도였다.

'뭐, 다 제 팔자려니.'

루그는 혀를 차고는 다시 리루를 바라보았다. 리루가 물었다.

"그런데 이제 미마 알라냐가 마법을 써도 추적당하지 않을까요?"

"괜찮을 거야. 그 마법사를 죽여 버렸으니까 당분간은 추적할 수 없어. 알라냐가 회복되면 신호를 차단하는 조치를 취하면 되지. 그 정돈 알라냐도 할 수 있을 테니……."

루그는 추적자들이 두 엘프의 위치를 파악한 방법을 알아냈다.

그것은 아문드가 루그를 상대하라고 남겨두고 갔던 기사 란드를 통해서 알아낸 것이었다. 루그는 그를 10초도 안 되어서 제압한 뒤에 고문해서 궁금한 것을 알아내고 죽여 버렸다.

란드의 말에 의하면 칼마스 후작가에서 둘을 노예로 들였을 때 의식이 없는 사이에 마법 각인을 새겨두었다고 했다. 그것은 마법을 쓸 때마다 강렬한 신호를 발하는 마법 각인이었는데, 알라냐는 그 사실을 모르고 계속 마법을 쓰는 바람에 추적자들에게 친절하게 위치를 알려주게 된 것이다.

거기까지 알게 된 루그는 어떻게든 마법사는 죽여놔야겠다는 생각으로 움직였다. 란드를 쓰러뜨리고 고문해서 필요한 사실을 알아내는 데는 그리 많은 시간이 걸리지 않았지만 도망치기 위한 준비를 하느라고 현장에 도착하는 게 늦었다.

일단 루그는 뒷골목에서 사람을 하나 고용해서 돈을 주고 마차를 성 밖으로 이동시켜서 도주 시에도 마차를 버리고 가는 사태가 벌어지지 않게 했다. 그리고 현장으로 가서 추적자들을 처리함으로써 자신이 빌린 집에 대한 정보가 퍼져 나가지 않게 한 뒤 리루와 알라냐를 그곳으로 피신시켰다.

그 후에는 재빨리 리루와 알라냐와 합류해서 간략한 설명으로 상황을 납득시키고 함께 도시를 빠져나왔다. 이미 성문이 봉쇄되고 경비 병력이 움직이기 시작했지만 아직 완전한 것은 아니었다. 그렇기에 경비원 배치가 뜸한 곳을 노려서 한 명을 제압하고 성벽을 타넘는 것으로 손쉽게 탈출할 수 있었다.

"그럼 이놈은 여기다 버리고 가지."

"묶어둔 채로 버리고 가도 괜찮아요?"

"펠드릭스 공작가의 자제쯤 되면 자벤 후작가의 마법사가 움직일 테니까 괜찮아. 그쪽에서 우릴 마법으로 포착하기 전에 멀리 도망쳐야지."

루그는 란티스를 수풀 사이에 버려두고는 말들을 달리게 했다. 마차가 길에 흙먼지를 일으키면서 거칠게 달려나갔다.

"도련님, 정신 차리십시오! 란티스 도련님!"

"으윽……."

란티스는 누군가 자신을 흔들고 있는 것을 느끼며 깨어났

다. 일단 의식이 깨어나고 나자 자신의 이름을 부르는 목소리
와 지독한 두통이 느껴졌다.

"그만. 흔들지 마."

란티스는 손을 들어 자신을 붙잡은 이를 밀어냈다. 상대가
앗, 하고 그에게서 물러난다. 관자놀이를 눌러서 어떻게든 두
통을 진정시켜 보려고 하던 란티스는 곧 주변 상황을 인지할
수 있게 되었다.

"크로넬, 뭐가 어떻게 된 거지?"

펠드릭스 공작이 호위로 붙여준 충성스러운 기사, 크로넬
이 그를 걱정스러운 표정으로 바라보고 있었다. 크로넬이 대
답했다.

"그 간악한 놈이 도련님을 인질로 잡고 도망쳤습니다. 자
벤 후작가에서 마법사를 동원해 준 덕분에 도련님을 찾을 수
있었습니다."

"그놈은 어떻게 된 거지?"

"저희가 여기에 왔을 때는 도련님만 남아 있었습니다."

"으윽……."

란티스는 의식이 끊어지기 전의 기억을 떠올리며 이를 갈
았다. 자신을 깔보듯이 내려다보며 비아냥거리던 루그의 얼
굴이 선명하게 각인되어서 잊히질 않는다. 그의 얼굴을 떠올
리자 가슴속에서 맹렬한 분노가 타올랐다.

크로넬이 물었다.

"몸은 괜찮으신 겁니까? 왼팔은 일단 부목을 대서 묶어두었으니 움직이지 마십시오."

"으음……?"

그 말을 듣고 몸 상태를 점검해 보던 란티스의 얼굴이 굳어졌다. 부러진 팔 외에 또 어떤 부상을 당했나 싶었는데 왠지 가랑이에서 이상한 감각이 느껴졌기 때문이다. 마치 거기에다가 물을 뿌려놓은 듯 축축한 이 느낌은…….

'설마?'

란티스는 믿을 수 없다는 듯 눈을 크게 뜨고 자신의 가랑이를 바라보았다. 그곳만 이상하게 축축하게 젖어 있는 것이 아무리 생각해도 단 한 가지 결론밖에 떠오르지 않았다.

"으윽……."

차라리 전투 중에 다쳐서, 그리고 적에게 고문을 당해서 피를 흘렸다면 그런 고통을 견뎌낸 스스로를 자랑스럽게 여길 수 있었다. 하지만 정신을 놓고 실금을 하다니, 어떻게 이런 치욕스러운 일이 있을 수가 있는가?

충격에 빠진 란티스는 슬그머니 고개를 들어서 크로넬을 바라보았다. 그러자 크로넬이 시선을 피해서 다른 곳을 바라본다. 그 행동만으로도 그가 란티스의 상태를 파악하고 있었다는 것을 알 수 있었다.

란티스가 안색이 창백해진 채 몸을 부들부들 떨기 시작하자 크로넬이 얼른 말했다.

"도련님을 본 사람은 몇 명 없습니다. 저와 마법사인 드론 경, 그리고 함께 있던 병사 두 명뿐입니다. 그 후로는 제가 자리를 비켜주십사 했기 때문에……."

"크으으……."

란티스는 치욕감과 분노로 머리가 새하얘지는 것을 느꼈다. 태어나서 지금까지 이런 망신을 당해본 적이 없다. 그는 늘 우수했고, 언제나 당당했으며, 누구나 그를 우러러보고 칭송해 왔다. 그런데, 그런데…….

"죽여 버리겠어……."

머리가 타버리는 듯한 분노 속에서 오로지 한 사람, 감히 자신을 깔보고 멸시하던 루그의 얼굴만이 떠올랐다. 란티스는 분노를 참지 못하고 괴성을 질렀다.

"반드시 찾아서 죽여 버리고 말겠어! 반드시! 으아아아아아!"

CHAPTER 08
요정들의 숲

폭염의 용제

1

몸에 좋은 약은 입에 쓰다고 한다. 그 말을 증명하듯이 루그가 먹은 약치고 맛있게 느껴진 것은 단 하나도 없었다.

하지만 오더 시그마에 입문해서 스승 그레이슨에게 훈련받게 된 이후, 루그는 자신의 생각이 안이했다는 사실을 깨닫게 되었다. 자신은 몸에 좋은 약이 입에 쓰다는 말의 의미를 반의반도 이해하지 못하고 있었다.

"시, 싫습니다. 그건 안 먹어요."

다 크다 못해 단단한 근육질의 몸을 가졌고, 그리고 평소에는 삭막하기 그지없는 인상의 남자가 공포에 떨며 어린애처럼 투정을 부리는 모습은 꽤나 꼴불견이었다. 하지만 지금 루그는 그런 것을 생각할 여유가 없었다. 자존심이 하늘을 찌를 듯하여 절대 약한 모습을 보이지 않으려는 루그였지만, 병색이 완연한 그레이슨이 잔인한 웃음을 지은 채 들고 오는 액체 앞에서는 한없이 약해지기만 했다.

"흐흐, 이게 얼마나 몸에 좋은 것인데 그러느냐? 이걸 만들기 위해 많은 돈이 들어갔는데 어린애처럼 투정을 부리면 못 쓰지."

"그런 걸 안 먹어도 강해질 수 있습니다. 아니, 그런 게 몸에 좋을 리가 없어요! 누군가에게 속아 넘어가서 독약을 강체술의 비약이라고 믿고 먹이시려는 것이 분명합니다! 스승님, 제발 눈을 뜨세요!"

"이해한다, 제자야. 나도 예전에 내 스승님께서 이걸 먹이려고 하셨을 때 똑같은 반응을 보였단다."

"……."

"그때 내 스승님께서 말씀하셨지. 뭐라고 하셨을 것 같으냐?"

"…글쎄요?"

"닥치고 처먹어라, 애송이."

그리고 그레이슨이 바닥을 미끄러지듯이 다가오더니 주먹을 날렸다. 루그는 반사적으로 손을 들어 그것을 막으려고 했지만 그 순간 그레이슨이 그 팔목을 잡아버린다. 그리고 그레이슨이 일으킨 스파이럴 스트림이 뻗어 나와서 루그의 팔, 어깨, 몸까지 휘감으며 그대로 허공으로 날려 버렸다.

"우와아아악!"

쾅!

충분히 대비하고 있었는데도 단 한 수에 당해 버렸다. 사정
없이 바닥에 내려 찍힌 루그의 몸을 그레이슨이 발로 밟는다.
그사이 또 무슨 수를 썼는지 고작 그것만으로도 꼼짝도 할 수
없었다. 심지어 손가락에도 힘이 들어가지 않아서 부들부들
떨릴 뿐이다.

완벽하게 제압된 루그 위에 올라탄 그레이슨이 멱살을 잡
고 상체를 끌어당겼다. 그리고 입을 벌린 뒤에 그 위로 대접
을 가져다 대며 기분 나쁘게 웃었다.

"흐흐흐, 네가 앙탈을 부려봤자지. 한 방울도 남기지 말고
마셔라."

"흐어어, 으아아어어억, 커커컥……!"

그레이슨이 억지로 입안에 걸쭉한 액체를 부어 넣자 루그
는 혀끝을 통해서 지옥을 본다는 것이 어떤 의미인지 알 수
있었다. 정신이 아득해져 가는 가운데 스승이 만족스러운 얼
굴로 하는 말이 들려왔다.

"언제나 힘든 것은 처음뿐이지. 계속 먹다 보면 너도 이걸
천상의 물로 여기게 되는 날이 올 거란다."

'안 돼…….'

루그는 필설로 형용할 수 없을 정도로 끔찍한 맛에 그만 정

신을 놓고 말았다.

"…아, 옛날 생각 나네."

밤공기가 싸늘한 숲 속에서 루그가 불쑥 중얼거렸다. 하룻
밤 노숙할 준비를 마친 그의 앞에는 알라냐가 마법으로 피운
모닥불과 그 위에 얹어진 냄비 위에서 부글거리며 끓는 액체
가 있었다. 척 봐도 식욕 떨어지는 진한 황록색을 띠고 있는
데다가 역한 냄새를 풍기는 액체였다.

그 액체를 국자로 휘휘 젓고 있는 루그를 보며 리루가 물었
다.

"그거 맛있어요?"

"먹어볼래?"

루그가 빙긋 웃으며 액체를 한 국자 떠서 리루에게 내밀었
다. 리루는 흠칫 뒤로 물러나더니 곧 조심스럽게 다가와서 국
자를 받아 들었다. 그리고 호호 불어서 식힌 후에 살짝 입에
머금어보았다.

"……."

그 직후 리루의 표정은 정말로 볼 만한 것이었다. 붉으락푸
르락하는 리루의 얼굴을 보면서 루그가 피식 웃었다.

"억지로 먹을 필요없어."

"마, 마, 맛없네요."

리루가 정말 괴로워하는 표정으로 몸을 부르르 떨었다. 이

것은 다른 의미에서 정말 혁신적인 맛이었다. 이렇게까지 끔찍한 맛이 나는 음식을 리루는 지금껏 맛본 적이 없었다.

루그가 국자를 받아 들고는 말했다.

"이걸로 누군가를 고문하는 것도 가능할걸. 별로 사람이 먹어도 된다는 생각이 드는 맛은 아니지?"

"그런 걸 대체 왜 먹으려는 거지?"

알라냐가 이해할 수 없다는 듯 물었다. 루그는 이 액체의 맛이 실로 끔찍하다는 것을 알면서도 만들고 있었던 것이다. 루그가 한숨을 쉬며 말했다.

"사나이에겐 가끔은 혀끝으로 지옥을 맛보게 되더라도 그걸 마셔야만 하는 때가 있는 법이지."

루그는 리루와 알라냐가 이해할 수 없는 대답을 하면서 공허하게 웃었다. 그러면서 대접에다가 액체를 옮겨 담고 그것을 뚫어져라 바라보는데, 목숨을 건 일전에 나서는 사람처럼 비장미가 넘쳐서 말도 걸 수 없을 지경이었다.

액체가 좀 식어서 미지근해지자 루그가 눈을 질끈 감았다. 그리고 대접을 들어서 살짝 한 모금 들이켰다.

"으으으으으으으……!"

그저 한 모금 들이켰을 뿐인데도 뭐라고 형용할 수 없을 정도로 괴로운 느낌이 든다. 동시에 머릿속에서 해괴망측한 소리가 울려 퍼졌다.

〈끄아아아우어크가아에우오카가갸아악!〉

루그는 깜짝 놀라서 대접을 떨어뜨릴 뻔했다. 그는 대접을 들고 일어나며 두 엘프에게 말했다.

"…다른 곳에 가서 마실게."

"왜요?"

"괴로워하는 모습을 보여주긴 싫으니까."

"……."

리루와 알라냐가 루그를 신기한 동물 보듯이 쳐다보았다. 마치 시선으로 미친 것 아니냐고 묻는 것 같아서 막 가슴이 아프다. 스스로 생각해도 이걸 마시는 것은 정말 미친 짓 같았지만 어쩌겠는가? 마셔야만 하는 것을.

둘의 시선이 닿지 않는 곳까지 온 루그가 목소리를 낮추어서 물었다.

"…어이, 볼카르? 왜 그래?"

〈아, 아아아아아! 아무것도 아니다. 아무런 문제도 없다. 정말이다.〉

볼카르는 애써 침착한 척 말했지만 목소리는 떨리고 있었고, 말의 내용은 횡설수설이었으며, 정신 감응을 통해 엄청나게 당황하고 겁에 질린 감정이 전해져 오고 있었다. 루그의 눈썹이 살짝 치켜 올라갔다.

'설마 이 녀석……'

루그는 한 가지 가정을 떠올리며 다시 대접을 들어 올렸다.

"그래? 갑자기 이상한 소리를 지르기에 엄청 놀랐잖아."

그러면서 루그는 아무렇지도 않게 액체를 또 한 모금 들이켰다. 순간 머릿속에서 또다시 해괴망측한 비명이 울려 퍼졌다.

〈까오우아우아에그극크흐그그라라그라라락!〉

"......."

그 비명과 정신 감응을 통해 전해져 오는 감정을 통해 루그는 자신의 가정이 맞았다는 확신을 얻을 수 있었다. 볼카르는 루그가 맛본 이 액체의 맛을 간접적으로 경험하고는 괴로워하고 있는 것이다.

루그는 시침 뚝 떼고 물었다.

"어이, 진짜 괜찮은 거야?"

〈무, 문제없다.〉

"거참, 자꾸 그러니까 나까지 다 무섭잖아."

그러면서 루그가 또다시 대접을 들어 올리자 볼카르가 부들부들 떨리는 목소리로 물었다.

〈또, 또 먹을 거냐?〉

"그럼. 이게 얼마나 비싼 건데. 한 방울도 남기지 말고 다 마셔야지."

〈넌 그걸 마실 때마다 굉장히 괴로워하는 것 같다. 그런데 꼭 마셔야만 하는 건가?〉

"사나이에겐 죽음과도 같은 고통이 기다리고 있다는 것을 알면서도 하지 않으면 안 되는 때가 있는 법이지."

루그는 그렇게 말하며 사악한 웃음을 지었다. 과거로 돌아온 이래로 계속 볼카르에게 한 방 먹여주고 싶어서 안달이 나 있었는데 이런 기회가 올 줄이야.

물론 이걸 마실 때마다 루그도 죽도록 괴롭다. 하지만 그 대가로 볼카르가 고통을 겪는다면 얼마든지 감수할 수 있었다.

"그래, 이것이 바로 살을 주고 뼈를 깎는 각오지. 간다!"

〈아, 안 돼……!〉

"돼."

루그는 결국 허세가 무너져 본심을 드러낸 볼카르의 애원을 물리치며 액체를 단숨에 들이켰다.

꿀꺽꿀꺽!

〈끄아아아아아아아아아!〉

루그 자신의 고통 따위 신경도 안 쓰일 정도로 압도적인 비명이 머릿속에서 길고 애처롭게 울려 퍼졌다.

액체를 다 마신 루그는 한동안 몸을 부들부들 떨면서 고통을 참아낸 다음 길게 한숨을 내쉬었다. 그리고 아직도 겁에 질려 덜덜 떠는 감정이 느껴지는 볼카르에게 물었다.

"…아, 고작 비약 한 그릇 마시는데 뭔가 지옥을 모험한 기분이군. 그렇게 괴로웠냐? 넌 이걸 직접적으로 맛보는 것도 아니고 내가 느끼는 것을 간접적으로 전달받는 것뿐이잖아?

상당히 희석된 감각일 텐데?"

〈8천 년 동안…….〉

볼카르가 떨리는 목소리로 입을 열었다.

〈차원의 균열을 지키며 수많은 마족과 싸워왔지. 하지만 단언컨대 내가 죽음이라는 것을 실감한 것은 처음이었다.〉

"그, 그렇게까지 엄청난 맛인가, 이거?"

〈지금껏 미각에 어떤 가능성이 숨어 있는지를 생각해 본 적이 없는데, 이건 정말 새로운 세계를 알게 된 기분이군. 처음으로 내가 살아 있다는 사실에 감사하고 싶어지고 있다.〉

생명체가 살아가기 위해 필요한 행위, 먹고 자고 싸는 행위를 거의 필요로 하지 않는 볼카르는 미각에 가해지는 자극에 대해서는 무심하기 그지없었다. 그러다 보니 루그가 느낀 맛을 희석해서 전달받는 것만으로도 지금껏 상상도 못한 지옥을 맛본 것이다.

볼카르의 설명으로 그 사실을 이해하게 된 루그가 사악하게 웃으며 고개를 끄덕였다.

"그렇군. 정말 귀중한 경험을 했네. 하지만 아쉬워할 것은 없어. 앞으로는 매일 이런 경험을 할 수 있을 테니까."

〈뭣? 어째서냐!〉

"그야 이 비약은 꾸준히 마셔야 효과가 있기 때문이지. 앞으로 적어도 299번은 더 마셔야 하니까 각오를 단단히 다지라고. 후후후."

이 액체는 오더 시그마에 전해 내려오는 조제법으로 만든 비약이었다. 엄청 비싼 재료를 넣어서 만든 비약처럼 극적으로 강체력을 상승시켜 주는 효과는 없지만, 장기간 꾸준히 복용하면 강체력이 증가하는 속도를 두 배 가까이 빨라지게 만드는 효과가 있었다. 그 효능을 잘 알고 있는 루그는 지옥 같은 고통이 기다린다는 것을 알면서도 매일매일 만들어 먹을 각오를 굳혔던 것이다.

그 말을 들은 볼카르가 깜짝 놀라서 결사적으로 말했다.

〈이런 말도 안 되는 짓을 299번이나 더 반복하겠단 말인가? 루그, 너는 뭔가 잘못 생각하고 있다. 네 스승이 잘못된 믿음을 주입시킨 게 확실해. 이런 걸 먹고 강해질 리가 없지 않은가. 오히려 몸을 망치게 될 것이 분명하다.〉

"나도 한때 그렇게 생각해서 절대 안 마시려고 버텼던 적이 있는데, 시간이 지나고 보니까 효과가 있더라고. 젠장. 다시는 먹을 일이 없을 거라고 생각했는데."

이 비약은 먹는 사람의 체질을 바꿔서 오더 시그마 비전의 강체력을 원활하게 증가하게 한다. 하지만 어느 정도 체질 변화가 끝나고 나면 더 이상 소용이 없었다. 그래서 루그도 오더 시그마의 권사로서 수련을 받을 때 첫 1년 동안만 먹었다.

"그때 내가 다시는 이걸 안 먹겠다고, 그리고 이 고통을 반드시 내 제자에게 맛보게 만들겠다고 맹세했거늘. 하지만 제자 대신 네게 맛보게 해주게 되다니 정말 보람차다. 너에게

이 고통을 가르쳐 줄 수 있다면 나는 기꺼이 지옥에 가리."

〈다시 생각해 봐라. 그 생각은 올바르지 않다. 그런 것을 먹지 않아도 내 마법만 있으면…….〉

"후후후, 이미 늦었어. 이미 한 달치 재료는 사두었으니 각오하시지."

루그가 자벤 후작령에서 사 온 약재들은 대충 한 달분의 비약을 만들 수 있는 양이었다. 사실 처음 맛보고는 기하급수적으로 결의가 흐려지는 것이 느껴질 정도였지만, 볼카르 덕분에 의욕이 충만해졌다.

"후우."

루그는 노숙할 장소에서 좀 떨어진 곳으로 가서 비전의 호흡과 동작을 사용, 강체력을 순환시켰다. 모르는 사람이 보면 마치 무예의 각 동작을 천천히 펼치는 것으로밖에 보이지 않는 이런 행위를 통해 비약의 약효를 효과적으로 받아들이고 강체력을 쌓을 수 있었다.

한바탕 강체력 순환을 끝내고 나자 몸이 땀으로 축축하게 젖어 있었다. 루그는 수건으로 대충 땀을 닦아주고는 다시 모닥불가로 다가왔다.

2

"달이 밝네요."

불가에서 하늘을 보고 있던 리루가 말했다. 그 말에 루그도 하늘을 올려다보았다.

오늘은 밤하늘이 맑아서 달이 아주 선명하게 보였다. 떠 있는 별도 수를 헤아릴 수 없을 정도로 많아서 그저 바라보는 것만으로도 근심걱정을 잊을 수 있을 것만 같았다.

"그러게."

"이만큼 달이 밝은 날도 오랜만인 것 같아요. 달빛도 별빛도 아름다워서 숲에 정기가 충만해요."

"응, 그러네. 그냥 넘어갈 수 없는 날인걸."

불가에 있는 탓일까? 미소 짓는 리루와 알라냐의 얼굴은 조금 상기되어 있었다. 루그가 가만히 그 모습을 보고 있노라니 두 엘프가 몸을 일으켰다.

"자려고?"

"아뇨. 숲에 바치는 가무(歌舞)의 의식을 하려고요. 알아요?"

"아아."

루그는 고개를 끄덕였다.

엘프는 달빛과 별빛이 밝은 밤이면 나무들을 위해 노래하고 춤추면서 숲의 정기를 호흡하는 의식을 행한다. 그들에게 있어서 그것은 단순한 유희가 아니고 삶의 일부이다.

알라냐가 물었다.

"모닥불은 잠시 꺼도 되겠지?"

"응."

알라냐가 후 하고 입김을 불자 일정한 기세로 타오르던 모닥불이 마치 촛불인 양 꺼져 버린다. 오로지 달빛과 별빛만이 비추는 어슴푸레한 숲 속에서 두 엘프가 노래를 부르기 시작했다.

인간은 낼 수 없는 음역의, 하지만 아름다운 노래를 선망하는 자라면 누구나 내고 싶어할 것 같은 목소리.

둘의 노래는 엘프어로 이루어져 있었다. 하지만 엘프어를 어느 정도 아는 루그는 그것이 달과 별, 나무들과 그 속에서 어우러져 살아가는 모든 생명을 찬양하는 노래라는 것을 알 수 있었다.

"과연 반요정."

루그는 별빛 속에서 어둠에 녹아드는 듯한 검은 머리칼을 휘날리는 두 엘프를 넋을 잃고 바라보았다. 너무나 아름다운 목소리로 노래하는 둘은 달빛과 별빛 속에 녹아들어 가고 있었다. 비유가 아니라 둘의 모습이 별빛 속에 녹아들어 반투명해지고, 그들이 걸친 옷만이 불투명한 상태로 지금 일어나는 일이 현실임을 증명해 주고 있었다.

문득 볼카르가 물었다.

〈묻고 싶은 것이 있다.〉

"뭐야, 분위기 깨지게? 나중에 이야기하면 안 되나?"

엘프들의 노래도, 그리고 그녀들이 숲의 정기를 호흡하며 요정으로서의 본성을 드러내는 부분도 몽환적이고 아름답기에 언제까지나 그 아름다움 속에 취해 있고 싶었다. 하지만 볼카르는 집요했다.

〈지금이 아니면 안 될 것 같군.〉

"뭔데?"

루그는 짜증을 참으면서 물었다. 볼카르에게서 진지한 감정이 전해져 왔기 때문이다.

〈너는 저것을 보고 아름답다고 느끼는가?〉

"그럼?"

〈저 노래를 아름답다고 느끼는가?〉

"당연한 것 아냐?"

〈그렇군. 네가 느끼는 황홀함이 내게도 전해져 온다. 넌 진심으로 저것을 아름답다고 여기는군. 지금까지 너와 함께하는 동안 내가 보고 접했던 그 어떤 것보다도…….〉

"너는 저게 아름답다고 느끼지 않는 거냐?"

〈나는 무언가를 보거나 듣고서 아름답다고 느낀 적이 없다. 이 세계 속에서 진심으로 아름다운 것 따위 존재하지 않았지.〉

꿈을 통해 몇 번이나 볼카르의 기억을 엿본 루그는 왠지 그 말을 이해할 수 있을 것 같았다. 볼카르는 세상 모든 것에 무심하기 짝이 없었다. 세상에 대한 감정이 달라졌을 때는 마족의 흉계에 의해 미쳐서 폭주했을 때뿐이었다.

'그때 이 녀석이 세상에 품은 감정은…….'

증오.

그때 볼카르의 증오는 가슴이 떨릴 정도로 선명했다. 그는 자신을 구속한 운명을, 자신이 지키도록 강제당한 세상을 증오하고 있었다.

잠시 침묵하던 볼카르가 복잡한 감정을 드러내며 말했다.

〈하지만 이렇게 네 감정을 느끼고 있자니… 세상은 아름다운 것인지도 모른다는 생각이 드는군. 디르커스가 왜 그렇게 우리에게 작은 존재들의, 그리고 그들이 만들어내는 것들의 아름다움을 가르쳐 주고 싶어했는지 조금은 알 것 같다.〉

"8천 년 동안 이해하지 못한 것을 이제야 이해한 거야?"

〈네 감정을 통해서 말이다. 다른 존재의 감정을 느낀다는 것은 불쾌한 일이지만, 이런 감정이라면… 그래, 조금은 마음을 열 가치가 있는지도 모르겠군.〉

볼카르는 그 말을 끝으로 입을 다물었다. 뭐라고 대꾸하려고 하던 루그는 결국 아무 말 없이 리루와 알라냐의 춤과 노래에 눈길을 돌렸다.

달빛과 별빛 아래 넋이 나갈 정도로 아름다운 노래가 울려 퍼지는 밤이었다.

3

자벤 후작령을 벗어난 후로는 한동안 말썽없는 여행이 이어졌다. 루그는 자벤 후작령을 떠나서 첫 번째 마을을 만나자마자 마차를 팔아버리고 말만을 남겼다.

"며칠만 이대로 참아줘."

마차는 쾌적한 여행을 위해선 꼭 필요했다. 하지만 루그는 굳이 말을 타고 이동 속도를 높이는 쪽을 선택했다. 리루도 알라냐도 승마술은 전혀 몰랐지만 루그가 몇 시간 붙잡고 가르쳐 주자 그럭저럭 속도를 내서 달릴 수 있게 되었다.

"왜 마차를 떼어버린 거예요?"

리루가 물었다. 두 엘프는 루그가 뭘 하든 잠자코 따르긴 했지만 갑자기 마차를 팔아버린 것은 이해할 수 없었다.

루그가 대답했다.

"추적자가 있을지도 모르니까."

"미마 알라냐의 마법은 더 이상 추적당하지 않잖아요?"

"누군가의 뒤를 쫓을 때, 그들의 행적을 알아내는 방법이 마법의 기적을 쫓아가는 것만 있는 것은 아니거든. 마차의 흔적은 꽤 더듬기 쉬워."

추적자를 염려해서 이동 속도를 대폭 높이긴 했지만 그래봤자 마차였다. 비라도 왕창 쏟아지지 않는 한 전문적인 추적 기술을 가진 자들은 쉽게 그 흔적을 더듬어 올 수 있었다.

칼마스 후작이 보낸 추적자는 그렇다 치고, 펠드릭스 공작가와 자벤 후작가를 건드려 버렸으니 그들이 가만있을 리

없다.

그렇기에 루그는 얼마 동안은 그들이 알기 쉬운 흔적을 남겨준 뒤 마차를 팔아버렸다. 그리고 사흘 정도 말을 타고 이동한 뒤에 만난 마을에서는 말까지 팔아버리고 도보 이동을 시작했다.

"산을 두 개쯤 넘어간 뒤에 다시 마차를 사는 거야. 이 정도면 종적을 파악하기가 어려워져. 뭐 파악한다고 해도 꽤 시간이 걸릴걸. 우리가 넬리아냐까지 가기는 충분해."

체력이 약한 엘프들을 데리고 산을 넘는 것은 좀 걱정되기도 했지만 안전을 위해선 어쩔 수 없었다. 게다가 둘은 루그가 생각한 것 이상으로 잘 따라와 주었다.

'바람의 속성력은 정말 쓸 만하군.'

리루가 다루는 바람의 속성력은 이동하기 힘든 지형을 만났을 때 커다란 힘이 되었다. 단시간의 비행이라면 마법보다도 더 효율적이었던 것이다. 그렇기에 루그는 오히려 사람들이 다니기 어려운 지형을 골라서 산을 넘는 시간을 단축시킬 수 있었다.

"리루, 너도 정령을 불러낼 수 있어?"

저녁 무렵, 산속에서 야영 준비를 하다가 루그가 물었다.

엘프 중에는 속성력을 바탕으로 정령을 불러낼 수 있는 이들이 많았다. 인간 마법사에게는 대단히 어려운 일이지만 엘프는 반요정이기에 선천적으로 정령과 교감하는 능력이 있어 가능한 것이다.

리루가 고개를 끄덕였다.

"네. 볼래요?"

"지금? 정령을 불러내는 것은 꽤 부담되는 일 아닌가?"

자벤 후작령에서 알라냐가 물의 정령을 불렀을 때처럼, 정령 소환이라는 것은 꽤나 규모가 큰 현상이었다. 하지만 리루는 고개를 저었다.

"정령은 모두 이 세상에 오고 싶어하는 걸요. 그 어떤 정령도 부름을 마다하지 않아요."

"하지만 알라냐가 불러냈을 때도 그렇고, 보통 정령을 불러낼 때는 꽤 부담을 많이 지잖아?"

"그건 내 속성력과 교감 능력이 약하기 때문이야. 강한 속성력과 교감 능력을 겸비하고 있다면 문제가 되지 않지."

알라냐가 설명했다.

인간이 속성력을 갖는 경우는 거의 없고, 교감 능력은 아예 없다. 그렇기에 인간이 마법으로 정령을 소환할 경우 그 작업은 비효율적이고 거창해진다.

하지만 리루는 속성력이 강한 것은 물론, 교감 능력도 강해서 항상 바람 속에서 정령들이 속삭이는 것을 들을 수 있었다. 그렇기에 부담없이 정령을 불러내는 것이 가능했다.

까르르르.

리루가 바람을 손바닥 위에 모으자 그곳에서 투명한 녹색의 형체가 나타났다. 발가벗은 여자 아이 같은 모습을 한 정령이 주변을 기웃거리며 웃는 소리에 루그가 신기해하며 물었다.

"정령을 이렇게 쉽게 불러내다니 신기하네. 마력도 거의 안 쓴 것 같은데."

"전 아직 마력이 별로 없으니까요. 하지만 소환의 규모가 작은 만큼 이 아이가 할 수 있는 일도 별로 없어요."

"지금까지 정령 소환하면 굉장히 거창하게 주변을 휩쓰는 것만 봤는데, 이런 식으로 소환하는 것도 가능하다니, 참. 근데 이게 실프 맞는 거야? 내가 아는 실프는 좀 더 성숙한 여인의 모습에 크기가 크고 무시무시했는데."

루그는 재미있다는 듯 손가락으로 바람의 정령을 간질여 보았다. 물론 그곳에는 밀도 높은 바람이 모여 있는 느낌이 들 뿐, 루그의 손은 그대로 정령의 모습을 통과해 버린다.

리루가 대답했다.

"같은 실프예요. 정령은 흔히 말하는 자아(自我)라는 것이 없는, 오로지 본능과 감정만을 가진 존재이기 때문에 뚜렷하게 형체가 정해져 있지 않아요. 루그가 본 실프가 그런 모습을 하고 있었던 것은 더 많은 일을 하기 위한 힘을, 그리고 공격적인 일을 하기 위한 자아를 부여받았기 때문일 거예요."

"자아를 부여받는다고?"

"정령은 현세와의 교감을 통해서만 우리가 항시 실감하고 있는 삶, 생명이 유지되는 시간을 맛볼 수 있으니까요. 거기에 어떤 자아를 부여하는지는 정령을 불러낸 소환자의 몫이죠. 하지만 보통은 그런 것을 생각하지 않고 불러내기 때문에 소환자의 감정과 목적에 적합한 자아를 얻게 된다고 들었어요."

"어려운 이야기군. 그럼 정령이라는 것은 사실은 그냥 감정의 덩어리 같은 거야?"

"비슷해요. 그저 자연의 섭리를 유지한다는 본분에만 충실하면서 순간순간의 희로애락만을 느끼는 존재라고 해요. 하지만 유구한 시간 속에서 여러 차례에 걸쳐 현세를 맛보면 그들은 변화해서 자아를 갖게 되는데 그런 것이 상위 정령이지요."

"아, 전에 들은 적이 있어. 상위 정령은 찾아내는 것도, 소통하는 것도 굉장히 까탈스럽다던가."

루그는 전생에 알았던 어떤 마법사가 잘난 척 떠들어댔던 내용을 기억해 냈다. 그가 부렸던 상위 정령, 불로 이루어진 거인 이프리트는 무시무시한 힘을 가져서 블레이즈 원과의 싸움에서 꽤 많은 활약을 했었다.

과거를 생각하며 쓴웃음을 짓는 루그에게 리루가 불쑥 물었다.

"루그, 당신은 불의 속성력이 있죠?"

"음?"

갑작스러운 지적에 루그는 조금 당황했다. 두 엘프와 함께 한 뒤로 루그는 한 번도 속성력을 사용한 적이 없었다. 그런 데 어떻게 알아차린 것일까?

어쨌든 별로 감춰야 할 일도 아니었기 때문에 루그는 선선 히 인정했다.

"어떻게 알았어?"

"가끔 잠들어 있을 시간에 불을 움직이는 기척이 느껴졌거 든요. 그리고……."

"그리고?"

"루그는 자주 혼자서 누군가랑 이야기하잖아요. 그래서 그 게 불의 정령이 아닐까 생각했어요. 처음에는 루그가 미쳤다 고 생각했는데 아무리 봐도 그렇진 않은 것 같아서요."

"……."

순간 루그는 얼굴이 새빨개지고 말았다. 지금까지 자신이 볼카르와 대화한 것을 리루가 듣고 있었다니 상상도 못하고 있었다.

"그, 그건 어떻게 알았지? 엘프가 청력이 예민하다곤 해도 들리지 않는 곳에서만 하려고 신경을 많이 썼는데……."

"저는 바람의 소리를 들으니까요. 먼 곳에서 이야기해도 들을 수 있었어요."

"으윽……."

루그는 너무 부끄러워서 머리를 감싸 쥐고 말았다. 쥐구멍이라도 있으면 숨고 싶은 심정이었다.

리루가 볼카르와의 대화를 들었다고는 해도 루그의 목소리밖에 들리지 않았을 것이다. 일행의 눈을 피해서 누가 있기라도 한 것처럼 열심히 혼잣말을 하고 있으면 미친놈으로 보는 게 당연했다.

볼카르가 즐거운 듯 한마디 했다.

〈축하한다. 엘프에게 미친놈 취급을 당했군.〉

루그는 욱해서 뭐라고 쏘아붙이고 싶었지만 리루가 앞에서 빤히 바라보고 있는데 그럴 수는 없었다. 활화산처럼 치솟는 부끄러움을 참고 있으려니 리루가 다시 물었다.

"불의 정령을 소환할 수 있는 거예요?"

"…아니."

루그는 고개를 저었다. 리루가 의아한 듯 고개를 갸웃하면서 잔인한 말을 서슴지 않고 날렸다.

"그럼 루그는 정말로 미친 인간인가요?"

"으윽, 제발 부탁이니 그런 말은 하지 말아줘. 내 정신 상태는 지극히 건전하고 멀쩡하니까."

〈거짓말은 좋지 않아. 내 머릿속에는 드래곤이 산다고 대답해 보지 그러나?〉

볼카르가 빈정거렸다. 아무래도 비약을 먹어서 고통을 맛보여 준 것에 대해 감정이 쌓여 있는 것 같았다. 루그는 최선을 다해 무시하며 변명을 늘어놓았다.

"불의 정령과 대화할 수 있는 것은 맞아. 좀 상태가 이상한 정령인 것 같은데, 어쨌든 이놈하고 대화를 할 수 있게 된 때부터 속성력이 생겼지."

화르르륵!

루그가 모닥불에다 대고 손가락을 까딱거리자 불이 살아 있는 듯이 뻗어와서 그의 손을 휘감았다. 그가 가볍게 손을 털어서 그것을 사그라뜨리자 볼카르가 매우 강한 불만을 드러냈다.

〈날 불의 정령 따위와 비교하다니 불쾌하다. 그런 놈들은 원하면 얼마든지 사역할 수 있는 법칙의 노예에 불과해.〉

물론 루그는 그의 불만을 깨끗이 무시하고 천연덕스럽게 거짓말을 늘어놓고 있었다.

"하지만 소환하는 것은 불가능해. 근데 너한테는 혹시 이 녀석이 느껴져?"

"아뇨. 루그와 대화한다는 정령은 전혀 존재감을 느낄 수 없네요. 이상한 일이에요. 혹시 자아가 있는 상위 정령인가요?"

"아마 그럴걸? 성격이 상당히 비뚤어졌어."

〈누가 누구한테 성격이 비뚤어졌다고 하는 건가? 그냥 듣고 넘길 수 없는 발언이군?〉

볼카르의 투덜거림을 들을 수 없는 리루는 고개를 갸웃하며 생각에 잠기더니 확신이 없는 태도로 말했다.

"성격이 뚜렷할 정도의 자아를 가졌다면 상위 정령이 맞을 거예요. 상위 정령들은 자기 존재를 감추는 데도 능숙하니 제가 존재감을 느끼지 못하는 것도 당연할지도 모르겠네요. 인간이면서 상위 정령하고 소통한다니 굉장해요."

리루가 선망의 눈길을 보냈다. 루그는 괜히 기분이 좋아져서 으스댔다.

"뭐, 그냥 어쩌다 보니까 그렇게 됐어. 난 이놈이 상위 정령인 줄도 몰랐는걸."

〈인간은 사기꾼을 중죄로 다스린다고 하더니 이제야 왜 그러는지 이해할 수 있을 것 같군. 아무것도 모르는 엘프를 이렇게 속여 넘기다니, 네 마음속에는 죄책감이라는 것이 존재하지 않는 건가?〉

물론 이런 일에 죄책감을 느낄 양심 따윈 강철같이 단련된 루그의 마음에는 존재하지 않았다. 볼카르가 투덜거리는 것을 듣던 루그는 흥, 하고 코웃음을 치더니 말했다.

"하지만 이놈은 성격이 진짜 비뚤어졌어. 세상에서 자기가 제일 잘난 줄 알고, 사람을 팍팍 무시하길 즐기고, 마법 말고는 도무지 좋아하는 게 없을 정도로 마법 폐인에, 세상 물정도 하나도 모르는 주제에 잘난 척은 기가 막힐 정도로 심하지. 진짜 상대해 주기 피곤할 정도라니까."

〈……〉

"아, 상위 정령 주제에 자기가 드래곤이라도 되는 줄 알아. 뭐 드래곤이면 좀 그래도 괜찮지. 하지만 상위 정령 주제에 말야."

루그는 볼카르의 속이 부글부글 끓는 것을 느끼며 속으로 쾌재를 불렀다. 복수란 이렇게나 통쾌한 것이었던가.

루그가 열심히 늘어놓는 상위 정령─이라고 쓰고 볼카르라고 읽어야 하는─의 험담을 듣던 리루가 왠지 부러워하는 기색으로 말했다.

"루그하고 그 상위 정령은 굉장히 친한가 봐요."

"뭐? 어딜 봐서 그렇게 보여?"

"말하는 게 거리낌없어 보이는 걸요. 정말 영혼의 벗이로군요."

"……"

순간 루그는 꿀 먹은 벙어리가 되고 말았다. 계속 구시렁거리던 볼카르도 그 순간에는 루그와 한마음 한뜻이 되어 침묵했다가 둘이 동시에 내뱉었다.

"기, 기분 나빠."

〈부, 불쾌하군.〉

하지만 루그가 뭐라고 말하든 리루는 둘의 관계를 단단히 오해한 채로 배시시 웃을 뿐이었다. 뭐라고 해명을 하려던 루그는 왠지 더 말해봤자 자기 무덤을 파는 꼴이 될 것 같은 예감에 한숨을 쉬며 화제를 돌렸다.

"근데 정령이 그런 존재였다는 것은 처음 알았어. 마법사들이 도구로 부리는 것만 봤으니……."

"소환자가 정성 들여서 자아를 형성해 준 정령은 그 무엇보다도 친밀하게 소환자를 대하기도 해요. 그래서 우리 중에는 자신과 함께 성장한, 영혼의 벗이라고 부를 수 있는 상위 정령들과 함께하는 이들이 있지요. 저도 나중에 마법을 공부해서 그런 벗을 만들고 싶어요. 루그와 그 상위 정령처럼요."

"아니, 그러니까 나하고 이 녀석은……."

〈정령에게 자아를 부여해서 성장시킨다는 것은 이 엘프 정도의 속성력과 교감 능력이 있으면 별로 어렵진 않은 일인데 굉장히 먼 훗날의 일처럼 이야기하는군. 하긴 자신이 지닌 힘을 전혀 제대로 다루고 있지 못하니 당연한 일인가? 인간도 엘프도 힘을 다루기 위한 마법을 학습하는 능력이 그리 좋지 못하니…….〉

"뭐?"

난감해하던 루그는 볼카르의 말에 놀랐다. 볼카르가 뭐라고 대답하기 전에 리루가 의아해하며 물었다.

"왜요? 정령이 뭐라고 말을 한 건가요?"

"아, 그러니까… 네가 영혼의 벗을 만드는 게 그렇게 어렵지 않은 일이라는데? 너 정도의 속성력과 교감 능력이 있으면."

"정말요?"

리루가 눈을 휘둥그레 떴다. 그러더니 루그에게 찰싹 달라붙으며 물었다.

"어떻게 하면 되는데요?"

"어, 그러니까, 그게… 야, 어떻게 하면 되는 건데?"

루그의 물음에 볼카르가 코웃음을 쳤다.

〈세상에서 자기가 제일 잘난 줄 알고, 사람을 팍팍 무시하길 즐기고, 마법 말고는 도무지 좋아하는 게 없을 정도로 마법 폐인에, 세상 물정도 하나도 모르는 주제에 잘난 척은 기가 막힐 정도로 심해서 상대해 주기 피곤한 성격 비뚤어진 상위 정령이 그런 것을 가르쳐 줄 이유가 없지 않겠나?〉

"야, 치사하게 그러기냐!"

〈인간이란 언제나 자기가 아쉬울 때만 매달리곤 하지. 늘 공부가 되고 있다.〉

"어이, 볼카르! 야!"

루그가 애타게 불러도 볼카르는 흥, 하고 코웃음을 치더니 더 이상 대답이 들려오지 않았다. 루그가 혀를 차며 리루에게 사과했다.

"이 녀석 토라져서 대화를 차단해 버렸어. 나중에 알아내서 알려줄게."

"으응, 기다릴게요."

리루는 대단히 미묘한 시선으로 루그를 바라보면서 고개를 끄덕였다.

4

탈린 왕국에서 가장 큰 엘프 주거지 넬리아냐. 루그와 리루, 알라냐는 네이달 자작령을 떠난 지 한 달 만에 그곳에 도착할 수 있었다.

넬리아냐는 산을 중심으로 우거진 숲 속에 감춰져 있었다. 여기저기 정령과 마법을 이용, 방향 감각을 교란시키는 장치를 해두었기에 인간들은 그 입구까지 접근하기 어렵다. 하지만 그러한 장치를 뚫을 수 있는 능력이 있다면 마법적인 힘이 느껴지는 짙은 안개가 흐르는 구역에 도달할 수 있었다.

그런데 거기까지 가기 전에 루그의 앞에 방해꾼들이 나타났다.

"이야, 이게 웬 횡재야? 엘프가 둘이나 있잖아?"

숲에 들어선 일행 앞에 완전무장한 열 명 정도의 인원이 나타났던 것이다. 마치 일행이 올 것을 미리 알고 기다린 것 같은 태도였다.

그들을 본 루그는 눈살을 찌푸렸다.

"너희들, 엘프 사냥꾼이지?"

"애송이가 어디서 반말을 찍찍 갈기고 있어? 지금 네 처지가 어떻게 된 건지 파악 못하겠냐?"

"엘프 사냥꾼 맞군. 하여튼 할 일도 지지리도 없는 것들 같으니. 능력도 별로 없으니 그냥 세상 무서운 줄 모르는 엘프들이 가끔 호기심에 밖으로 나오는 걸 기다리면서 대박을 꿈꾸는 것 외에는 도대체 하는 일도 없는 쓰레기들."

루그가 그들을 보며 이죽거렸다. 그들이 발끈했다.

"이 꼬맹이가 지금 어디서 잘난 척이야?"

"죽고 싶어서 환장했냐?"

"하아! 하여튼 진짜 질리지도 않는다니까."

루그가 지긋지긋하다는 듯 한숨을 쉬었다.

엘프 사냥꾼들은 루그가 말한 대로의 존재였다.

엘프는 인간의 본능을 자극하는 아름다움과 마법의 약초를 발견하고 기를 수 있는 귀한 재주를 가졌다. 그렇기에 인간들 중에는 엘프를 노예로 삼고자 하는 이들이 끊이지 않았다. 하지만 엘프들은 인간들이 지배하는 세상을 두려워하기에 되도록이면 평생 동안 주거지 안에서만 살아간다. 엘프의 주거지를 보호하는 마법의 힘이 워낙 막강했고, 또 그들의 화를 사면 마법 약초의 거래가 불가능해지기에 직접적으로 그들의 본거지를 무력으로 점거하고자 하는 시도를 할 수 없는 것이다.

상황이 그런데도 엘프 노예를 원하는 권력자들은 많았다. 엘프가 희귀한 만큼 그 값어치가 천문학적이었기에 한 방에 인생 역전을 노리는 엘프 사냥꾼들이 나타났다. 다른 일은 아무것도 안 하고 엘프 주거지 근처에 죽치고 무방비하게 밖으로 나오는 엘프가 있기만을 기다리는 이들이었다.

루그가 리루를 돌아보며 물었다.

"혹시 널 잡았던 게 이놈들이야?"

"아니에요. 우린 여기서 잡히지 않았어요."

"음?"

겁먹은 표정으로 고개를 젓는 리루의 대답에 루그가 놀라서 눈을 크게 떴다. 그 순간 엘프 사냥꾼들이 달려들었다.

"이 꼬맹이가, 우리는 아예 보이지도 않는다 이거냐?"

"엉엉 울며 살려달라고 애걸하게 해주마!"

"리루, 알라냐, 물러나 있어. 혹시 다른 놈들이 있을지 모르니까 너무 멀리 떨어지지 않도록 조심하고."

루그는 그렇게 말하곤 앞에서 달려드는 엘프 사냥꾼과 맞섰다. 제법 비싸 보이는 갑옷과 검으로 무장한 그는 루그 앞까지 다가오자 엉성하게 검을 휘둘렀다. 루그가 슬쩍 뒤로 물러나 피하자 코웃음을 치더니 발차기를 날린다.

"우와!"

그 행동에 담긴 의도를 깨달은 루그는 기가 막혀서 헛웃음을 울렸다. 동시에 왼손이 전광석화처럼 움직였다.

콰작!

루그의 주먹이 남자의 허벅지를 후려치자 섬뜩한 소리가 울려 퍼졌다. 남자가 발차기를 날리는 기세를 이용, 완벽한 타이밍으로 받아치기를 날려서 뼈를 부숴 버린 것이다.

"으아아아아악!"

"주제 파악을 못하는 놈이라는 게 바로 너 같은 놈을 가리키는 말이지."

남자는 루그가 세상 무서운 줄 모르는 애송이라고 생각하고 대충 검을 휘둘러서 위협한 다음 걷어차서 쓰러뜨리려고 한 것이다. 물론 그런 오만에 대한 대가는 아주 비쌌다.

"이젠 후회할 필요도 없을 거다."

퍼억!

루그는 싸늘하게 말하면서 남자의 턱을 갈겨 버렸다. 아래턱이 박살 난 남자가 비명조차 지르지 못하고 쓰러지고, 그 뒤에 있던 또 한 명이 움찔하는 모습을 보인다.

그가 쓰러지는 데는 채 3초도 걸리지 않았다. 단번에 두 명을 박살 낸 루그는 달려드는 엘프 사냥꾼들을 사이로 다른 인원이 없나 살폈다.

〈마법사는 네 시선이 지금 향한 곳의 두 번째 나무 뒤에 숨어 있다.〉

"역시 넌 최고의 탐지기야."

볼카르의 말에 루그가 씩 웃었다.

엘프 사냥꾼들은 반드시 마법사들을 끼고 일하게 마련이었다. 그렇지 않고서는 속성력을 타고나는 엘프들을 사로잡기가 힘들기 때문이었다.

"개자식!"

휘리리릭!

엘프 사냥꾼 중 하나가 짐승의 발을 묶을 때 쓰는 포박용 줄을 던졌다. 양쪽에 추가 달려 있어서 빙글빙글 돌다가 목표물에 맞으면 그대로 묶어버리는 이 추는 엘프를 사로잡을 때도 유용하게 쓰이는 도구였다.

"어딜!"

꽤 정확한 투척이었지만 루그는 슬쩍 허공으로 뛰어올라서 피해 버렸다. 그러자 이번에는 그 옆에 있던 두 놈이 들고 있던 것을 집어 던졌다.

촤라라락!

허공을 가리면서 넓은 면적을 덮쳐 오는 그것은 투척용 그물이었다. 그들은 엘프와 싸워서 죽이는 게 아니라 되도록 온전하게 사로잡으려 하는 자들이기에 온갖 도구들을 가졌다.

"가지가지 한다."

하지만 루그는 전혀 당황하지 않았다. 이전에도 엘프 사냥꾼들과 싸워봤기에 수법을 잘 알고 있었기 때문이다. 강체력을 집중시킨 손날을 허공에다 대고 휘두르니 날카로운 힘이 일어나 그물을 찢어발겼다.

파파파파파!

"자, 다음엔 뭐지? 마비약이 든 침? 아니면 거기 숨어 있는 마법사가 마법이라도 쓸 거냐?"

"이 자식, 뭐야?"

엘프 사냥꾼들은 루그가 자신들의 수법을 완전히 간파하자 당황했다. 루그는 그런 그들에게 달려들면서 주먹을 내질렀다. 뭉쳐 있는 놈들을 지나치면서 주먹질 세 번, 발길질 두 번을 날리자 시체 세 구가 나란히 쓰러진다. 그리고 동요해서 물러나는 엘프 사냥꾼들 사이를 뚫고 루그가 한 지점으로 돌진했다.

"얌전히 있었으면 나중에 죽었을 텐데."

루그가 달려든 곳은 마법사가 있는 지점이었다. 그전까지는 마법을 쓰는 기미가 없어서 놔두고 있다가, 막 주문에 들어가서 마력 파동이 퍼져 나오는 순간 달려든 것이다.

쿠웅!

"저 자식, 뭘 하는 거야?"

엘프 사냥꾼들이 어이없어했다. 루그는 마법사를 찾아서 때리는 대신, 그가 숨어 있는 나무를 반대편에서 후려갈겼던 것이다. 심지어 볼카르도 어이없어하며 물어보았다.

〈뭘 하는 거냐? 이 나무는 마법사가 변신한 게 아니다.〉

"이래서 하수들은 안 된다니까."

루그는 깔보는 웃음을 지었다. 볼카르가 울컥해서 뭐라 하려고 했지만, 그때 누구도 예상치 못한 소리가 들려왔다.

"크어억……."

나무 뒤에서 고통스러운 신음이 흘러나왔다. 그리고 그곳에 몸을 숨겼던 마법사가 입에서 피거품을 뿜으면서 앞으로 쓰러져 버렸다.

그 광경을 본 엘프 사냥꾼들은 놀라다 못해 공포에 질리고 말았다.

"저럴 수가!"

〈도대체 어떻게 된 거지? 뭘 한 거냐?〉

"설명은 나중에 하지. 슬슬 이 정돈 가볍게 되는군."

그렇게 대꾸한 루그는 즉시 엘프 사냥꾼들 사이로 뛰어들었다.

"으아아! 이 자식, 괴물이야!"

동료들이 어이없을 정도로 쉽게 쓰러지고, 마법보다도 더 기이한 기술로 마법사가 쓰러지고 나자 엘프 사냥꾼들은 겁먹고 달아나기 시작했다. 그들 중 두 명 정도를 붙잡아서 해치운 루그는 나머지는 더 쫓지 않고 그대로 내버려 두었다. 하지만 그때였다.

팍!

뒤도 돌아보지 않고 달아나던 엘프 사냥꾼의 뒤통수에 섬광을 발하는 화살 한 대가 날아가서 꽂혔다. 화살에 맞은 그가 뭐가 뭔지도 모르는 채 쓰러지는 사이, 허공에 연달아 빛의 궤적이 그려지면서 나머지 인원들도 모조리 쓰러져 버렸다.

파삭!

그리고 그 광경을 지켜보고 있던 루그의 앞에도 빛나는 화살 한 대가 내리꽂혔다. 루그는 땅에 박힌 채 부르르 떨리는 화살을 가만히 바라보다가, 나무들 사이를 바라보며 말했다.

"엘프들은 동족을 구해온 은인에게 위협 사격을 하는 게 취미인가?"

"……."

"대답 정도는 해주지그래? 설마 나도 이놈들이랑 한패로 보는 것은 아니지?"

루그는 삐딱한 표정으로 물었다. 화살을 쏜 사수들의 위치는 이미 파악했다. 그들이 마법이 깃든 화살을 날려도 얼마든지 피할 자신이 있었다.

'하여튼 엘프라는 것들은 예나 지금이나 달라진 게 없군. 어떻게 지난번하고 상황이 똑같냐?'

이전에 루그가 처음 엘프들의 본거지에 들어갈 때도 비슷한 상황이었다. 루그는 자신에게 일을 시켜놓고 돈 주기 싫어서 살해하려던 영주를 해치우고, 그가 부리던 엘프 노예들을 구해서 엘프들의 본거지로 간 적이 있었다. 그때도 이번처럼 엘프 사냥꾼들이 그의 앞을 가로막았고, 그다음에는 상황을 보러 나온 엘프가 그에게 위협을 가했던 것이다.

그때는 기껏 동족을 구해서 데려다 줬더니 위협이나 하는 그들에게 울컥해서 한바탕 전투를 벌였지만, 역시 사람은 나이 먹고 경험이 쌓이면 여유가 생기는 법인가 보다. 지금은 상대가 아무리 살기를 쏘아 보내도 여유있게 대응할 수 있었다.

알라냐가 나서서 말했다.

"이 사람은 우리를 구해서 여기까지 보호하며 데려다 주었습니다."

그러자 루그에게 쏟아지던 살기가 씻은 듯이 사라졌다. 그리고 나무들 사이에서 다섯 명의 엘프가 모습을 드러냈다.

세 명의 남자 엘프, 그리고 두 명의 여자 엘프로 이루어진 그들은 전원이 마법으로 축성한 은으로 만든 방어구를 걸치고 은은한 빛을 발하는 활을 들고 있었다. 크기는 크지 않지만, 한번 쏘아지면 인간 정돈 간단하게 관통할 정도의 위력을 발휘하는 마법의 활이었다.

그들의 리더로 보이는 남자 엘프가 나서서 말했다.

"동족의 은인에게 무례를 저지른 것을 사과하겠소. 설명을 듣기 전까지는 당신이 어떤 인간인지 알 수 없었으니 이해해 주시면 좋겠소."

"아아, 뭐, 진짜 죽이겠다고 쏜 것도 아니니까 괜찮습니다. 여러분이 인간을 경계하는 거야 당연한 일이고."

"고맙소. 나는 드웬이오."

"루그 아스탈입니다."

"동족의 은인 루그 아스탈, 괜찮다면 안으로 모시겠소. 하지만 그전에 잠시 몸을 검사하고 조치를 취해도 되겠소?"

"그러시지요."

루그가 순순히 허락하자 남자 엘프가 의외라는 듯 눈을 크게 떴다. 루그가 물었다.

"왜요?"

"아, 조금 의외라서 그랬소. 나는 인간들이 거래를 원할 때 그들과 교류하는 임무를 맡고 있소만, 보통 이럴 때 굉장히 불쾌해하던데……."

"난 당신들의 본거지로 들어가는 게 처음은 아니거든요. 필요한 절차라는 것을 아니까 이해합니다."

엘프들은 인간들을 되도록 본거지 안으로 들이고 싶어하지 않는다. 하지만 동족의 은인이라면 들여서 대접할 수밖에 없었고, 그럴 경우 만에 하나를 대비해서 몸을 검사하고 필요한 조치를 한다. 혹시 본인도 모르는 새 위치를 추적하거나 주변의 정보를 수집해 전달하는 마법이 걸려 있을 수도 있기 때문이다. 그것을 확인하고, 필요한 식별 마법을 걸지 않으면 인간은 결코 본거지 안에 들어갈 수 없었다.

루그가 순순히 몸을 검사하는 데 응하자 작업이 금방 끝났다. 남자 엘프가 말했다.

"협조해 주셔서 고맙소. 그럼 들어갑시다."

5

숲을 얼마간 걸어가자 루그가 기억하는 대로 한 치 앞도 볼 수 없는 안개의 흐름이 나타났다. 그것은 강력한 마법의 힘을 가져서 침입자가 엘프 주거지 안으로 들어가는 것을 용납하지 않는 방벽 같은 것이었다.

"이것도 오랜만인데. 넬리아냐도 똑같군."

루그가 중얼거렸다.

사실 루그는 넬리아냐에는 와본 적이 없었다. 그저 이 숲 깊숙한 곳에 있다는 사실만 알고 있었던 것이다. 하지만 그의 경험상 엘프 주거지는 어딜 가나 비슷비슷했다.

〈제법 농밀한 마력이 깃든 안개로군. 하지만 인간의 마법으로는 헤쳐 나가기 어려울 것이다. 적어도 수백 년 이상 침잠되고 의도적으로 가공된 방어용 마법이니…….〉

"그렇다고 하더라. 엘프들이 마음만 먹으면 순식간에 침입자들을 미치게 하거나 정기를 빨아서 미라처럼 만들어 버릴 수 있다고 하던걸."

"누구랑 대화를 하는 거요?"

드웬이 의아해하며 루그를 돌아보았다. 그러자 리루가 얼른 나섰다.

"루그는 불의 상위 정령을 영혼의 벗으로 두고 있어서 소환은 불가능하지만 대화는 할 수 있대요."

"호오, 인간이면서 상위 정령을 영혼의 벗으로 두고 있단 말이오? 대단하군."

드웬의 말에 루그는 어색한 웃음을 지었다. 그 외에 무슨 말을 할 수 있겠는가?

안개 속에서는 한 치 앞도 보기 어려웠고, 초감각을 가진 루그조차도 방향을 분간할 수 없었다. 하지만 드웬과 엘프들은 안개가 존재하지 않는 것처럼 전혀 흐트러지지 않고 걸어가고 있었다. 그렇게 10분 정도 걸어가자 안개가 순식간에 걷히면서 숲의 전경이 선명하게 드러났다.

"넓다……."

그렇게 중얼거린 것은 리루였다.

그 말대로 넬리아냐는 넓었다. 인간들이 짓는 건물 역할을 하는, 속을 파내고 가공하여 주거할 수 있게 만든 커다란 나무가 수십 그루 이상 있었고, 그 속에 수백 명의 엘프가 있었다.

숲 그 자체를 마을로 만들면 이렇게 된다는 것을 보여주는 듯한 광경이었다. 거기에 바깥세상에서는 희귀하기 짝이 없는 엘프들이 수백 명 이상이나 살아가고 있으니 비현실적인 느낌이 들 정도다.

또한 나무들 사이로 인간은 도저히 길러낼 수 없다고 하는, 마법적인 성질을 띤 꽃이나 풀들이 자라 있어 기이하고도 아름다운 색과 빛이 만발했다. 그리고 그 사이로 엘프들이 소환한 정령이나, 혹은 무지갯빛을 띤 잠자리 같은 날개를 달고 날아다니는 페어리들이 있어서 그야말로 요정들의 숲이라는 말이 어울린다.

리루와 알라냐는 눈을 반짝반짝 빛내며 마을의 정경을 살폈다. 그러다가 리루가 알라냐를 보며 말했다.

"미마 알라냐, 여긴 동족들이 굉장히 많아."

"그렇구나. 오니안과는 비교도 안 되네."

모녀의 대화를 들은 루그가 의아해하며 물었다.

"리루, 혹시 너 여기 출신이 아닌 거야?"

"네."

리루가 고개를 끄덕였다.

아까 리루가 여기서 붙잡힌 게 아니라고 했을 때 짐작했던 사실이지만 본인에게 확인하고 나니 황당했다. 루그가 고향도 아닌 곳으로 가자고 했는데 아무 말도 없이 따라나섰단 말인가?

"…그럼 대체 왜 여기로 오자고 한 거야?"

"루그가 여기로 가자고 했으니까요."

"……."

루그는 할 말을 잃었다. 자기가 여기로 오자고 했다는 이유만으로 그냥 거취를 결정해 버렸단 말인가?

"아니, 저기… 그럴 때는 보통 자기 고향으로 데려다 달라고 해야 하지 않아? 엘프는 평생 동안 자기 고향에서 벗어나지 않는데 굳이 다른 주거지로 올 것까지야……."

"우린 인간들과 다르오."

루그가 당황하는 것을 보던 드웬이 끼어들었다. 루그가 의아해하며 바라보자 그가 설명했다.

"우리에겐 인간들 같은 고향에 대한 그리움, 향수라는 것이 없소. 있다면 주거지의 환경 그 자체지 특정한 주거지는 아니지."

"하지만 혈육이나 친족은 있지 않습니까? 그런 이들과 떨어지는 건데도 전혀 거리끼지 않는다고요?"

"인간과 달리 우리는 주거지 환경 안에만 있으면 언제든지 물리적인 제약을 초월해서 서로와 만날 수 있소. 정령과 특별한 나무들을 통한 교감 능력 덕분이지. 그렇기 때문에 우리에겐 인간들처럼 먼 곳에 떨어져서 산다는 것이 큰 문제는 아니라오. 아직 성년이 되지 못한 아이가 모친과 떨어져서 산다면 그건 좀 문제가 되겠소만."

"으음, 그렇군요."

인간인 루그로서는 이해하기 어려웠지만, 엘프들의 습성 중에 그런 점이 한두 가지가 아니었는지라 그냥 고개를 끄덕일 수밖에 없었다. 어쨌든 본인들이 좋다는데 뭐라고 하겠는가?

고향에 집착하지 않는 엘프들은 다른 곳에서 동족이 온다고 해서 꺼리거나 차별하는 일도 없다. 그렇기에 알라냐와 리루는 쉽게 거처를 잡고 공동체 안에서 필요한 역할을 맡을 수 있었다.

두 엘프가 넬리아냐에서 살아가기 위한 절차는 순조롭게

진행되었다. 그동안 루그도 그들을 따라다니면서 엘프 마을을 낱낱이 살펴볼 수 있었는데, 거주 지역은 물론이고 엘프 주거지의 중심이라고 할 수 있는 은령수(銀靈樹)까지 거리낌 없이 데려가는 데는 새삼 놀랄 지경이었다.

"전에도 생각한 거지만 당신들은 정말 경계심이 너무 없는 것 아닙니까?"

루그가 은령수를 보며 물었다.

그것은 이름 그대로 은빛을 띤 나무였다. 그 크기가 20미터 이상으로 어마어마하게 큰데 줄기나 가지는 물론, 나뭇잎까지도 온통 신비로운 은빛을 발하고 있어서 홀릴 정도로 아름다웠다.

이 나무가 자랄 수 있는지의 여부가 엘프가 주거지를 정할 때 가장 중요하게 여기는 조건이며, 일단 이 나무가 뿌리내리면 숲의 모든 것을 장악하고 제어할 수 있다고 한다. 주거지를 보호하는 마법의 안개 역시 은령수를 핵으로 삼고 있었다.

드웬이 미소 지었다.

"당신은 우리의 은인이고, 의심을 불식시키기 위한 절차는 모두 마쳤소. 그런데 뭐가 문제겠소? 그리고 우리가 어떻게 살아가고 있는지 보고, 지식을 습득한다 한들 우리를 위험에 처하게 할 수 있는 것도 아니지."

"그건 그렇지만……."

엘프는 인간을 불신하지만 한번 받아들이면 또 놀랄 정도로 깊게 신뢰해 주는 경향이 있었다. 동족의 은인이라면 그가 자각하지 못하는 새 불러올 수 있는 외부의 위험 요소를 경계할지언정 그 자신을 불신하는 일은 없는 것이다.

드웬이 물었다.

"하지만 계속 따라다니기만 하는 것도 재미가 없으시겠군. 따로 보고 싶은 것이 있으시오?"

"음, 보고 싶은 것보다는 여기 오려고 한 용건이 있긴 합니다만."

"용건?"

"리루와 알라냐를 구한 것은 모른 척할 수 없어서이기도 하지만, 이익을 따져 보고 한 일이기도 합니다. 나는 당신들에게서 구하고 싶은 것들이 있거든요."

"그게 무엇입니까?"

"당신들이 마법사 협회하고만 독점적으로 거래하는 마법 초들을 거래하고 싶습니다. 물론 대가는 지불할 테니 지속적인 거래만 승인해 주신다면……."

"그건 굳이 우리가 아니더라도 마법사 협회를 통해서 구할 수 있지 않소? 인간인 당신이 굳이 우리와 거래하려는 이유를 모르겠는데……."

드웬이 고개를 갸웃거렸다. 그 말에 루그가 쓴웃음을 지었다.

"뭐, 당신은 인간을 상대하는 입장이었으니 인간 사회의 경제적인 개념도 어느 정도는 잡혀 있겠죠? 마법사 협회는 당신들과 거래해서 얻은 것들을 상당히 마진을 많이 붙여서 팝니다."

"마진? 아아, 이윤을 내면서 판다는 것이로군."

공동체 생활을 하는 엘프들에게는 물물거래 개념조차 없었다. 그렇기에 물건의 가치를 인정하고 거래를 하는 행위를 이해할 수 있는 것은 어느 정도 인간에 대해 알고 있는 이들로 국한된다.

루그가 고개를 끄덕였다.

"그렇습니다. 제가 알기론 스무 배 정도는 남기고 있지요."

"스무 배라면… 굉장히 많이 이윤을 남기는군. 맞소?"

"네. 거의 날강도 수준이죠."

마법사 협회는 엘프들과의 독점적인 거래를 통해서 엄청난 이윤을 얻고 있었다. 사실 마법이라는 것이 엄청 돈이 들어가는 일이기 때문에 그런 식으로 돈을 벌어들이지 않으면 마법사 협회가 유지될 수 없긴 하겠지만 말이다.

드웬이 잠시 생각하다가 물었다.

"그럼 당신은 우리와의 거래를 통해서 얻은 것들로 마법사 협회처럼 장사를 하고 싶은 것이오?"

"아닙니다. 그렇게 대량으로 필요로 하는 것은 아니고, 그냥 나 개인이 쓸 정도만 얻으려는 거죠. 마법사 협회는 엄청난 마진을 남길 뿐만 아니라 일부 품목들은 권한이 없는 이들에겐 아예 팔지도 않거든요. 특히 희귀한 품목일수록 그렇기 때문에 당신들을 찾아온 거지요."

"그렇군. 이해했소."

드웬이 고개를 끄덕였다. 그리고 물었다.

"어떤 품목을 원하는지 알려주실 수 있겠소? 우리 주거지에서 생산되는 것들이라면 얼마든지 구해 드리지."

"그럼… 음, 리스트를 작성해 왔으니 한번 봐주시죠."

루그는 미리 준비해 온 리스트를 건네주었다. 강체술의 비약을 만들기 위한 재료뿐만 아니라 볼카르가 요구한 마법을 배우기 위한 재료들도 있었기 때문에 양이 상당히 많았다.

리스트를 꼼꼼히 살펴본 드웬이 말했다.

"이 중에 세 가지만 빼고는 당장에라도 원하시는 양만큼 준비해 드릴 수 있소. 하지만 마르노스, 알레지아스, 바르보스, 이 세 가지는 시간이 좀 걸리오. 마르노스는 마법사 협회에서 대량으로 가져간 지 얼마 되지 않아서 자라는 데 시간이 걸리고, 알레지아스와 바르보스는 원래 1년에 한 번 정도밖에 꽃이 피지 않아서 앞으로 두 달은 기다려야 하오."

"그렇군요. 그 정도는 기다릴 수 있습니다. 대신 부탁을 하나 드리고 싶은데……."

"뭐지요?"

"기다리는 기간 동안 제가 여기 머물러도 되겠습니까? 다른 엘프들과 마주치지 않도록 외곽이라도 좋으니……."

엘프들과의 거래는 루그가 원한 것이었지만, 주거지에 머무르는 것은 볼카르가 요구한 것이었다. 엘프 주거지가 워낙 마력이 충만한 땅이기에 마법을 익히기에는 최적의 요건이기 때문이라고 했다.

드웬은 별로 생각하는 기색도 없이 고개를 끄덕였다.

"아아, 그런 거라면야 괜찮소. 바로 머무르실 만한 곳을 마련해 드리지."

"어, 진짜 괜찮은 거예요?"

드웬이 너무 쉽게 승낙하자 오히려 루그가 당황했다. 부탁하면서도 좀 무리가 아닐까 싶었거늘 이렇게 흔쾌히 받아들일 줄이야.

드웬이 고개를 갸웃했다.

"안 괜찮을 이유라도 있소? 당신은 동족의 은인이오. 이곳의 규칙에만 따라주신다면 얼마든지 계셔도 괜찮소."

"음. 아니, 솔직히 좀 어려운 부탁이 아닐까 싶었거든요. 감사합니다."

"전혀 어려운 부탁이 아니오. 그리고 이 리스트에 실린 것들, 아마 3분의 1 정도는 무상으로 드릴 수 있을 것 같소. 하지만 나머지는 우리가 원하는 물품을 주셨으면 하오만."

"그 정도만 해주셔도 감지덕지죠. 아니면 이런 조건은 어떻습니까?"

루그가 문득 생각난 것을 말했다.

"좀 더 쉽게 정령을 영혼의 벗으로 키울 수 있는 방법."

"네?"

생각지도 못한 이야기에 드웬이 놀라서 눈을 크게 떴다.

6

〈멋대로 남의 지식을 거래 조건으로 쓰다니 아주 야비하
군.〉

거처가 정해지고 나자 볼카르가 투덜거렸다. 루그가 스스
로의 것이 아닌, 볼카르의 지식을 사전에 의논하지도 않고 거
래 조건으로 내민 것이 마음에 안 든 모양이었다.

루그가 씩 웃으며 그를 달랬다.

"이게 다 네가 바라는 대로 마법을 익히기 위한 노력이라
고."

〈그건 인정하겠다만, 아무리 그래도 위대한 마법의 지식이
라는 것은 엘프들 따위에게 주기에는…….〉

"어허, 위대한 드래곤께서 왜 그렇게 쩨쩨하게 구시나? 네
가 연연할 만큼 대단한 지식도 아니잖아? 네 마법이 고작 그
런 것을 아까워할 만큼 별 볼일 없는 거였어?"

〈물론 그렇지 않다. 정말로 하찮은 지식이지.〉

"나도 그렇게 생각하니까 냉큼 거래 조건으로 내민 거야.

네가 이런 것을 대단하다고 했으면 난 드래곤의 마법이 고작 그 정도였나 하고 실망했을 거라고."

〈그럴 리가 있나. 네가 내게 배울 마법은 엘프들이 천년만 년 노력해도 절대 도달할 수 없는 진정한 세계의 진리다.〉

"그렇지? 나도 그렇게 믿고 있어. 그러니까 하찮은 지식 나눠 주는 것 정도로 쩨쩨하게 굴지 말라고. 그냥 공짜로 주는 것도 아니고 필요로 하는 걸 얻은 거잖아? 너한테는 정말 별 것도 아닌 지식을 주고 지금 절실하게 필요한 것을 얻을 수 있다니 얼마나 득 보는 장사야?"

〈흠…….〉

"마법사들이 추구하는 이치 역시 더 작은 것으로 큰 것을 구하는 효율성 아니었나? 작은 것에 연연하는 것은 어리석은 자나 하는 짓이지. 안 그래, 볼카르?"

하지만 볼카르는 여전히 수긍하는 기색이 아니었다. 볼카르에게서 전해져 오는 불쾌함을 느낀 루그는 작게 혀를 찼다. 대충 궤변으로 구워삶아서 잘 넘어가 보려고 했는데 볼카르는 바보가 아니었는지라 쉽지 않았다.

이럴 때는 먹이로 구워삶는 수밖에 없다. 그렇게 생각한 루그는 비밀병기를 꺼내 들었다.

"너무 화내지 마. 멋대로 거래 도구로 써버린 것은 내가 사과하지. 대신 오늘 하루는 비약을 안 먹고 거를게. 어때?"

〈…….〉

순간 볼카르가 움찔하는 기색이 느껴졌다. 그 반응에 루그는 회심의 미소를 지었다.

"비약은 매일 먹어야만 하는 거지만, 이번 일은 네게 미안하기도 하고 하니까……."

〈흠흠. 아니, 뭐, 나도 그렇게까지 화가 난 것은 아니었다.〉

너무나도 먹음직스러운 먹이가 내밀어지자 볼카르는 덥석 물어버리고 말았다. 스스로도 한심하다고 생각하는 것 같지만, 매일 밤 그가 보이는 반응을 생각하면 정말로 어쩔 수 없는 일이었다.

볼카르는 애써 좋아하는 기색을 숨기면서 말했다.

〈그냥 앞으로 이런 일을 할 때는 나한테 사전에 상의라도 해주었으면 하는 생각에서…….〉

"아, 물론 앞으로는 그렇게 할게. 그럼 이번엔 도와주는 거지?"

〈알겠다. 하지만…….〉

"하지만?"

〈흠. 아니, 뭐, 딱히 이번 일 때문에 화가 나서 그러는 것은 아니지만… 하루가 아니고 이틀은 안 되겠나?〉

순간 루그는 픽 웃어버리고 말았다. 이렇게까지 속이 보이는 협상이라니. 이번 일은 확실히 멋대로 신세를 지겠다고 강요한 셈이기도 하고, 하는 짓이 이 정도로 귀여우면 받아들여

줄 수밖에 없었다.

"알겠어. 오늘하고 내일은 비약을 거르기로 하지. 그럼 그 건은 잘 부탁한다."

루그는 승리의 미소를 지으면서 거처를 둘러보았다.

드웬은 루그가 요구한 대로 주거지 외곽에 거처를 마련해 주었다. 다른 엘프들이 사는 곳과는 좀 떨어진 곳에 있는 나무였다. 정령들을 이용, 나무를 변형시켜 속을 비워놓은 이 거처에는 문조차 없었지만 숲 전체가 워낙 생활하기 좋은 기후라서 아무런 문제도 없었다.

"어쨌든 이제 마법을 익히는 데도 가속이 붙겠어."

그동안 루그가 마법을 익히기 위해 한 일이라고는 볼카르의 말에 따라서 마법의 원 속에 들어가 있는 것뿐이었다. 특수한 마법 문자들을 그려 넣은 마법의 원 속에 들어가서 일정한 행동과 주문을 외운 뒤 두 시간 동안 그대로 있는 것만으로도 체질이 변한다니 믿기 어려웠지만 실제로 체감할 만한 변화가 있었다.

"네 말대로 여기는 마력이 충만한 땅인가 보다. 진짜 평소하곤 느낌이 다른데?"

볼카르가 지시하는 대로 마법의 원을 그리고 그 안에 들어가고 간단한 의식을 행한 루그는, 원이 희미한 빛을 발하며 전신에 짜릿한 감각이 전해져 오는 것을 느꼈다. 평소에도 마력이라고 부를 만한 감각이 희미하게 느껴지긴 했는데 이 정도로 강렬한 것은 처음이다.

〈엘프들이 인간보다 쉽게 마력을 얻는 것에는 주거지의 특성도 한몫하고 있을 거다. 하지만 알레지아스가 있다면 며칠 내로 체질 변화를 완료할 수 있었을 텐데 아쉽군.〉

"없으니 하는 수 없지. 두 달은 기다려야 한다고 하는데 네 말대로라면 그전에 이 의식으로도 체질 변화가 끝날 테니까."

볼카르가 요구한 마법 재료가 전부 있었다면 단기간 내에 체질 변화를 마칠 수 있었다. 하지만 하필 그 재료 중 하나인 알레지아스가 당장 얻을 수 없는 품목이었던 것이다.

〈그보다 더 일찍 끝낼 것이다. 엘프들이 마법 재료를 마음껏 제공하겠다고 약속했으니 시간을 단축시킬 방법은 얼마든지 있지. 야염초와 라바날, 그리고 만드레이크를 혼합시켜서 약물을 만들어 먹기만 해도 열흘은 단축될 것이다.〉

"요는 필요한 물자만 있으면 얼마든지 기간을 단축시킬 수 있다 이거군. 뭐, 좋아. 두 달 정도면 집중 훈련을 하기에도 좋은 기간이고 하니……."

루그는 앞으로 두 달간 강체력을 대폭 증가시키고 마법까지 익힐 결심을 굳혔다. 엘프들에게서 얻은 재료를 이용해서 비약을 만들어서 먹으면 적어도 강체력을 지금의 세 배 정도까지 증폭시킬 수 있을 것이다.

〈강체력이라는 것은 이상하군. 단지 약을 만들어서 먹는

것만으로도 체내에 그만한 에너지를 급격하게 쌓을 수 있단 말인가?〉

"그건 너도 효과를 봤으니까 알 텐데? 내가 매일 마시는 약의 경우는 강체력을 증가시켜 주는 효과는 그리 좋지 않지만, 일단 비교적 재료가 구하기 쉬운데다가 강체력을 빠르게 쌓기 위한 토대를 마련해 준다는 점에서 상당히 좋은 약이지."

〈…그건 악마의 약이다. 그런 약이 좋은 약일 리 없어!〉

볼카르가 덜덜 떨면서 말했다. 매일 루그가 오더 시그마의 비약을 마실 때마다 지옥을 맛보니 그럴 수밖에 없었다. 그가 좋은 생각이 났다는 듯 말했다.

〈그럼 이제 훨씬 효과가 좋은 약을 만들어 먹을 수 있게 되었으니 그 약은 더 이상 먹을 필요가 없지 않은가? 두 달 만에 강체력을 세 배 이상 늘릴 수 있다면…….〉

"후후후. 나도 그러고 싶긴 한데, 그 약의 진짜 효과는 강체력 자체를 증가시킨다기보다는 그걸 위한 토대를 쌓게 해준다는 거라서 단기간에 많은 강체력을 얻게 해주는 약과는 용도가 달라. 300번 정도는 꼼짝없이 먹어야……."

〈거, 거짓말하지 마라. 단기간에 많은 강체력을 얻을 수 있다면 굳이 그 약에 의존할 필요없지 않나.〉

"안 그렇다니까. 기초가 탄탄하지 않으면 아무리 탑을 높이 쌓아도 무너지는 법이야. 효과 좋은 비약을 먹었을 때 더 많은 효과를 보기 위해서라도 그 약은 계속 먹어둬야 해. 뭐,

맛은 정말 지옥 같지만 앞으로 1년, 아니, 이제 한 9개월 정도
만 참으면 되니까……."

〈으윽…….〉

루그에게서 정신 감응으로 전해져 오는 감정에 집중, 그 말
이 진심이라는 결론을 내린 볼카르는 좌절했다. 8천 년을 넘
게 살아오면서 이렇게 뭔가를 무서워해 본 적은 처음이다. 세
계를 멸하려고 한 드래곤을 공포에 떨게 만들다니 실로 무서
운 맛이라고 하겠다.

〈그렇다면…….〉

곧 볼카르가 비장한 목소리로 말했다.

〈그 약의 효과를 대신할 만한 마법을 만들어낸다면 어떠
냐?〉

"음? 그런 편리한 마법이 세상에 어딨어? 어떤 마법사도 강
체술의 영역은 침범하지 못했다고."

〈그건 잡것들과 똑같이 취급하지 마라. 나는 드래곤이다!〉

볼카르가 단언했다. 말투만 보면 오만했지만 느껴져 오는
감정은 실로 절박하기 그지없었다.

루그가 피식 웃었다.

"뭐, 만약 그런 마법을 네가 만들 수 있다면… 진짜 나도 좋
고 너도 좋은 거지. 그야말로 강체술의 혁신이라고 할 수 있
을걸."

〈반드시 만들어 보이겠다.〉

"그래그래. 기대하지."

볼카르가 활활 의지를 불태웠다. 물론 루그는 전혀 기대하지 않았다.

7

"영차!"

루그는 로프를 붙잡은 손에 힘을 주어 당겼다. 그러자 전신의 근육이 팽팽하게 부풀어 오르면서 로프 너머에 묶여 있는 커다란 것이 허공으로 떠올랐다.

"오오!"

그 광경을 본 엘프들이 감탄했다.

루그는 나뭇가지에 설치된 도르래를 이용, 그 너머에 있는 것을 끌어당기고 있었다. 크기가 루그의 두 배는 되는 것으로, 마치 무수한 나무뿌리가 서로 얽혀서 굳어진 듯한 황갈색의 덩어리로 수분을 잔뜩 머금어서 끈적끈적한 녹색의 진액이 흘러내렸다.

이것은 마법 재료 중 하나인 비바인이라는 특수한 식물로, 말린 뒤에 갈아서 먹으면 원하는 꿈을 꿀 수 있다고 한다. 그런데 그 무게가 상당해서 엘프들은 여럿이서 힘을 합쳐도 들어 올릴 수 없었는데, 루그는 혼자서 그 무게를 지탱했던 것이다.

"이 정도 들어 올리면 되나?"

"그 정도면 돼! 잠시만 버텨."

루그의 물음에 나뭇가지 위에 올라가 있던 엘프들이 대답했다. 그들은 나뭇가지에다가 새로운 로프를 감은 뒤에 그것을 묶기 시작했다. 그런 식으로 나무에다가 매달아서 일주일정도 말려야 쓸 수 있다고 했다.

연달아 세 개의 비바인을 매다는 작업을 도운 루그가 물었다.

"저 진액은 또 왜 받는 거야?"

"진액은 진액대로 쓸 데가 있거든. 말라스 가루와 섞으면 몸의 열을 금세 가라앉히는 약이 되지. 인간이나 동물에게도 같은 효능을 보인다고 해."

"호오, 정말 버릴 데가 없는 녀석이군."

루그가 흥미로워했다.

엘프 주거지에서의 생활은 제법 즐거운 것이었다. 엘프들은 손님이라는 개념이 없기에 이곳에서 살기 위해서는 루그도 공동체가 필요로 하는 일을 해야 했다. 하지만 주먹 쓰는 것 외에는 남이 필요로 하는 기술을 갖지 못한 루그는 엘프들이 취약한 부분, 힘쓰는 일이나 사냥을 돕고 있었다. 그런 일에는 굉장히 도움이 되었기에 엘프들도 다들 루그를 좋아했다.

"땀도 흘렸으니 이거나 한 잔 죽 들이켜게."

"아, 고마워."

은으로 만든 물병을 내민 것은 요즘 일을 도와주면서 친해진 발더라는 남자 엘프였다. 당연하지만 엘프답게 선이 가늘고 눈이 확 뜨일 정도로 수려한 외모를 가진 미청년이었지만 실제 나이는 80세가 넘었다고 한다.

루그는 그것을 한 모금 들이켜고는 눈을 휘둥그레 떴다.

"어? 이건 뭐야?"

〈이건 뭔가?〉

볼카르도 놀라서 물었다.

그냥 물인 줄 알았는데 기가 막힐 정도로 달고 맛있는 물이었다. 설탕을 탄 물과는 달리 마음까지 상쾌해지는 듯한 달콤함이 있고 전신의 피로를 날려주는 듯한 시원함이 있었다.

발더가 대답했다.

"바란드 꽃의 이슬을 모아 담은 뒤에 정화수와 섞은 것이지. 꽃잎에 맺혀서 떨어진 뒤 네 시간만 지나도 맛과 향이 다 죽어버리기 때문에 이 시간이 아니면 맛볼 수 없어. 어떤가?"

"끝내주게 맛있는데? 이거 내다 팔면 천금을 주고라도 마시고 싶어하는 놈들이 나오겠어."

〈정말이다. 이런 맛이라면 마법의 진리를 가르쳐 줘도 아깝지 않다.〉

루그도 볼카르도 그 맛에 감탄해 마지않았다. 미각이라는 것을 신경 쓰고 살아본 적이 없는 볼카르는 그렇다 치고, 루그는 나름 비싼 술도 많이 마시고 다녔는데 이 맛에 비하면 그것들은 전부 시궁창 물이라고 해도 할 말이 없을 것 같았다.

"요정들의 술이 천하일품이라더니 정말 대단하군. 물론 이건 술은 아니지만."

"술도 좋아하나?"

"그야 물론이지. 술도 있나?"

"여러 가지 술이 있지. 하지만 우린 연회 때가 아니면 술을 마시지 않아. 일주일 후에 마단 지르드의 성년회가 있으니 그때를 기대해 보게나."

"기대되는걸."

"그건 그렇고, 목욕이나 하러 가지. 지다 아이덴이 있으니까 따뜻한 물로 씻을 수 있을 거야."

"아, 따뜻한 물 좋지."

엘프가 이름 앞에 '마단' 이라는 말을 붙이면 그건 친구의 아들이라는 의미이며, '지다' 라는 말을 붙이면 그것은 친구라는 뜻이다. 발더의 친구인 아이덴이라는 엘프는 불의 상위 정령 이프리트를 영혼의 벗으로 두었다.

루그는 겨울에도 찬물로 씻는 것을 마다하지 않을 정도였지만, 그래도 따뜻한 물로 씻을 수 있다면 환영이었다. 게다가 야외에서 온천욕을 하듯이 온수를 즐길 수 있다니 정말 호사스럽지 않은가?

하지만 루그는 물가에 가는 순간, 발걸음을 멈출 수밖에 없었다. 루그가 걸음을 멈추자 발더가 의아해하며 물었다.

"왜 그러나?"

"아, 저기… 발더, 나는 빠져야겠어."

"어째서?"

발더는 이해할 수 없다는 듯 고개를 갸웃거렸다. 순진하기 그지없는 그 반응에 루그는 한숨을 푹 쉴 수밖에 없었다. 인간과 엘프 사이에 얼마나 큰 문화와 관습의 차이가 있는지 새삼 실감이 난다.

"그러니까 엘프는 남녀가 서로 알몸을 보이는 것도, 같이 목욕을 하는 것도 아무렇지도 않게 생각하지만 인간은 그게 아니거든. 이해하기 어려울 거라고 생각하긴 하지만, 그게 우리한테는 좀 부끄러운 일이라서……."

발더가 루그를 데려간 목욕 장소에는 남자 엘프들은 물론이고 여자 엘프들도 있었던 것이다. 그들은 아무 거리낌 없이 옷을 훌러덩 벗고 서로에게 알몸을 드러낸 채 온수 목욕을 즐기고 있었다.

루그는 얼굴이 붉어진 채로 그 광경을 빤히 바라보고 있었다. 원래 엘프들에게 있어서 알몸을 보이는 것은 터부시되는 일이 아니었다. 그렇기 때문에 알몸을 보여도 전혀 부끄러워하거나 당황하지 않는다. 루그는 그 사실을 깜빡 잊고 있었던 것이다.

볼카르가 이상하다는 듯 물었다.

〈부끄러운 일이라면서 왜 계속 보고 있는 건가?〉

"……."

루그는 얼굴을 붉히긴 했지만 엘프들의, 정확하게는 여자 엘프들의 알몸에서는 눈을 떼지 않았던 것이다. 아니, 오히려 조금이라도 더 확실하게 봐두겠다는 듯이 감각을 집중시키고 있었다.

'아니, 이건 남자라면 누구라도 어쩔 수 없는 거 아냐? 딱히 내가 변태라거나 그런 게 아니지!'

눈이 부실 정도로 아름다운 엘프 여성의 알몸을, 그것도 집단으로 물속에 들어가서 한층 더 그림 같은 자태를 뽐내고 있는데 어찌 눈을 감을 수 있단 말인가? 이건 눈을 크게 뜨고 봐주지 않는 쪽이 더 그들을 모욕하는 일이다. 사나이라면 절대 이런 아름다움에서 눈을 돌려서는 안 된다!

그렇게 스스로에게 변명하고 있는 루그를 이상한 듯 바라보던 발더는 곧 고개를 끄덕였다.

"아, 그런 건가? 내가 미처 몰랐군. 미안하네."

"아니, 괜찮아. 문화와 관습의 차이지. 그렇고말고."

루그는 그렇게 대답하면서도 발더를 쳐다보지도 않았다. 그러다가 퍼뜩 정신을 차리고 헛기침을 했다.

"흠흠. 그럼 나는 이만 실례할게. 일 있으면 또 불러줘."

"그러지. 아, 저녁때 우리 집에 오게나. 같이 식사나 하지."

"꼭 갚을게."

루그는 그렇게 대답하고는 그 자리를 떠났다. 하지만 몇 걸음 못 가서 발걸음은 무거워지고 왠지 얼굴 표정이 일그러지면서 주먹이 부들부들 떨린다.

나무에 몸을 기댄 채 그러고 있자니 볼카르가 슬쩍 물었다.

〈…지금 혹시 후회하고 있는 건가?〉

"크흑! 그냥 얼굴에 철판 깔고 같이 목욕하는 건데! 아악! 내가 왜 그랬지? 지상낙원에 들어갈 기회를 스스로 차버리다니!"

〈…….〉

스스로의 선택을 후회하며 나무를 주먹으로 팍팍 쳐대는 루그를 볼카르는 실로 묘한 감정을 느끼며 바라볼 수밖에 없었다.

8

강체력을 증가시키기 위한 비약에는 여러 종류가 있었다. 오더 시그마의 비약처럼 장기간 복용해야만 효과가 나타나는 것이 있는가 하면, 단 한 번만 먹어도 놀랍도록 큰 효과를 얻을 수 있는 것들도 존재한다. 당연하지만 이런 비약은 매우 귀한 재료로 만들어지고, 따라서 대단히 비쌌다.

루그는 엘프들과의 거래를 통해 그런 비약을 만들어낼 수 있었다. 유서 깊은 강체술 유파들은 강체력을 빠르게 증진시키기 위한 비약의 제조법을 갖고 있게 마련이었고, 오더 시그마에도 다양한 비약의 제조법이 전해 내려오고 있었다.

〈이건…….〉

볼카르는 불안을 감추지 못하고 작은 솥을 바라보았다. 루그가 엘프들에게 부탁해서 빌린 솥 안에는 걸쭉한 갈색 액체가 부글거리며 끓고 있었다. 한눈에 지독히도 맛없을 것 같은 예감이 드는 액체였다.

하지만 루그의 감각을 통해 전달되는 냄새를 느낀 볼카르는 불안을 가라앉힐 수 있었다.

〈생각보다 멀쩡한 맛이 날 것 같군.〉

"그야 매일 먹는 그 약은 내가 살면서 먹었던 그 어떤 것보다도 끔찍한 맛을 자랑하니까. 세상이 넓다 한들 그런 끔찍한 맛을 찾기가 쉽진 않지."

〈그런데 왜 하필이면 그 약이 그런 맛이란 말인가! 그것도 한 번 먹고 끝날 것도 아니고 300번도 넘게 먹어야 하는 그 약이!〉

"운명의 신이 있다면 나도 그의 멱살을 잡고 물어보고 싶은 기분이야. 어쨌든 이것도 절대 맛있지는 않지만 비교적 참을 만하니까 겁먹을 필요없어."

〈맛있는 약은 없는 거냐?〉

"없진 않아. 암브로시아라든지, 엘릭서라든지, 아므리타라든지. 뭐, 그런 전설적인 약들은 맛있다고 하더라. 그거 먹으면 강체력이 단숨에 100년쯤 늘어나고 절망적인 허약 체질도 천재적인 무골로 바뀐다던가? 물론 난 그런 거 구경도 못해봤다."

〈…그것들이 그렇게 맛있었단 말인가? 미처 몰랐군. 한 번쯤 먹어볼 것을.〉

"너, 그런 것도 갖고 있었냐?"

루그가 황당해하며 물었다. 암브로시아나 엘릭서, 아므리타는 불사의 묘약이라는 별명이 따라다닐 정도로 기적적인 효과를 자랑한다는 약들이었다. 노인이 먹으면 젊음을 되찾을 수 있고, 봉사가 먹으면 시각이 돌아오며, 귀머거리가 먹으면 청력을 얻을 수 있다는, 한마디로 전설로는 전해져 내려오지만 실제로 존재하는지조차 알 수 없는 것들이다.

볼카르가 대단히 아쉬워하는 기색으로 말했다.

〈마법 실험에 종종 쓰기 때문에 많이 채취해 뒀다. 만들기도 했고. 시종으로 부리던 용족들에게 많이 먹였는데 그런 맛이 난다니 안 먹어본 게 대단히 후회되는군.〉

"그거 대단히 아쉽군. 혹시 나중에 만들 수도 있나?"

〈불가능하진 않겠지만 재료 구하기가 네가 지금 휘젓고 있는 약보다 훨씬 어렵고, 사실상 인간은 아직 상상도 못할 정도로 고도의 마법을 필요로 한다.〉

"가능성이 없진 않다는 거군. 왠지 의욕이 난다."

루그는 솥 가득히 담긴 비약을 3분의 1 정도 떠서 대접에 담았다. 대략 한 시간 전까지만 해도 그저 걸쭉한 갈색으로만 보였던 비약은 묘하게 투명하고, 그리고 기이한 빛을 발하고 있었다.

"잘 완성됐네. 일단 내가 약을 먹으면 그때부터는 엄청 집중해야 하니까 말 걸지 마. 다시 눈을 뜰 때까지는."

〈약을 먹는 데 정신을 집중해야 할 필요가 있나?〉

볼카르가 의아해하며 물었다. 매일 먹는 오더 시그마의 비약이라면 그 지옥 같은 맛을 견뎌내기 위해서라도 정신을 집중해야 하겠지만, 그렇지도 않은 약을 먹으면서 굳이 정신을 집중해야 한다는 말은 이해할 수가 없었다.

"이런 약은 그냥 먹는 것만으로는 효과를 다 받아들일 수 없어. 먹기 전에 약효를 최대한 받아들일 수 있도록 신체를 활성화시켜 두고, 먹은 뒤에는 곧바로 강체력을 운용해야만 해."

비약은 올바른 방법으로 복용하고 그 후의 조치를 취하지 않으면 제대로 된 효과를 볼 수 없었다. 뛰어난 비약은 일반인이 아무런 절차 없이 먹어도 육체 기능을 증가시켜 주긴 하지만, 그러한 효능이 일시적인 것에 그치거나 혹은 아주 미미한 수준으로 끝나 버리게 된다. 그렇기에 약효를 전부 받아들일 때까지는 최대한 집중해야 했다.

"오늘부터 사흘에 걸쳐 이걸 먹을 거야. 약효를 전부 받아들이고, 그리고 한 달 정도 시간을 들여서 남김없이 강체력으로 승화시키고 나면 내 강체력은 적어도 지금의 세 배로 늘어난다."

아무리 초기에 시간을 잡아먹는 단계를 건너뛰었다고 해도 루그가 강체술을 익힌 기간은 1년도 채 되지 않는다. 그렇기에 강체력이 너무 적어서 자신이 지닌 기술의 반의반도 발휘할 수 없는 상황이었다.

하지만 이젠 달라질 것이다. 이 약뿐만 아니라 엘프들에게 구할 재료들을 이용, 지속적으로 비약을 제조해 먹는다면 이 숲을 나갈 때쯤에는 최저 10년치 이상의 강체력을 얻을 자신이 있었다.

루그는 일단 물을 잔뜩 마셨다. 물로 배가 가득 차서 움직이기도 힘들 정도가 될 때까지.

"으윽, 약간은 배를 남겨놔야지. 이러다 비약도 못 먹겠군."

〈물은 왜 그렇게 많이 마시는 건가?〉

"필요하기 때문이지. 지켜보면 알게 될 거야."

루그는 그다음으로 옷을 전부 벗어서 한구석에 잘 개어놓고 알몸이 되었다. 그리고 강체력을 세밀하게 운용하여 신체 기능을 활성화시켰다. 신체가 구석구석 열기를 띤 것을 확인하고는 비약을 들어서 단숨에 들이켰다.

"꿀꺽꿀꺽!"

비약이 식도를 타고 넘어가고 나서 잠시, 곧 몸속에서 뜨거운 기운이 치솟는 것이 느껴졌다. 루그는 안색을 굳히며 강체력을 운용, 그 기운을 받아들여서 전신으로 퍼뜨리기 시작했다.

쉬이이이이이……!

정신을 적극적으로 루그의 감각에 동조시켜서 그 과정을 지켜보던 볼카르는 놀라고 말았다. 처음에는 루그의 신체 내부의 에너지가 점점 증폭되어 가는 듯하더니, 어느 순간부터 그 속도가 엄청난 기세로 빨라지면서 루그의 전신 모공이 열리고 거기서 증기가 뿜어져 나오기 시작했던 것이다.

'괜찮은 건가?'

체온이 비정상적으로 올라가면서 몸의 수분이 맹렬하게 빠져나가는 것이 느껴진다. 그러면서 몸속에 쌓인 노폐물들도 함께 빠져나가는 것을 알 수 있었다.

'인간의 약한 육체가 이렇게 급격한 변화를 보이면서도 무사하다니 재미있군. 미리 물을 많이 마셔두어서 급격한 체온 상승과 수분 방출을 대비하고 강체술을 이용해서 신체 조직이 파손되지 않도록 보호하는 것인가?'

왜 루그가 작업이 끝날 때까지 말을 걸지 말라고 했는지 알 수 있었다. 루그는 지금 강체력을 이용, 필사적으로 자신의 몸을 보호하고 있었다. 그러지 않는다면 약효를 한 번에 받아들이는 과정에서 일어나는 변화가 충격과 열기로 체내를 파괴해 버릴 것이다.

볼카르는 그 과정을 흥미진진하게 바라보았다. 이것은 마법을 연구하면서도 생각해 본 적이 없는 변화였다. 그에게는 감옥에 불과했던 이 세상 속에서 인간이 찾아낸, 마법과는 다른 생명이라는 진리에 도달하기 위한 답.

'강체술은 마법과는 달리 아직도 무한한 가능성을 숨기고 있다.'

마법은 이 세계가 창조되기 이전부터 존재했던 기술이다. 드래곤들에 의해 전해졌지만 신들이 이 세계를 창조할 때조차도 마법이 사용되었다. 볼카르조차 그 시작을 알 수 없을 정도로 억겁의 세월에 걸쳐 발전해 온 마법이라는 기술은 이미 그 가능성의 끝이 어딘지 가늠할 수 있는 상황이었다.

그러나 이 강체술은 고작 수천 년의, 인간들 입장에서는 까마득하겠지만 볼카르 입장에서는 자신의 삶보다도 짧은 역사를 가진 기술이다. 인간이 자연 속에서 상대적으로 연약한 스스로를 강화하기 위해 찾은 답.

그것은 지금까지 세대를 이어가며 발전해 왔고 앞으로도 발전해 갈 것이다. 이 순간의 변화를 통해 볼카르는 루그가 생각한 강체술 궁극의 경지, 심상을 현실로 구현하는 것마저도 진정한 마지막이 아니라는 것을 알 수 있었다.

'재미있군. 연구해 볼 가치가 있어.'

볼카르는 비로소 강체술에 진정한 흥미를 갖고 진지하게

그 가능성에 몰두했다.

9

"아, 역시 이렇게 됐군."

눈을 떴을 때는 거의 한나절이 지나 있었다. 루그는 밖이 어둑어둑해진 것을 보고는 거처에 불을 켰다. 엘프들이 등불 역할을 하는 마법을 설치해 두었기 때문에 벽의 한 부분을 건드리는 것만으로도 거처가 환하게 밝아졌다.

몸 상태는 정말 날아갈 듯이 상쾌했다. 그야말로 한 점의 피로도 남아 있지 않은 느낌이다. 머릿속도 그 어느 때보다도 맑았고, 전신에 힘이 불끈불끈 솟구치는 것이 뭐든지 할 수 있을 것 같았다.

볼카르가 물었다.

〈이제 다 끝난 건가?〉

"오늘 치는 끝난 거지. 내일하고 모레도 같은 일을 반복하고, 그 후에는 한 달 정도 집중적으로 강체력 증가 작업을 해서 약효를 모조리 강체력으로 승화시키면 돼."

그렇게 말한 루그는 킁킁거리면서 냄새를 맡더니 눈살을 찌푸렸다. 자기 몸에서 고약한 냄새가 나고 있었기 때문이다. 비약의 약효를 받아들이는 과정에서 신진대사가 극도로 활성화되었고, 그러면서 몸 안에 있던 노폐물이 빠져나와서 말라

붙어 있었다.

"그럼 좀 씻고 몸을 혹사해야겠군. 안 그러면 잠들 수가 없을 것 같으니……."

루그는 그렇게 중얼거리며 숲 외곽에 있는 샘으로 향했다. 엘프들이 종종 몸을 씻곤 하는 곳이라서 혹시 먼저 와 있는 이가 없나 확인해 보고 나서 들어갔다.

"후우."

한숨이 나온다. 루그는 몸 여기저기를 박박 씻은 뒤 눈을 감고 잠수했다.

강체술사는 한 숨의 호흡만으로도 믿어지지 않을 정도로 오랫동안 잠수할 수 있었다. 강체력은 근력이나 순발력, 동체 시력 등은 물론이고 체력 또한 증진시킨다. 그렇기에 강체력이 많다면 그것을 활용, 더욱더 오랫동안 잠수하는 것도 가능했다.

〈왜 잠수하는 거지?〉

일부러 깊은 곳으로 잠수해서 달빛이 비추는 수면을 바라보는 루그를 이해할 수 없다는 듯 볼카르가 물었다. 하지만 잠수한 상태에서는 대답을 할 수가 없었다. 루그는 미소 지으며 몸 상태를 살폈다.

강체력은 확실하게 증가해 있었다. 비약을 먹기 전과 비교하면 적어도 5할은 더 늘어난 것 같았다. 그 증거로 벌써 10분 가까이 잠수하고 있는데도 전혀 호흡이 흐트러질 기미가 나타나지 않는다.

부글부글.

루그는 주먹을 쥐고 수면에 비친 달을 향해 들어 올렸다. 그러자 주먹에 강체력이 집중되면서 주변의 물이 끓어오르기 시작한다.

슈우우우우!

스파이럴 스트림이 발동해서 물을 휘감고 회전한다. 가속하는 수류 때문에 시야가 일그러지는 것을 보면서 루그는 팔을 뒤로 당겼다. 그러자 팔꿈치 뒤에 투명한 기운이 응축되기 시작한다.

'스톰 브링거를 발동시킬 수 있을까?'

오더 시그마의 비기 중 하나인 스톰 브링거. '폭풍을 부르는 자'라는 이름 그대로 막강한 파괴력을 자랑하는 기술이었다. 지금까지 루그가 강한 파괴력을 필요로 할 때 발동하던 기본 기술 스파이럴 임팩트와는 비교도 할 수 없는 위력을 자랑하는데, 그 대신 그만큼 많은 강체력을 필요로 하기에 지금까지는 전혀 발동시킬 수 없었다.

하지만 강체력이 큰 폭으로 늘어난 지금이라면 흉내 정도는 낼 수 있을 것 같다. 이전에 수천 번도 넘는 반복 훈련을 통해 터득했기에 스톰 브링거를 사용할 때는 쓸데없는 힘의 낭비가 없다. 그렇다면 절대적인 기준으로는 턱없이 부족한 지금의 강체력으로도 발동시키는 게 가능하지 않을까?

'스톰—!'

루그는 강체력을 최대 출력으로 끌어올렸다. 저 수면에 비친 달을 날려 버릴 기세로 친다. 루그가 있는 지점에서 수면까지의 거리는 대략 5미터가량. 스톰 브링거를 성공적으로 발동시킨다면 일직선으로 꿰뚫어 버릴 수 있을 것이다.

루그는 스파이럴 스트림의 가속이 최고조에 달한 순간, 혼신의 힘을 다해 주먹을 날렸다.

'—브링거!'

응축된 힘이 폭발했다.

수중에 있던 루그의 몸이 화살처럼 수면을 향해 튀어 올랐다. 그리고 팔꿈치 뒤에 응축되었던 힘이 루그의 팔을 타고 극한까지 가속되면서 주먹 앞에서 작렬했다.

콰아아아아!

수면이 폭발하면서 물방울이 사방으로 튀어 올랐다. 그리고 그 속에서 루그의 몸이 치솟는다. 하지만 수면 위로 나오자마자 급격하게 힘을 잃고 다시 수면으로 처박히고 말았다.

첨벙!

"크억."

루그는 힘없는 신음을 토했다. 그리고 잠시 동안 수면에 시체처럼 둥둥 떠 있었다.

볼카르가 물었다.

〈…뭘 한 거냐?〉

"실패했어. 으윽, 아직 강체력이 부족하구나. 다른 기술이면 몰라도 스톰 브링거나 라이트닝 바운드 같은 기술은 강체력이 일정치 이상 모여 있지 않으면 필요 수준의 압력을 발생시킬 수 없으니……."

루그는 숨을 고르면서 투덜거렸다. 방금 전, 스톰 브링거를 발동시키자 팔을 타고 돌면서 가속한 힘이 주먹 앞에서 스러지고 말았던 것이다. 그래서 수면까지 도달하는 데는 성공했지만 그 직후 급격하게 기세를 잃고 그대로 다시 빠져 버렸다.

그 결과 찾아온 반동으로 전신의 근육이 욱신거리고, 충만했던 강체력도 거의 바닥까지 소모되어 있었다. 이래서야 잠들기 위해 몸을 지치게 할 필요도 없을 것 같다.

"한 방 잘못 날렸다고 이 꼴이 되다니, 이건 한 달 후에나 다시 시험해 봐야겠군. 에구구."

루그는 그렇게 투덜거리며 수면에서 신형을 바로 했다.

그리고 그대로 굳어버렸다.

"어……."

달빛 아래 두 엘프 여성이 그를 바라보고 있었다.

어슴푸레한 어둠에 녹아드는 듯한 긴 흑단 같은 머리칼, 그리고 그 사이에서 놀란 토끼처럼 동그랗게 뜬 노을빛 눈동자가 달빛을 받아서 신비로운 빛을 띠고 있었다.

"……."

그들이 리루와 알라냐임을 알아본 루그는 숨을 삼키고 말았다. 왜 그들이 이 시간에 이곳에서 놀란 토끼눈을 한 채 자신을 바라보고 있는 것인지 이해할 수가 없었다. 그것도 알몸으로!

아직 어린 리루는 그렇다 치고, 달빛 아래 드러난 알라냐의 나신은 환상이 아닐까 싶을 정도로 아름다웠다. 엘프는 기본적으로 몸이 가늘어서 풍만한 맛은 부족했지만 적당히 나올 것은 나오고 들어갈 곳은 들어간, 군살이라고는 찾아볼 수 없는 완벽하게 균형 잡힌 실루엣에 잡티 하나 없이 깨끗한 백옥 같은 피부라니. 그 위로 흘러내리는 물방울도, 그리고 젖어서 물기가 떨어지는 검은 머리칼도 위험할 정도로 매력을 더해주는 것 같았다.

〈괜찮은가? 심장 박동이 이상할 정도로 빨라졌다.〉

"아."

볼카르가 의아해하며 던진 말에 루그는 퍼뜩 정신을 차렸다. 그 말을 듣고 가슴에 손을 대보니 정말 심장이 미친 듯이 쿵쾅거리고 있었다. 마치 처음으로 여성의 알몸을 본 애송이 소년 같은 반응이었다.

'이거 진짜 살인적인 아름다움이군. 이러니까 권력있는 놈들이 너나 할 것 없이 엘프 노예를 갖고 싶어하지.'

루그는 귀족들의 비뚤어진 정신세계를 이해할 것 같은 기분을 느끼며 호흡을 가라앉혔다. 그리고 슬그머니 몸을 물속으로 감추며 물었다.

"음, 저기, 그러니까… 여기엔 웬일이야?"

"루그가 오늘 밤에 찾아오라고 해서…….."

리루가 머뭇거리면서 대답했다. 그 말에 루그는 잊고 있던 사실을 떠올릴 수 있었다.

드웬에게 약속한, 정령을 마법으로 성장시키는 방법은 리루와 알라냐를 통해서 알려주기로 했다. 그리고 며칠 동안 잘 이해도 안 되는 볼카르의 강의를 들어가며 준비를 마치고 오늘부터 알려주기로 약속을 잡았던 것이다.

"아, 그랬지, 참. 그런데 왜 굳이 이 안까지 들어온 거야? 그냥 정령을 써서 부른다거나 했으면 됐을 텐데."

"루그가 거처에 없길래 정령들한테 찾게 시키니까 여기에 있더라고요. 그래서 미마 알라냐랑 나도 목욕이나 할 겸 들어온 거예요."

"……."

인간 여자라면 죽었다 깨어나도 할 수 없을 발상이었다. 남정네가 혼자 목욕인지 잠수인지 모를 짓을 하고 있는 걸 보고 자기들도 목욕해야겠다고 홀러덩 옷을 벗고 들어오다니.

'크윽, 엘프는 어쩌면 이리도 좋은 종족이란 말인가.'

자신이 엘프가 아니라는 현실이 가슴 아파질 지경이었다. 하지만 또 엘프 남자는 이 천국 같은 상황에서도 아무런 감흥을 느낄 수 없겠지.

번뇌가 폭주하고 있는 루그의 속내를 모르는 리루가 가슴을 쓸어내리며 말했다.

"근데 갑자기 물이 폭발해서 깜짝 놀랐어요."

"아, 그건 뭣 좀 하려다 실패를 해서 그래. 음, 어쨌든 난 이만 나갈 테니까 목욕하고 내 거처로 와."

"왜요? 같이 하면 되잖아요?"

리루가 순진무구한 얼굴로 그렇게 묻는 말에 가슴이 막 아프다. 마음 같아서는 뻔뻔하게 그러겠다고 하고 마음껏 알라냐의 알몸을 감상하는 지상낙원에 발을 들이고 싶었지만, 별로 있지도 않은 품위와 양심을 찾는 입은 그런 솔직한 마음을 배신하고 있었다.

"아, 아니, 나는 다 해서 막 나가려던 참이었거든. 그리고 인간은… 아니, 아니다. 아무것도 아냐."

루그는 횡설수설하면서 물에서 나와 버렸다. 대충 물기를 닦고 옷을 걸치고 있으려니 볼카르가 한마디 했다.

〈그렇게 후회할 거면 그냥 같이 하지 그랬나?〉

"시끄러워. 나도 그러고 싶었다고. 흑흑. 젠장. 난 왜 이렇게 뻔뻔하지 못한 거지?"

달빛 아래, 아름다운 엘프들이 참방거리며 씻는 소리를 듣는 루그의 가슴에는 뜨거운 후회의 눈물이 흐르고 있었다.

10

엘프 주거지에서는 시간이 정말 빠르게 흘러갔다. 매일 엘프들의 일을 돕고, 약을 만들어서 먹고, 강체술을 훈련하다 보면 하루가 홀라당 지나가 있었다.

그동안 루그는 엘프들의 잔치에 껴서 정말 둘이 먹다 하나가 죽어도 모를 것 같은 맛이 나는 음식들을 맛보기도 하고, 숲 깊숙한 곳에 숨어 있던 마수를 만난 엘프들을 돕기 위해 목숨을 건 싸움을 벌이기도 하고, 늘어난 강체력을 바탕으로 새로운 기술들을 습득하기도 하면서 시간을 보냈다.

그리고 엘프 주거지에 머무른 지 한 달쯤 지났을 무렵, 볼카르가 들뜬 어조로 말했다.

〈드디어 완료되었다.〉

"어? 진짜로?"

마법의 원에 들어간 채 격투술을 훈련하고 있던 루그가 당황해서 물었다. 볼카르가 대답했다.

〈그래. 이제 너는 마법을 익힐 수 있는 체질이 되었다. 의식을 집중해 봐라. 너에게로 몰려드는 마력의 흐름이 선명하게 느껴지지 않나?〉

"확실히……."

마법의 원을 중심으로 흐르고 있는 마력이라는 에너지가 확실하게 느껴지고 있었다. 원 바깥의 에너지와 원을 통해서 정제된 에너지가 조금 다른 성질을 띠고 있다는 것까지도 구분된다.

하지만 마력을 감지하는 것 자체는 어제까지도 얼마든지 할 수 있었던 일이다. 오늘은 좀 더 예민해진 정도였다. 그렇게 생각한 루그는 마법의 원 밖으로 나가보았다. 볼카르가 알려준 마법의 원으로 감각을 자극하고 활성화시키지 않으면 금세 마력을 느끼는 감각 자체가 사라져 버리곤 했던 것이다.

"정말이군. 시간이 지나도 마력이 선명하게 느껴져."

루그는 마법의 원 밖으로 나와서 충분한 시간이 지난 뒤에도 마력을 감지할 수 있다는 사실을 알고 감탄했다. 그리고 어느새 자신의 머리를 중심으로 뼈를 타고 일정한 마력의 흐름이 형성되어 있다는 사실을 알아차렸다.

"마력이라는 것은 뼈를 통해서 일어나는 건가?"

〈반드시 그렇지는 않지만, 인간의 경우는 뼈가 마력을 일으키는 핵심 기관이 된다. 네 뼈는 지금 세계에 가득 찬 마나와 공명해서 마력을 일으킬 수 있는 성질을 가진 것이지.〉

"호오, 그럼 이제 이 마력으로 속성력을 사용할 수도 있을까?"

〈아직 익숙하진 않겠지만, 지금까지 속성력을 사용했던 감각을 이용해서 마력을 움직여 봐라. 가능할 것이다.〉

"어디."

루그는 속성력을 일으켜 보았다. 이제까지는 이미 존재하는 불을 움직이고 증폭시킬 수 있을 뿐, 아무것도 없는 곳에서 스스로 불을 일으키는 것은 불가능했다. 하지만 어떻게 하면 불을 일으킬지는 본능적으로 알고 있었다.

화르륵!

"된다. 근데 엄청 약하네."

루그는 손바닥 위에서 일어난 불꽃을 보며 투덜거렸다. 그야말로 촛불만 한 크기밖에 안 되었는데, 이것이 지금 자신의 속성력으로 일으킬 수 있는 한계라는 것을 알 수 있었다.

〈네 체질이 마력 친화적으로 바뀐 이상 성장시키기는 어렵지 않다. 속성력도 앞으로 빠르게 커나가겠지.〉

"그렇군. 그럼 이제 뭘 어쩌면 되지? 마법의 기초 이론을 배워야 하나?"

〈마법은 이론이기도 하지만 감각이기도 하다. 두 가지가 합치되어야만 진정한 마법이라고 할 수 있지. 하지만 둘 중 어느 한쪽만 있어도 어느 정도 수준의 마법은 쓰는 것이 가능하다.〉

"감각만으로도 마법을 쓴다고?"

〈너의 강체술처럼 몸으로 터득하는 게 어느 정도는 가능하다는 것이다. 특히 너는 속성력을 가졌기 때문에 불의 마법은 쉽게 터득할 수 있다. 일단은 그 감각을 집중적으로 연마하면서 이론은 천천히 공부하도록 하지.〉

"알겠어. 그럼 감각은 어떻게 키우면 되지? 네가 알려주는 대로 하면 되나?"

〈그런 식으로 하다간 그야말로 천년만년 공부해 봤자 인간의 수준을 벗어날 수 없지. 이제 네가 마력을 얻었으니 계약을 하자.〉

"계약?"

루그는 왠지 불길한 뉘앙스를 느끼며 눈살을 찌푸렸다. 볼카르가 말했다.

〈나는 우리가 의식을 공유할 수 있는 영역, 즉 꿈을 이용해서 직접 마법을 가르치려고 한다. 하지만 네 꿈을 기반으로 한 심상 공간을 내 뜻대로 안정적으로 만들어내기 위해서는 너의 동의가 필요로 하지. 마법으로 이루어진 계약을 통해서 너는 그 어떤 인간 마법사보다도 강력한 마법을 가장 빠르게 터득할 수 있을 것이다. 이미 용족들을 가르치면서 확실하게 효과를 본 방법이니 부작용 걱정은 하지 않아도 된다.〉

"잠깐. 그러니까 내 꿈을 네 뜻대로 통제할 수 있는 계약을 하자는 것 아냐? 솔직히 의심스러운데? 그 계약을 통해서 네가 내 몸을 빼앗으려고 하지 않는다는 보장이 어디 있지?"

〈여기까지 와서 나를 의심하는 건가?〉

"의심하지 않을 수 있겠냐?"

〈하긴 그럴 수도 있겠군. 그럼 계약에 네 안전을 보장하는 확실한 사항들을 명시하면 되지 않겠나? 그 진의를 자기 멋대로 해석하기 어려운 명확한 조건을 정하고 계약하면 어떻겠나? 필요하다면 함께 계약 조건을 정하도록 하지. 그래도 의심스럽다면 엘프들에게 보여주고 나서 악용될 가능성이 없나 확인받아도 된다. 이 정도면 나를 믿을 수 있겠나?〉

"음…… 뭐, 그렇게까지 한다면 괜찮겠지?"

루그는 볼카르가 내세우는 이유보다는 정신 감응을 통해서 전달되어 오는 그의 감정을 믿어보기로 했다. 지금까지 함께 지내면서 볼카르가 음흉한 꿍꿍이를 품지 않았다고 믿을 수 있었던 이유는 그의 감정을 느낄 수 있었기 때문이니까.

그래도 확인 작업을 게을리할 수는 없었다. 루그는 볼카르와 상의해 가면서 자세한 계약 조건들을 정하고, 그것들을 엘프에게 보여주고 문제가 없는지 검토를 받았다(물론 그들에게는 볼카르가 상위 정령이라고 말했다).

"좋아, 계약하자."

이틀에 걸쳐서 확인 작업을 끝내고 고민을 거듭한 루그는 마침내 볼카르와 계약을 맺기로 했다. 볼카르가 흥, 하고 코웃음을 쳤다.

〈분명히 주는 쪽은 난데 왜 그렇게 선심 쓰는 투인가?〉

"거 확인 작업은 거쳤지만 그래도 난 위험 부담을 충분히 지고 계약해 주는 거거든? 감사한 마음을 가지시지그래?"

〈인간은 보통 스승과 제자 관계가 되면 예의를 지키지 않던가? 이 경우는 내가 스승이고 네가 제자인 것 같다만.〉

"말도 안 되는 소리. 너는 인간이 아니고, 이건 어디까지나 내가 관대한 마음으로 배워주는 거라고. 몸도 없는 네가 목적을 달성하기 위해서 나한테 제발 마법 좀 배워달라고 애원하는 거잖아."

〈마법을 배우지 않고 과거의 나와 부딪치면 승산이 있을 것 같은가? 아마 지난번보다 더 처참한 결과가 나올 거다.〉

둘은 한동안 참으로 비생산적인 논쟁을 벌이며 으르렁거렸다. 그러다가 결국 지쳐 버린 루그가 어깨를 으쓱했다.

"아, 그딴 건 아무래도 좋아. 어쨌든 계약하자, 계약."

〈흥. 뭐, 좋다. 마음 넓은 내가 이해하지.〉

계약 자체는 그리 복잡한 절차를 거치지 않아도 되었다. 볼카르가 시키는 대로 계약을 위한 마법의 원을 그리고, 둘이 계약 조건을 하나하나 낭독해 가면서 확인한 뒤에 마지막으로 승인의 주문을 동시에 말하는 것으로 끝이었다.

루그가 투덜거렸다.

"이걸로 계약이 이루어진 건가? 뭔가 거창한 일이라도 벌어질 줄 알았는데 왠지 너무 담담해서 시시하군."

〈인간들이 계약서에 서명을 한다고 해서 세계가 변하진 않지. 어쨌든 그럼 마법진을 그린 후에 그 위에서 잠들어라.〉

"응? 잠들라니?"

〈내가 너에게 마법을 전수하는 것은 오로지 꿈을 이용한 몽상 세계 속에서만 이루어질 것이다. 잠이 들지 않으면 꿈을 꿀 수 없지 않은가? 잠이 오지 않는다면 아라크드 잎을 갈아서…….〉

"아니, 수면 주문은 필요없어. 신경이 곤두서서 잠이 안 오
지만 자야 할 때 쓰는 방법 정돈 익히고 있으니까. 뭐, 슬슬
잘 시간이고 하니까 이 방법을 써도 문제없겠지."

루그는 그렇게 말하곤 볼카르가 시키는 대로 잠자리에 마
법진을 그렸다. 루그의 마력을 이용해서 대지에 새기듯이 마
법의 문양과 문자를 그려 넣어서 완성하는 이 마법진은 루그
에게 주변의 마력을 끌어서 흡수하게 해준다고 했다.

마법진을 다 그린 루그는 그 위에 누워서 눈을 감았다. 강
체술에는 신체 상태를 조절해서 숙면을 취하는 기술도 있었
다. 별로 몸이 피곤하지 않은데 이 방법을 쓰면 일어날 때 기
분이 굉장히 불쾌하기 때문에 꺼리긴 했지만, 지금은 어차피
한밤중이라 상관없었다.

채 1분도 지나지 않아서 루그는 잠이 들었다. 의식이 급속
도로 흐릿해지다가 어둠 속에 잠기고, 그리고……

"음?"

새하얀 세계가 눈앞 가득히 펼쳐졌다.

"환영한다."

그 세계 속에서 반기는 목소리가 들려왔다.

항상 머릿속에서 들려오는, 하지만 평소와는 전혀 다른 생
생함이 느껴지는 목소리. 루그는 뒤에서 들려온다는 사실을
깨닫고 돌아보았다.

"……"

이질적일 정도로 선명한 붉은 머리칼을 길게 늘어뜨린 청년이 서 있었다. 홍옥 같은 눈동자를 가진 그 청년은 루그가 기억하고 있는 모습 그대로였다. 비밀 조직 블레이즈 원의 지배자였으며, 이 세계에서 인류를 멸하고자 했던 사악한 드래곤 볼카르의 인간 형태.

그는 루그가 기억하고 있는 것과는 전혀 다른 무뚝뚝한 얼굴로 어색하게 미소 지으며 말했다.

"그럼 즐거운 마법 시간을 시작해 보도록 하지, 루그."

그것이 자신이 상상도 하지 못한 지옥의 막이 올라가는 신호임을, 이때의 루그는 전혀 예상하지 못하고 있었다.

『폭염의 용제』 제3권에 계속…

저작권 보호!!
장르문학의 성장에 힘이 되어주십시오.

저작물의 무단 전재와 복제, 불법 다운로드!
이것은 관심이 아니라 무관심입니다!

작가님들은 창의적 열정과 시간을 투자해 자신의 꿈과 생계를 유지합니다.
한 권의 책을 만들어 많은 사람들은 자신의 인생과 미래를 설계합니다.

저작물 속에는 여러 사람의 노력과 희망이
담겨 있습니다!

저작물의 무단 전재와 복제, 불법 다운로드는 여러 사람들의 꿈과 생계를
위협함으로써 장르문학을 심각한 상황에 빠뜨리고 있습니다.

이제는 무관심이 아니라 관심으로 장르문학의
성장에 힘이 되어주세요.

[도서출판 **청어람**은 항시적인 저작권 보호를 통해 장르문학과
여러분의 희망을 지키겠습니다.]

도서출판 청어람

TURNING POINT

홀로선별 장편 소설

**영빈!
동정의 몸이 되어
20년 전으로 회귀하다!!**

나이 서른아홉 모든 것을 잃고 한강 다리 위에 올랐다.
검푸르게 넘실거리는 깊은 물을 대면한 순간.

운.명.은 이루어졌다!

정령의 힘으로 결의한 지금
새로운 인생의 전환점을 넘어 미래가 펼쳐진다!

『터닝 포인트』

홀로선별 작가의 새로운 도전이 펼쳐진다!

Book Publishing CHUNGEORAM

제국의 군인

요람 판타지 장편 소설

마도제국 알스테르담
그곳에 펼쳐지는 웅장한
스펙터클의 전율!

『제국의 군인』

"이런 미친……!"
분명 어제 전역을 했었다.
그리고 진탕 술을 마셨었는데……
눈을 떠보니 김철영이 아닌 휘안이다.

**살아남기 위해 미친개가 되었고,
돌아가기 위해 수문장이 되었다.**

징집병으로 시작해,
군인으로 정점을 찍은
한 사나이의 이야기가 시작된다!

유행이 아닌 자유추구 -
WWW.chungeoram.com